En [illegible] *!*

Chère lectrice,

Comme vous le savez peut-être, 2018 est une année très importante pour les éditions Harlequin qui célèbrent leur quarantième anniversaire. Quarante années placées sous le signe de l'amour, de l'évasion et du rêve… Mais surtout quarante années extraordinaires passées à vos côtés ! Azur, Blanche, Passions, Black Rose, Les Historiques, Victoria mais aussi HQN, &H et bien d'autres encore : autant de collections que vous avez vues naître, grandir et évoluer, avec un seul objectif pour toutes – vous offrir chaque mois le meilleur de la romance. Alors merci à vous, chère lectrice, pour votre fidélité. Merci de vivre cette formidable aventure avec nous. Les plus belles histoires d'amour sont éternelles, et la nôtre ne fait que commencer…

40 ANS

Des jumeaux pour le prince Al-Bakhari

*

Une passion orageuse

LOUISA HEATON

Des jumeaux pour le prince Al-Bakhari

Traduction française de
CHRYSTELLE POULAIN

Blanche

HARLEQUIN

Collection : Blanche

Titre original :
PREGNANT WITH HIS ROYAL TWINS

HARPERCOLLINS FRANCE
83-85, boulevard Vincent-Auriol, 75646 PARIS CEDEX 13
Service Lectrices — Tél. : 01 45 82 47 47

www.harlequin.fr

ISBN 978-2-2803-8102-4 — ISSN 0223-5056

1.

Freya glissa le petit paquet dans sa poche d'uniforme, sous son calepin.

Sage-femme de son état, elle avait vite mis un nom sur les symptômes qui la perturbaient, à savoir l'absence de règles et les nausées matinales. Et justement, à 20 heures, c'était le matin pour elle.

Membre de l'équipe de nuit, elle vivait à contresens. Au réveil, elle avait grignoté quelques biscuits secs du bout des dents, puis elle avait pris la route de l'hôpital. Heureusement qu'elle n'habitait pas loin car ces trajets en voiture la rendaient malade !

L'odeur de café dans la salle des infirmières lui souleva le cœur. Elle se mordit la lèvre inférieure, ferma son casier et pivota vers Mona, sa collègue et meilleure amie.

— Je… passe aux toilettes. Je reviens dans deux minutes pour le briefing.

— Pas de problème, ma belle. Prends ton temps.

Freya s'engouffra dans le local contigu au bureau, verrouilla la porte et s'appuya au montant. Des gouttes de sueur perlaient à ses tempes. Elle dut inspirer plusieurs fois à fond pour dompter les spasmes qui lui soulevaient l'estomac.

Finalement, elle sortit le test de grossesse de sa poche avec un petit rire incrédule. Elle avait toujours rêvé d'avoir des enfants mais, depuis quelques années, elle n'y croyait plus. Qui pourrait tomber amoureux d'une femme défigurée ?

Ici, au Queen Hospital de Brighton, elle avait réappris

à vivre. Elle s'était forgé des repères et des habitudes en travaillant le soir.

La nuit, tout était plus calme et plus feutré. Il n'y avait pas de visiteurs. On baissait les lumières, ce qui l'arrangeait beaucoup. Dans la semi-pénombre, ses cicatrices ressortaient moins et les patientes ne la dévisageaient pas comme une bête curieuse.

Certes, elle avait bien meilleure allure, maintenant. Après l'agression, on aurait cru qu'elle portait un masque de Halloween avec ses traits rouges et figés, mais trente-trois opérations de chirurgie esthétique lui avaient redonné figure humaine.

Au début, les gens sursautaient et grimaçaient d'effroi en la voyant. À présent, c'était mieux : ils la regardaient juste d'un air intrigué. Pourtant, elle peinait toujours à s'accepter et elle vivait en recluse, traumatisée par son apparence.

En la défigurant, Mike l'avait plongée dans un monde cauchemardesque dont elle n'arrivait pas à sortir.

Ce bal masqué, cinq semaines plus tôt, avait été l'unique parenthèse dans son existence solitaire. Et quelle parenthèse…

— Du nerf…, marmonna-t-elle. Après toutes ces épreuves, faire pipi sur un morceau de plastique, ce n'est rien !

Cette formalité accomplie, elle posa le bâtonnet sur le lavabo. Puis elle se lava les mains en fixant le miroir pour s'empêcher de regarder le test. Son expression révélait sa peur, mais aussi un sentiment qui lui était devenu étranger : l'espoir.

Dans deux minutes, elle saurait.

— Ton souhait va peut-être se réaliser, chuchota-t-elle. Pas comme prévu, cela dit…

Adolescente, elle avait beaucoup rêvé de l'homme idéal. Elle s'était vue habiter une belle maison, entourée d'une famille nombreuse. La réalité s'avérait, hélas, bien différente de ce joli scénario.

Non seulement elle était seule, mais son prince charmant n'existait pas. Elle avait fait l'amour avec un inconnu !

Le soir du bal — un gala de charité pour les enfants brûlés organisé par une clinique — elle s'était senti pousser des ailes dans son costume de princesse victorienne. Elle avait choisi une robe à col montant qui dissimulait les cicatrices de son cou, avec un voile assorti. Cette tenue originale lui avait valu une foule de compliments, et elle en avait éprouvé une joie profonde.

Tout à son bonheur de revenir au « monde des vivants », elle avait jeté sa prudence aux orties pour aller aborder un homme. Jamais encore elle ne s'était comportée ainsi, mais elle l'avait trouvé si beau dans son costume de pirate qu'elle n'avait pas pu résister.

Il avait de grands yeux noirs, un sourire ravageur, des manières irréprochables. Pourtant, il semblait un peu mal à l'aise, comme s'il guettait le moment opportun de s'éclipser sans paraître impoli.

Connaissant par cœur ce genre de choses, elle avait compati. Il lui avait semblé qu'un fil invisible les reliait dans leur solitude. Elle avait donc mis ses grands principes de côté et elle s'était avancée vers lui…

— Bonsoir, je m'appelle Freya.

— Enchanté, Freya. Moi, c'est Jamie.

— Je vous ai vu regarder la porte. Vous voulez déjà partir ?

— J'y pensais, effectivement.

— Et si j'allais vous chercher un verre ?

Jamais, de toute sa vie, elle n'avait été si entreprenante. Jamais elle n'avait vibré de cette façon. Son cœur s'était mis à battre follement et elle s'était sentie heureuse et légère. C'était comme si son corps avait fait, d'un coup, le plein d'adrénaline et de sérotonine pour plusieurs semaines. Tout cela, à cause du regard brillant d'un homme…

Elle et Jamie s'étaient assis dans un coin pour bavarder.

Il avait paru apprécier sa compagnie, et même davantage. Alors, pour la première fois depuis sept ans, elle avait eu la sensation d'être désirée pour elle-même.

Une onde de plaisir l'avait parcourue lorsqu'il avait abandonné son verre pour lui effleurer le dos de la main. Électrisée par le contact de ses doigts tièdes sur sa peau, elle l'avait questionné avec une audace incroyable :

— Êtes-vous marié ?

— Non.

— Y a-t-il quelqu'un dans votre vie ?

— Non plus.

— Aimeriez-vous… avoir quelqu'un ?

Cette phrase à peine prononcée, elle avait sursauté d'embarras. La Freya MacFadden qu'elle connaissait n'était pas une allumeuse !

Elle avait retiré sa main et l'avait enfouie dans les plis de sa robe, mais Jamie l'avait capturée de nouveau avec douceur. Pas pour l'emprisonner ni lui imposer sa force, mais pour qu'elle soutienne son regard.

— Les mots vous ont échappé, je suppose ?

— Oui… C'est ça.

— Ne vous tracassez pas. On fera comme si vous n'aviez rien dit.

— Je suis désolée.

— Vous n'avez aucune raison de l'être. Au contraire…

Elle l'avait trouvé si gentil, si prévenant, que sa gêne s'était estompée. Ils avaient repris leur discussion, admiré les costumes les plus originaux, et parlé de la noble cause défendue par ce gala — le financement d'un service pédiatrique pour les enfants victimes de brûlures.

À la fin, Jamie avait proposé de la raccompagner vers la sortie. Elle avait accepté en pensant qu'ils allaient se dire au revoir sur le parking. Elle s'était imaginée disparaissant telle Cendrillon, la pantoufle de vair en moins…

*
**

Freya s'efforça de retomber sur terre. Ses collègues l'attendaient pour le briefing. Elle ne pouvait pas les faire patienter plus longtemps.

C'est maintenant ou jamais. Regarde…

Elle inspira à fond, baissa la tête et retint brusquement son souffle.

— Je suis enceinte… *Enceinte ?*

Partagée entre l'envie de rire et celle de pleurer, elle agrippa le bord du lavabo. Elle avait maintenant une preuve tangible pour confirmer ses soupçons et, d'ailleurs, elle était bouleversée mais pas vraiment surprise. Quoi de plus normal qu'une grossesse après ce qui était arrivé ?

Elle ne risquait pas d'oublier le père de son enfant ni la manière dont ce bébé avait été conçu. Jamais elle n'avait connu de moments aussi magiques et passionnés. Dans les bras de Jamie, elle avait été une autre femme.

Il l'avait propulsée au paradis sans même qu'ils échangent le moindre baiser. Elle avait refusé qu'il lui ôte son voile et il avait capitulé, non sans malice, en profitant pour embrasser toutes les autres parties de son corps…

Allons, elle devait rejoindre ses collègues, maintenant. Plus elle attendrait et plus elle risquait de se faire remarquer.

Elle replaça le capuchon sur le test, qu'elle glissa dans sa poche de blouse avant de sortir des toilettes. Puis, redressant les épaules, elle s'efforça de composer un visage neutre et entra dans le bureau des infirmières.

Un grand comptoir trônait au milieu de cet espace, fermé d'un côté, mais ouvert sur le couloir de l'autre. Ainsi, il était facile de surveiller les allées et venues des patientes ou de voir qui sonnait à l'interphone puisque la porte d'accès était verrouillée.

Le mur du local était tapissé de faire-part et autres photographies de nourrissons. Plusieurs boîtes de chocolats trônaient sur le bureau et Julie, la surveillante de nuit, était justement en train d'en déguster un lorsque Freya s'avança dans la pièce.

Son arrivée ne passa pas inaperçue.

— La voilà enfin ! s'exclama Julie d'un ton gai.

Freya se glissa dans un coin en fixant ses chaussures. Consciente que tout le monde l'observait, elle s'assit pour mieux se faire toute petite. Et dire qu'elle détestait attirer l'attention…

— La journée a été dure, reprit Julie. Attendez-vous à une nuit compliquée, les filles. Nous avons deux mamans en train d'accoucher. Chambre un, il y a Andrea Simpson. Premier enfant, terme dépassé de deux jours. Elle a perdu les eaux chez elle. Pour l'instant, son col est dilaté de trois centimètres et tout se passe bien. Il faudra aller voir le monitoring d'ici un quart d'heure. Chambre deux, il y a Lisa Chambers. C'est son troisième accouchement, mais le premier par voie basse. Les deux autres fois, elle a eu des jumeaux nés par césarienne. Là, il n'y a qu'un bébé, évidemment, mais vous connaissez les risques d'un accouchement naturel après une ou plusieurs césariennes.

Freya opina. Cette patiente devait être surveillée comme le lait sur le feu.

— Le travail progresse vite, ajouta Julie. Elle est déjà à six centimètres. Pour l'instant, elle ne veut pas de péridurale. Elle dit que le gaz hilarant et l'oxygène lui suffisent.

Jetant un coup d'œil sur le tableau mural, Freya dénombra vingt et une patientes hospitalisées. Hormis les deux jeunes femmes en salle de travail, sept se trouvaient en observation prénatale et douze accouchées se reposaient dans leur chambre.

De nouvelles admissions auraient sans doute lieu pendant la nuit, sans compter les urgences. Pourtant, elle ne redoutait pas la charge de travail. En toute modestie, elle était consciente d'avoir une excellente réputation parmi le personnel soignant.

À vrai dire, elle ne vivait que pour son métier — une véritable passion. Elle avait toujours voulu devenir sage-femme et, à présent, elle considérait comme un privilège de mettre tous ces bébés au monde.

Chaque soir, elle tenait des vies entre ses mains. Elle

endossait des responsabilités énormes. Cependant, elle adorait son travail et n'aurait pas voulu faire autre chose pour tout l'or du monde.

La fin du briefing approchait, et Freya allait se lever quand Julie pivota vers le fond de la pièce, de l'autre côté du comptoir.

— Voilà, on a fait le tour ! déclara la surveillante. Avant qu'on ne se disperse, j'aimerais vous présenter un nouveau membre de l'équipe. À cause de lui, je ne pourrai d'ailleurs plus dire « les filles ». Jamie est notre nouvel intérimaire pour deux mois. Il remplace Sandra pendant son congé de maternité. Arrête de te cacher, Jamie, montre-toi !

Jamie ? Non, du calme… C'est un prénom assez répandu.

Freya n'avait guère envie de se retourner mais, si elle n'imitait pas les autres, quelqu'un risquait de s'en apercevoir. Elle jeta donc un bref coup d'œil par-dessus son épaule.

Tiens, il est mignon. Mais… attends un peu…

Elle pivota une seconde fois, l'esprit en ébullition. Paniquée, elle voulut griffonner sur son calepin pour se donner une contenance, mais son crayon resta bloqué en l'air.

C'est lui. C'est lui ! Oh non, non… Non !

Saisie de nausées, elle porta une main à ses lèvres. Le spasme était si fort qu'elle craignit de vomir là, tout de suite, sur les chaussures de Mona. Elle aurait voulu se lever et prendre ses jambes à cou, mais comment quitter cet espace bondé sans se faire repérer ? C'était mission impossible !

— … Et Jamie a fait des remplacements un peu partout en Angleterre. Il est très expérimenté, alors nous avons beaucoup de chance qu'il ait rejoint notre service. Je compte sur vous pour lui faire bon accueil et pour l'aider à prendre ses repères. Voilà, cette fois, j'ai terminé ! Bon courage, les filles… et bon courage, Jamie ! conclut Julie.

Tandis que ses collègues se dispersaient, Freya demeura figée sur sa chaise.

Que faire, maintenant ?

Évite-le au maximum et tout ira bien. C'est la meilleure solution…

Par chance, Mona semblait avoir décidé de prendre Jamie sous son aile. Elle lui montrait déjà le fonctionnement du système informatique, un peu plus loin, derrière le comptoir. Tant mieux. Pourvu qu'elle le chaperonne ainsi toute la nuit !

Freya proposa, comme d'habitude, de gérer les salles de travail. Non seulement c'était son poste préféré, mais là-bas, au bout du couloir, elle ne verrait personne…

Elle quitta le bureau, frappée par l'ironie de la situation. Un bookmaker aurait sans doute estimé ses chances de revoir Jamie à un million contre une, peut-être cinq cent mille contre une. Et voilà que leurs chemins se croisaient de nouveau le soir où elle découvrait qu'elle était enceinte. Quelle folie !

Au fond de sa poche, le test de grossesse lui parut soudain très lourd. Elle le tapota machinalement, inspira à fond, puis entra dans la chambre d'Andrea Simpson.

— Bonsoir, dit-elle d'une voix douce. Je m'appelle Freya. C'est moi qui vais piloter votre accouchement.

— Bonsoir, Freya. Enchantée !

Assis près du lit, un grand jeune homme se leva et se rapprocha d'elle. Au moment où il lui tendit la main, Freya lut de la curiosité, de la gêne et de la compassion dans son regard. C'était souvent ainsi lorsque les gens la voyaient pour la première fois.

Il baissa les yeux, puis il la considéra de nouveau, beaucoup plus « normalement ».

— Je m'appelle George, dit-il d'un ton affable. Je suis venu… pour obéir aux ordres de ma femme !

Freya s'esclaffa, trouvant le jeune couple très sympathique.

— Eh oui, George, Andrea est le patron ce soir…

Un bref coup d'œil sur le monitoring la renseigna quant au déroulement du travail. Le rythme cardiaque fœtal était bon, les contractions espacées de sept ou huit minutes, donc, pour l'instant, tout se passait bien.

— Je débrancherai cet appareil dans dix minutes, ajouta-t-elle. Avez-vous demandé une péridurale ?

— J'ai vu l'anesthésiste, au cas où, mais je préférerais l'éviter. Si je pouvais me contenter du masque…

— C'est vous qui déciderez le moment venu. Avec mes conseils avisés, bien sûr !

La future maman semblait un peu nerveuse, aussi lui adressa-t-elle un sourire encourageant.

— Vous avez peur ?

— Un peu, je l'avoue. C'est… une drôle d'expérience.

Ne m'en parlez pas. Dire que, bientôt, ce sera mon tour !

Elle tapota la main d'Andrea pour la rassurer. Elle avait vu naître des centaines de bébés, mais à chaque fois c'était différent. Voilà pourquoi elle adorait son métier.

— Tout se passera bien, n'ayez crainte. George et moi, on va vous aider.

L'espace d'une seconde, elle se demanda qui se tiendrait à son chevet le jour J. Sa mère, probablement ? Ou… Jamie ?

Non, c'était impossible ! À quoi bon imaginer un scénario aussi absurde ?

Son rêve de famille idéale ne se réaliserait jamais. Ni avec lui ni avec un autre.

C'était *elle*.

Il aurait reconnu ces yeux bleus à cent mètres à la ronde. Ce regard lumineux, d'une pureté incroyable, hantait ses rêves depuis cinq semaines.

Un soir, il avait assisté incognito à une soirée privée. Mais le monde était petit et, malgré sa discrétion, quelqu'un avait dû le reconnaître. Il était difficile de passer inaperçu quand on s'appelait « prince Jameel al-Bakhari », et qu'on était l'héritier du trône de Madijar !

Quelques jours plus tard, son secrétariat lui avait transmis une invitation à un gala de charité. La cause, un service pédiatrique pour les enfants brûlés, était si bonne qu'il n'avait pas pu refuser.

Soucieux de rester anonyme, il avait choisi un costume de pirate avec un large bandeau, et il avait prévenu les organisateurs qu'il ne resterait pas très longtemps. Comme il détestait les courbettes, il avait aussi insisté pour que sa présence ne soit pas mentionnée. Il avait toujours eu horreur du « cirque » déployé autour de sa famille. N'avait-il pas quitté son pays pour mener une vie normale, loin des feux de la rampe ?

Sa grande passion était de mettre des bébés au monde. Néanmoins, son père, le roi, n'avait pas jugé cette profession convenable pour un prince et s'était formellement opposé à ce qu'il exerce « un métier de femme ».

Respectueux, il s'était incliné. Mais à la mort de son père, quand son frère aîné Ilias était monté sur le trône, il avait reparlé de son projet. Sa vocation n'était pas de rester oisif, avait-il expliqué. Il voulait se rendre utile, avoir une occupation dont il pourrait être fier.

Non seulement Ilias ne l'en avait pas dissuadé, mais il l'avait encouragé chaleureusement. Son souhait s'était enfin réalisé. « Jamie » le maïeuticien menait une existence en tout point conforme à ses rêves.

Craignant d'être reconnu pendant le gala, il s'était montré poli et affable, mais discret. Après avoir serré des mains et discuté avec quelques invités, il s'était retiré dans un coin de la salle en attendant de pouvoir s'éclipser discrètement.

Et puis, il l'avait vue…

Presque aussi grande que lui, l'inconnue était vêtue de pourpre et de noir de la tête aux pieds. Un grand chapeau était posé sur sa longue chevelure blonde. Un voile de soie lui dissimulait entièrement le visage, à l'exception de ces magnifiques yeux azur, lumineux comme un ciel d'été…

À sa grande surprise, Freya avait traversé la pièce pour venir l'aborder. Ils avaient discuté, ils avaient ri. Il l'avait trouvée sympathique, drôle, intelligente, et il avait très vite succombé à son charme.

Captivé par son regard audacieux et sexy, il avait perçu d'intenses vibrations entre eux. Bien qu'elle n'ait pas bu d'alcool, elle avait paru… enivrée, comme intoxiquée par sa présence. Ce qui avait été parfaitement réciproque !

Pourquoi l'avait-il trouvée à ce point différente des autres invités ? Il y avait ce côté mystérieux, mais pas seulement. Elle lui avait paru très sage et très réfléchie malgré sa jeunesse — elle lui avait confié avoir vingt-sept ans.

— Me faites-vous confiance, Freya ?

— Une femme peut-elle faire confiance à un pirate ?

— Oh ! mais je suis bien plus que ça…

Il l'avait vue sourire sous son voile puis elle avait regardé sa bouche. Alors, une flambée de désir irrépressible l'avait submergé, mais elle s'était tournée vers la porte.

— La soirée se termine. Je vais… y aller.

— Puis-je vous conduire quelque part ?

— C'est gentil, mais j'ai ma voiture.

— Dans ce cas, laissez-moi vous raccompagner jusqu'à la sortie.

Quand il lui avait offert son bras, elle l'avait pris, le regard brillant. Une nouvelle flambée de passion avait déferlé en lui et il s'était demandé quoi faire. Il se considérait comme un gentleman, un homme de principes. Jamais il n'avait fait l'amour avec une inconnue, mais un lien spécial s'était tissé entre Freya et lui…

Dans le hall, ils étaient restés longtemps face à face, les yeux dans les yeux. Aucun n'avait le courage de dire au revoir et, au bout d'un moment, il l'avait prise par la main et l'avait entraînée dans le couloir contigu au vestiaire.

La première pièce qu'il avait ouverte n'était pas fermée à clé. C'était un local de service, avec des étagères remplies de linge propre et d'uniformes bien repassés. Il avait poussé le verrou puis dévisagé Freya intensément. Dans la pénombre, il avait vu des paillettes d'or illuminer son regard comme des joyaux précieux.

Quand elle avait agrippé sa chemise pour l'attirer plus près, il avait perdu toute notion du temps et du monde. Tout en la caressant frénétiquement, il avait relevé sa grande robe puis ses innombrables jupons pour sentir sa peau contre la sienne. Il en avait tellement envie !

Comme deux âmes perdues, ils s'étaient cramponnés l'un à l'autre. Ils avaient chuchoté, gémi, murmuré des paroles incohérentes. Il avait alors voulu lui ôter son voile pour l'embrasser, mais elle l'en avait empêché.

— Non. Laisse-le…

— Mais Freya…

— Pas de baisers. S'il te plaît.

Il avait respecté ce souhait étrange qui l'avait rendue plus désirable encore. Il avait exploré de sa bouche son corps superbe. Elle était une énigme, une sorte de fruit défendu dont il avait compris instinctivement qu'il aurait du mal à se rassasier…

Ils s'étaient donnés sans réserve l'un à l'autre. Puis ils étaient restés enlacés, le souffle court, jusqu'à ce que leur respiration s'apaise. Jusqu'à ce qu'ils entendent un bruit de l'autre côté de la porte.

La tête baissée, Freya s'était détachée de lui et avait rajusté sa tenue.

— Je dois… partir.

Il l'avait regardée, incapable de trouver les mots justes. Il aurait voulu qu'elle l'accompagne à son hôtel. Il aurait aimé lui demander s'ils pouvaient se revoir, lui qui d'habitude refusait tout engagement. Mais, au moment de parler, une vive émotion l'avait étreint et il était resté silencieux.

Le temps qu'il reprenne ses esprits et qu'il se rhabille, elle avait disparu. Il avait couru vers le hall dans l'espoir de repérer sa longue chevelure blonde, mais en vain. Il était ensuite retourné dans la salle de bal. Il avait même demandé à ses gardes du corps d'inspecter le parking, sans plus de succès. Alors, déçu, il était parti.

Et voilà que ce soir il retrouvait Freya dans des circonstances pour le moins inattendues ! Qui aurait pu imaginer qu'ils deviendraient collègues ?

Dès qu'elle s'était retournée, il avait su qui elle était.

Chaque fibre de son corps s'était mise en alerte et il avait dû se faire violence pour ne pas courir vers elle.

Malgré son émotion, il avait aussi vu quelque chose qui l'avait bouleversé. D'un coup, il avait mieux compris pourquoi sa belle inconnue portait un voile le soir du gala.

Elle avait des cicatrices. De toute évidence, elle avait subi des greffes. Combien ? Que lui était-il arrivé ? Avait-elle été victime d'un incendie ? Était-ce pour cette raison qu'elle avait participé à cette soirée ?

En le voyant, elle avait semblé horrifiée. Puis il avait lu la peur dans ses yeux, juste avant qu'elle ne baisse le nez sur son carnet. La peur et la honte, car il n'avait pas pu s'empêcher de la dévisager.

Furieux contre lui-même, il aurait voulu lui crier que cela ne changeait rien, qu'il la trouvait magnifique, encore plus belle que ce fameux soir. Mais elle s'était éclipsée rapidement. Elle avait tout fait pour l'éviter.

Sauf qu'il avait désespérément besoin de lui parler !

Ils se ressemblaient tous les deux. Ils préféraient l'ombre à la lumière. Il avait senti chez Freya une réserve, une discrétion identique à la sienne.

Et, rien que pour cela, elle l'attirait comme un aimant.

— C'était toi, l'autre soir ?

Freya avait presque rasé les murs pour arriver jusqu'à la cuisine. Elle s'était glissée dans la petite pièce, qu'elle avait trouvée déserte, à son grand soulagement.

Elle avait préparé un thé pour le mari de Lisa Chambers, sa seconde patiente. Elle était en train de ranger le lait dans le réfrigérateur quand elle avait entendu la porte s'ouvrir, et cette voix grave dans son dos…

Tétanisée, elle ferma les paupières. Elle ne voulait pas se retourner. Elle n'avait pas besoin de cumuler les problèmes. Découvrir qu'elle était enceinte et affronter le père de son enfant — un inconnu qu'elle croyait ne jamais revoir —, dans la même soirée ? Sur son lieu de travail ? Très peu pour elle !

— Désolée, je suis pressée. On m'attend.

Puis, ayant l'impression d'avoir la tête dans les épaules, elle alla récupérer son mug sur le plan de travail. Elle avait, soudain, la sensation d'étouffer. La simple présence de Jamie lui faisait dresser les poils sur les bras.

Cet homme avait fait chanter son corps et son âme. Il avait réveillé des fibres de son être qu'elle croyait mortes à jamais. Tel un virtuose, il avait livré une partition idéale et, dans ses bras, elle avait découvert l'amour comme elle ne l'avait jamais connu. Elle était devenue une autre femme, tendre, sauvage et passionnée. Une femme comblée…

Cette personne, hélas, n'avait existé que le temps d'une nuit. Elle ignorait quels souvenirs Jamie avait gardés, mais une chose était sûre : son inconnue d'un soir n'était ni belle ni désirable. Or, elle n'avait pas envie de voir son air déçu.

Quand leurs regards s'étaient croisés, dans le bureau, elle avait bien remarqué qu'il était sous le choc. On l'aurait été à moins. Jamais il n'avait dû l'imaginer avec une tête pareille !

Levant le mug à hauteur de visage, elle traversa la cuisine. Soulagée, elle vit que Jamie s'écartait de son passage, mais son répit fut de courte durée.

— C'est *toi* ! s'exclama-t-il, comme elle allait ouvrir la porte.

Elle baissa la tête.

— Désolée. Il faut… que j'y aille.

— Regarde-moi.

— Jamie…

Comprenant qu'il n'abandonnerait pas, elle leva vers lui des yeux embués et se raidit. Quand il allait voir les dégâts…

Mais à sa grande surprise, rien ne se produisit. Il la contempla sans ciller, un sourire chaleureux aux lèvres.

— Quel bonheur de te revoir ! J'en ai tellement rêvé ! chuchota-t-il.

Sous le choc, elle sentit les larmes rouler sur ses joues. Pourquoi ne réagissait-il pas comme tout le monde ?

— Mais je…

— Tu es inoubliable, Freya, ajouta-t-il d'un ton doux.

— Ah oui, je me suis distinguée l'autre soir. D'ailleurs, je me fais remarquer tous les jours… mais pas pour les bonnes raisons !

Elle eut un rire amer puis sortit précipitamment. Elle devait sécher ses larmes et se calmer avant de rejoindre la chambre de Lisa. Avait-on idée de se mettre dans un état pareil ? Comment Jamie avait-il fait pour bouleverser son univers en moins de deux minutes chrono ?

Machinalement, elle glissa une main dans sa poche de blouse pour vérifier que le test s'y trouvait encore. Elle eut alors l'impression que son cœur s'arrêtait de battre. Il y avait son carnet, un crayon… mais rien d'autre !

Paniquée, elle pivota vers la cuisine. Elle vit Jamie en sortir, livide sous son hâle, un air de confusion totale peint sur le visage.

Il brandissait le fameux petit tube en plastique et se dirigeait droit vers elle.

2.

Le test avait dû tomber de sa poche au moment où elle s'était baissée pour ranger le lait.

Perturbée par la présence de Jamie, elle ne s'en était pas rendu compte. Et maintenant elle se trouvait en fâcheuse posture. Que faire ? Que dire ?

Soudain, une lumière rouge s'alluma au-dessus de la porte de Lisa Chambers. Sauvée par l'alarme ! Elle avait une excuse pour s'échapper !

Elle se précipita dans la salle de travail. Après avoir donné son thé à Mark, l'époux de Lisa, elle se rapprocha de la future mère qui arpentait la pièce, les mains plaquées sur le bas de son dos.

— J'ai eu envie de pousser à la dernière contraction, expliqua Lisa.

— Je vais regarder tout ça, répondit-elle gentiment.

Après l'avoir aidée à se recoucher, elle procéda à un examen rapide. Si les poussées survenaient trop tôt, une inflammation du col de l'utérus risquait de compliquer l'accouchement.

Cela n'arriverait pas cette fois. Tout se déroulait à merveille.

— Vous aviez raison ! dit-elle d'un ton enjoué. Vous êtes à dix centimètres de dilatation. Ce bébé veut sortir !

— D'accord, mais je ne peux pas rester allongée.

— Faites comme vous le sentez, Lisa. Écoutez votre corps, et moi je vous aiderai quand vous serez prête.

La jeune femme se leva et s'accroupit au pied du lit.

Après quoi elle fit signe à Mark, lequel se posta devant elle en lui prenant les deux mains.

— À la prochaine contraction, inspirez profondément, Lisa. Rentrez le menton dans la poitrine et poussez très fort, les fesses en arrière. Même si vous avez déjà quatre enfants, c'est votre premier accouchement par voie basse et la naissance risque d'être un peu longue.

Finalement, Lisa se révéla une patiente exemplaire. Son bout de chou devait être pressé de venir au monde car la tête apparut au bout de quarante-cinq minutes. À la poussée suivante, il glissa en douceur dans les mains tendues de Freya.

Aussitôt, elle donna le nourrisson à sa mère qui pleurait à chaudes larmes. Le bébé — un magnifique petit garçon — réagit aussitôt, et ses cris vigoureux rassurèrent tout le monde : il était en pleine forme !

Freya clampa le cordon et laissa à Mark le soin de le couper. Dès qu'ils eurent réinstallé Lisa dans son lit, elle enveloppa le nouveau-né dans une serviette moelleuse, puis s'écarta en observant ce charmant tableau.

Une fois de plus, elle avait contribué au bonheur d'une famille. Elle ne se lassait pas d'être le témoin privilégié de ces instants uniques.

Après l'expulsion du placenta, elle remarqua que la jeune maman ne présentait aucune déchirure. Pour une « première », cette naissance s'était déroulée dans des conditions optimales. Elle effectua donc la toilette du bébé avec Mark et procéda à un premier examen. Benjamin Chambers mesurait 52 centimètres et pesait 3,650 kg. C'était vraiment un beau bébé !

Puisque tout allait bien, elle n'avait aucune raison de s'attarder dans la chambre. Elle mettait toujours un point d'honneur à se faire discrète pour que les nouveaux parents profitent au maximum de ces moments uniques.

Cette fois, pourtant, elle n'avait pas envie de partir. Une situation confuse l'attendait, et elle ignorait comment s'en dépêtrer…

— Je vais vous laisser, dit-elle avec un sourire forcé sur les lèvres. Encore toutes mes félicitations.

— Merci, Freya, chuchota Lisa, les larmes aux yeux. Je n'y serais jamais arrivée sans vous.

— Ne dites pas de bêtises ! Vous avez été géniale. Reposez-vous, maintenant. Je repasserai vous voir d'ici une heure.

Après être sortie sur la pointe des pieds, elle se dirigea vers le bureau en croisant les doigts pour que Jamie ne traîne pas dans les parages. Hélas, elle jouait de malchance car il arriva devant le comptoir en même temps qu'elle.

Aussitôt, son regard de braise se fit inquisiteur. Il resta muet mais, à sa manière de la dévisager, elle comprit qu'il insisterait pour avoir une explication.

Il tombait mal car elle n'avait pas de temps à perdre. Elle devait compléter le dossier du petit Benjamin, après quoi elle retournerait voir Andrea, à qui elle avait rendu visite entre deux contractions de Lisa. Le moment était mal choisi pour une discussion. D'ailleurs, pour faire bref, elle ne *voulait pas* lui parler du tout !

Tendue à l'extrême, elle le contourna pour aller s'asseoir devant l'ordinateur. Mais, sentant qu'il l'observait toujours, elle finit par relever la tête, à la fois paniquée et excédée.

Oh ! non… Pourquoi avait-elle posé les yeux sur lui ? Pourquoi fallait-il qu'il soit si beau ? Il avait un visage parfait, *lui*.

— Ce n'est pas ce que tu crois…, balbutia-t-elle.

Prenant la seconde chaise tournante de la zone d'accueil, il la rapprocha et s'assit près d'elle.

— Ah bon ? Mais qu'est-ce que je crois, à ton avis ?

— Ce test… est celui d'une patiente. J'ai dû le ranger dans ma poche sans faire attention et…

— Mona m'a expliqué que la maternité ne fait aucun test de grossesse. Les sages-femmes des consultations externes les utilisent parfois en cas d'urgence. Tu n'as pas changé de service, tout de même ?

Elle baissa le nez sur ses fiches. Si elle avait eu la capacité physique de rougir, elle serait probablement devenue écarlate. Mais, à cette minute précise, elle se félicitait que son visage garde toujours une teinte uniforme, à quelques nuances près…

— Freya… Regarde-moi.

Subjuguée par la voix grave de Jamie, elle releva la tête.

— C'est le tien ?

À quoi bon nier ? Il avait déjà compris.

— Oui…, dit-elle d'une voix à peine audible.

— Est-ce que… c'est moi…

Elle le fixa, éperdue. Devait-elle avouer à cet inconnu — son amant d'un soir — qu'il était le père de son enfant, ou soutenir le contraire ? Si elle démentait, il la prendrait pour une fille facile, ce qu'elle n'était pas du tout !

Depuis Mike, elle n'avait eu personne dans sa vie. Elle avait trop souffert. Après avoir frôlé la mort, elle avait résolu de ne plus s'attacher à quiconque. Elle en avait même fait la promesse solennelle à sa mère sur son lit d'hôpital.

Jusqu'à cette fameuse nuit, cinq semaines plus tôt, elle n'avait jamais eu envie de déroger à cette règle. Jusqu'à ce qu'elle croise le chemin d'un beau pirate qui lui avait complètement tourné la tête.

Grisée par son regard de braise, elle s'était abandonnée. Elle s'était dit qu'elle ne le reverrait jamais et qu'il n'y aurait aucune conséquence. Quelle idiote ! Pour une sage-femme, c'était un comble de s'être montrée aussi imprudente.

Un rapport non protégé pouvait être à l'origine de pathologies comme le sida et, bien sûr, aboutir à une grossesse. Elle était bien placée pour le savoir. D'ailleurs, Jamie ne valait pas mieux qu'elle dans cette histoire puisqu'ils exerçaient le même métier !

Alors, maintenant, il devait être informé des conséquences de son « erreur ».

— Oui, dit-elle. Tu es le père.

Quand il baissa les yeux, elle eut presque l'impression d'entendre les pensées se bousculer dans sa tête. Essayait-il de trouver une échappatoire ? Allait-il prendre ses jambes à son cou, chercher un poste ailleurs ?

Il se redressa et inspira à fond.

— Tu es enceinte de cinq semaines, dit-il. Il va falloir prendre de l'acide folique et te ménager un peu.

Malgré le coup qu'il venait de recevoir, il essayait de faire preuve de bon sens. Mais pour Freya, qui avait déjà subi la domination d'un homme, ces remarques parurent déplacées. Personne ne lui dicterait plus sa conduite. Jamais !

— Évite de me dire ce que je dois faire, répliqua-t-elle sèchement. Je ne t'appartiens pas.

— Bien sûr que non. J'essaye juste…

— Tu essayes de contrôler la situation. Arrête tout de suite, Jamie. C'est intolérable.

Elle avait presque crié ces derniers mots et se mordit la lèvre inférieure. Plus les minutes passaient, plus elle s'affolait. Elle se retrouvait liée à un inconnu par la force des choses. Le piège se refermait sur elle et elle ne voyait pas comment s'échapper…

— Tu portes *mon enfant*, dit Jamie d'un ton ferme. Je ne crois pas que tu en mesures toutes les conséquences.

Submergée par une vague de colère, elle se pencha vers lui.

— C'est ça… En tant que sage-femme, je n'y connais rien ! ironisa-t-elle.

Saisissant son carnet et son stylo, elle se mit debout. Son compte rendu d'accouchement attendrait. Elle ne voulait pas rester avec Jamie une minute de plus.

Sinon, elle allait exploser de rage.

Freya attendait un enfant !

Pour Jamie, la solution était simple : ils devaient se marier au plus vite. Les habitants de Madijar seraient horrifiés s'ils découvraient que leur prince avait abandonné une femme enceinte. D'ailleurs, pour lui, c'était hors de question.

Héritier de la couronne ou pas, il se considérait comme

un homme d'honneur et il l'aurait demandée en mariage même s'il avait été un simple roturier. Ayant des principes, il avait toujours plaint les femmes qui se retrouvaient seules pour élever leur enfant.

Ce bébé était *le sien.* Alors, que Freya le veuille ou non, il souhaitait assumer ses responsabilités.

Il comprenait qu'elle puisse avoir des craintes puisqu'ils ne se connaissaient pas. Néanmoins, il soupçonnait un problème plus grave. Elle n'avait pas seulement eu l'air inquiète. Elle lui avait paru choquée et au bord de la crise de nerfs.

Était-ce lié à son vécu, à ses cicatrices ? Quel genre de traumatisme avait-elle subi ? Il avait seulement voulu se montrer gentil, mais elle avait paniqué.

Quelle qu'en soit la raison, il devait trouver un moyen de l'amadouer. Il n'avait pas le choix s'il voulait agir conformément à ses principes, à son éducation et à son rang. Et il mettrait tout en œuvre pour y arriver !

Peu après 6 heures du matin, Andrea mit au monde une petite fille en excellente santé.

Pour Freya, la fin du service approchait. D'ici une heure à peine, elle serait débarrassée de Jamie. Elle avait hâte car elle haïssait les mâles du genre dominateur.

Avec Mike, elle avait eu sa dose de tyrannie pour le reste de ses jours.

Cela avait commencé de manière insidieuse, un soir où elle devait aller boire un verre avec ses camarades de fac — elle était en quatrième année, à l'époque.

« J'aimerais mieux que tu restes là, avait dit Mike. J'ai tellement peur qu'un type louche ne t'aborde ! Quand ils voient une bande de filles, certains gars ne pensent qu'à les importuner. Alors, quand tu sors sans moi, je me fais du souci. »

Naïve, elle avait cru qu'il s'inquiétait pour elle et, ce jour-là, elle avait mis le doigt dans un engrenage infernal.

D'abord, elle n'avait plus vu ses amies. Ensuite, Mike l'avait éloignée de sa mère : « Elle ne m'apprécie pas. Tu as vu la façon dont elle me regarde ? S'il te plaît, restons tous les deux dimanche prochain… »

En quelques mois, elle s'était retrouvée isolée, sous le contrôle exclusif d'un manipulateur. Mais, lorsqu'elle avait voulu rompre, Mike lui avait promis de faire des efforts.

« Je vais changer, Freya. Je t'aime. Je ferais n'importe quoi pour toi ! »

N'importe quoi, en effet. Sa paranoïa s'était aggravée. Elle avait commencé à le trouver dangereux et, un matin qu'il était au travail, elle avait rassemblé ses affaires et était retournée chez sa mère.

Elle s'était crue libre, jusqu'au jour où il l'avait aspergée d'acide en pleine rue…

S'arrachant à ces réflexions pénibles, elle regagna le bureau des infirmières. Heureusement, il n'y avait personne à l'horizon. Elle allait pouvoir compléter ses dossiers sans être dérangée.

Sur le comptoir, une boîte de chocolats était restée ouverte. Elle en choisit un au caramel, puis elle s'affala sur une chaise devant l'ordinateur. Hum… Ce petit remontant tombait à pic. Elle ne s'était pas octroyé de pause et, à présent, elle mourait de faim. Elle aurait payé cher pour des œufs au bacon servis sur un plateau, avec une bonne tasse de thé bien fort !

Soudain, une banane apparut dans son champ de vision. Elle leva la tête pour voir qui l'avait posée devant elle.

— Jamie…

— Mange ça. Tu n'as rien avalé de toute la nuit.

Elle repoussa le fruit en plissant le nez.

— Merci, mais je préférerais autre chose.

— Ah oui, quoi donc ? Tu n'es plus la seule concernée, maintenant. C'est mon bébé aussi, alors ma priorité c'est que tu te nourrisses correctement.

Puis il ferma la boîte de chocolats d'un geste décidé

et l'éloigna. Irritée, elle tendit la main pour la ramener vers elle.

— Parle moins fort ! chuchota-t-elle en le fusillant du regard. Je n'ai pas envie que tout le monde soit au courant.

— Vas-tu manger cette banane ?

La simple idée d'en prendre une bouchée lui souleva le cœur. Elle rêvait d'un plat chaud, d'un vrai petit déjeuner anglais...

— Pas tout de suite. Plus tard, peut-être.

Et dire que, dans ses cours de préparation à l'accouchement, elle faisait de grands discours sur les bienfaits d'une alimentation équilibrée ! À présent, elle comprenait mieux les « envies de gras » de certaines futures mères.

— Quand vas-tu manger ? insista Jamie.

— Dans une heure, à la maison.

— D'accord. Et où habites-tu ?

Elle lui lança un regard interloqué.

— Tu t'imagines que je vais te le dire ? On se connaît à peine !

— Ça ne t'a pas empêchée de concevoir un bébé avec moi, répliqua-t-il, ses yeux noirs lançant des éclairs.

— Comme si j'y avais pensé, à ce moment-là ! Remarque, j'aurais dû. Je n'en serais pas là aujourd'hui.

Il eut l'air peiné par cette remarque, mais il l'avait bien cherché. Quelle idée de vouloir connaître son adresse ! Elle ne risquait pas de la lui donner. Son appartement était son refuge, le seul endroit avec l'hôpital où elle se sentait en sécurité. Elle n'allait sûrement pas courir ce risque.

Elle se leva, comme pour donner plus de poids à ses propos.

— Je n'ai pas besoin qu'un homme se mêle de ma vie, ajouta-t-elle.

— Mais tu comptes pour moi, Freya !

— Cela m'étonnerait beaucoup. Tu m'as mise enceinte, alors tu essayes de faire ce que tu crois juste. Mais ne te donne pas cette peine. Laisse tomber, Jamie. C'est mieux comme ça.

Même si la perspective d'élever un enfant seule ne la réjouissait guère, elle refusait de se lier. Elle avait trop peur. Elle vivait dans l'angoisse permanente qu'un homme l'agresse de nouveau…

Jamie se pencha vers elle et la fixa droit dans les yeux.

— J'ignore ce que tu as vécu, dit-il, comme s'il avait deviné ses pensées. Mais, moi, je ne *suis pas* ce genre d'homme. Et quand je fais quelque chose j'en assume toutes les conséquences. Donc, je veux prendre soin de toi et du bébé.

— Inutile. Je me débrouillerai très bien toute seule.

— Je n'en doute pas, mais notre enfant aura besoin de sa mère *et* de son père. Ce sera beaucoup plus convenable. Il — ou elle — mérite ce qu'il y a de mieux.

Sur le point de protester, elle s'interrompit. Elle ne pouvait pas contredire Jamie sur ce point : une maman souhaitait toujours le meilleur pour sa progéniture.

— Pourquoi te préoccupes-tu de ce qui est « convenable » ? demanda-t-elle néanmoins.

— Je ne peux pas faire autrement. Dans la vie, il y a des règles. C'est comme ça.

— Si tu attaches de l'importance à ces choses-là, tu n'aurais jamais dû coucher avec une inconnue dans un placard. Tu aurais dû m'emmener dans un palace. Cela aurait été plus « convenable » !

Il lui adressa un clin d'œil.

— Qui sait, je le ferai peut-être un jour ? rétorqua-t-il d'un ton provocateur. Il y a beaucoup de choses que tu ignores à mon sujet, Freya MacFadden.

Elle le dévisagea d'un air soupçonneux. Qu'il était beau ! Avec sa chevelure de jais, ses grands yeux noirs en amande, sa mâchoire carrée et ses lèvres sensuelles, il ne devait avoir aucun mal à faire des conquêtes. Il venait pourtant d'affirmer qu'il avait des principes…

Décidément, elle se trouvait face à une énigme !

— Tu devrais peut-être éclairer ma lanterne, répliqua-t-elle sans sourire.

— Ce n'est ni le lieu ni le moment. D'ailleurs, tu ne me croirais pas.

Il jeta un coup d'œil en direction du couloir. Puis il sortit de sa poche une petite carte noire à liseré d'argent, qu'il posa devant elle.

— Hôtel Franklin, lut-elle tout haut. Que…

— Accepterais-tu de me retrouver là-bas demain, avant ton service ?

— Pourquoi ? Tu peux me parler ici.

— Non, il y a trop de monde et on doit discuter sérieusement. S'il te plaît…

Elle soupira, résignée. Dans un bar ou un salon d'hôtel, il ne pourrait rien lui arriver de fâcheux. Les gens allaient la regarder, mais pour une fois elle prendrait sur elle. De toute manière, elle ne resterait pas longtemps. Jamie devrait se contenter de dix minutes, maximum.

— 18 heures ? suggéra-t-elle.

— Ce sera parfait. Merci… Vraiment.

Elle hocha la tête et prit la banane, qu'elle lui tendit.

— Emporte-la, s'il te plaît, avant que je vomisse sur ce comptoir.

Il eut un sourire compréhensif.

— Désolé, Freya. Demain, je t'apporterai du raisin.

Le Franklin était une somptueuse bâtisse géorgienne dissimulée par un épais rideau d'arbres au bout d'une allée privée.

En se garant sur le parking à côté d'une limousine avec chauffeur, Freya se demanda pour la énième fois ce qu'elle venait faire là. Jamie séjournait-il dans ce palace ? Lui, un maïeuticien ? Probablement pas. Il avait sans doute voulu la rencontrer dans un lieu discret qui ne la mettrait pas mal à l'aise. Mais c'était peine perdue…

Résistant à l'envie de repartir, elle descendit de voiture. Après avoir ajusté son foulard et chaussé ses lunettes de soleil, elle remonta l'allée gravillonnée jusqu'au perron.

À l'intérieur, le son feutré d'un piano l'accueillit. Charmée, elle marqua une pause au milieu du grand hall. Elle eut à peine le temps de se retourner qu'un jeune homme en livrée bleue se matérialisait devant elle.

— Bonjour, madame, dit-il d'un ton courtois. Puis-je vous aider ?

— Oui, je… J'ai rendez-vous avec M. Jamie Baker.

— Mademoiselle MacFadden ? Bien sûr, nous vous attendions ! répondit-il avec un large sourire. Prenez l'ascenseur de droite et montez au troisième étage.

Au troisième étage ? Mais non ! Elle avait prévu de le rencontrer dans un endroit public…

Trop tard. Si elle protestait, elle allait se donner en spectacle.

— Quelle chambre ? demanda-t-elle.

— M. Baker loue l'étage tout entier.

Elle enregistra cette information avec stupeur. Il n'y avait que les rock stars ou les têtes couronnées pour se permettre ce genre de choses. Jamie était-il riche ?

« Tu ne me croirais pas », avait-il dit.

La nuit du gala, la rumeur avait couru qu'un héritier royal figurait parmi les invités. Elle n'avait remarqué personne susceptible d'être un prince, mais n'importe qui pouvait se cacher sous un bandeau de pirate.

Oh ! non. Pourvu que…

Elle n'était pas encore montée dans l'ascenseur et rien ne l'empêchait de fuir. Elle pourrait même prendre quelques jours de congé et aller se reposer dans la maison de vacances de sa mère, sur Hayling Island. C'est là qu'elle s'était réfugiée à sa sortie de l'hôpital, à l'époque où elle devait garder un masque sur le visage en permanence.

Les locations saisonnières n'allaient pas tarder, mais pour l'instant le cottage devait être disponible, et Jamie n'irait jamais la chercher là-bas. Où pourrait-elle mieux se ressourcer que sur cette petite île pittoresque ?

La sonnerie discrète de l'ascenseur la fit sursauter. Elle hésita un instant puis monta dans la cabine. Cette discussion, elle la devait à son bébé. Jamie désirait s'impliquer auprès de leur enfant et elle n'avait aucun droit de l'en empêcher.

Elle allait le laisser parler, l'écouter attentivement. Ensuite… elle aviserait.

Au troisième étage, la vision de deux hommes en costume noir, portant chacun une oreillette, lui coupa les bras et les jambes de stupeur. Des gardes du corps !

Elle dut glisser son sac dans un scanner puis passer sous un portique. Ces hommes portaient-ils une arme ?

Tandis qu'ils la guidaient le long d'un couloir moquetté, elle s'accrocha à son sac comme à une bouée de sauvetage. C'était ridicule, mais elle se sentait toute petite et, pour le coup, en insécurité, alors que cela aurait dû être l'inverse !

Parvenus devant une lourde porte richement ouvragée, les gardes ouvrirent un battant chacun, puis s'effacèrent pour la laisser entrer. Elle fit trois pas en avant et regarda autour d'elle, bouche bée. C'était donc ça, une chambre de palace !

Un imposant lit à baldaquin trônait au fond de la pièce dotée d'immenses fenêtres à petits carreaux. Elle repéra aussi des meubles anciens, des tableaux, trois bouquets de fleurs savamment disposés dans des vases de cristal somptueux.

Debout au centre de la pièce, vêtu d'une tunique et d'un pantalon blancs, Jamie souriait. Il semblait très à l'aise.

— Tu… avais raison, dit-elle. Je ne t'aurais pas cru.

Il l'invita à s'asseoir sur un canapé damassé et lui proposa un thé qu'elle accepta. Mais, au moment de le boire, elle tremblait tellement qu'il lui enleva sa tasse. Avec douceur, il lui captura les deux mains.

— Tout va bien, Freya.

Elle se dégagea en fronçant les sourcils.

— Ah bon, tu trouves ? Qui es-tu, Jamie ?

— Mon véritable nom est Jameel al-Bakhari. Je suis le prince héritier du trône de Madijar. Mon frère aîné, Ilias, est devenu roi à la mort de notre père. Mais, hélas, lui et son épouse, la reine Jasmeen, n'ont jamais pu avoir d'enfants.

Je suis donc appelé à régner après lui. J'ai également une sœur cadette, Zahra, qui vient juste de se marier.

Freya eut l'impression de se retrouver dans un film. Avait-elle été envoyée à Hollywood d'un coup de baguette magique ? Jamie lui faisait-il une plaisanterie d'un goût douteux ?

— Tu es… un prince de sang ?

— Tout à fait.

— Mais alors… pourquoi travailles-tu comme maïeuticien ? Pourquoi as-tu changé ton identité ?

Il secoua la tête en souriant.

— Je n'ai pas demandé à naître dans une famille royale, Freya. Cet univers me met mal à l'aise. Les parades et les honneurs, ce n'est pas mon truc, alors, très jeune, j'ai décidé que j'exercerais un métier. Je voulais connaître les gens, les aider. Une fois — j'avais neuf ans à l'époque —, mon père m'a emmené dans un hôpital où il inaugurait le nouveau service de néonatalogie. Cette visite a été une révélation pour moi. Ce jour-là, j'ai su que je voulais mettre des bébés au monde.

— Un homme sage-femme, c'est rare. Tu aurais pu devenir obstétricien.

— J'aurais pu, mais je n'ai pas voulu. Bien souvent, on n'appelle les obstétriciens qu'en cas de problème. Moi, je voulais suivre des accouchements de A à Z, tenir la main des patientes, être celui qui accueille les enfants pour leur tout premier cri. C'est peut-être égoïste, mais…

— Pas du tout. Je comprends.

— Eh oui, on est pareils, tous les deux. Sauf que mon parcours… a été un peu compliqué. Quand je lui en ai parlé, mon père, qui était de la vieille école, a refusé que j'exerce une profession dite « féminine ».

Freya n'imaginait même pas ce qu'elle aurait ressenti si sa mère l'avait empêchée de suivre sa vocation. Elle aurait déprimé !

— Et comment as-tu fait ?

— À la mort de mon père, il y a dix ans, mon frère

Ilias lui a succédé. Il venait d'épouser Jasmeen et tout le monde imaginait qu'ils allaient avoir une descendance. Ma présence à Madijar n'était pas essentielle, aussi l'ai-je supplié de me laisser suivre les études dont je rêvais. Comme il est très moderne, il m'a encouragé. Je suis donc parti pour l'Australie, et depuis trois ans je vis en Angleterre.

— Mais ton frère n'a jamais eu d'enfants…

— Non, Jasmeen et lui n'ont pas eu cette chance. Je reste son successeur et, même s'il est très compréhensif, il m'a déjà demandé plusieurs fois cette année quand je comptais rentrer. Il estime que les gens ont besoin de se réhabituer à moi pour que la succession se passe bien…

— Tu as le temps, non ?

— Pas vraiment. Ilias n'a que six ans de plus que moi, mais il est fragile. Il a déjà connu une alerte cardiaque.

Freya prit sa tasse et but quelques gorgées pour essayer de dompter sa nausée. Ce qu'elle venait d'entendre l'avait mise encore plus mal à l'aise, si c'était possible…

— En clair, je porte l'héritier du trône de Madijar ?

— Oui.

Elle eut soudain la sensation d'étouffer et se leva d'un bond. Puis elle se mit à faire les cent pas dans la chambre. Cette histoire ne tenait pas debout. C'était insensé !

Être la future mère d'un petit prince, ou d'une petite princesse, risquait de bouleverser son quotidien. Sa vie ne lui appartiendrait plus. Elle serait sous contrôle permanent…

— Mon pays est très attaché aux traditions, reprit Jamie d'une voix douce. En clair, nous devrons nous marier avant la naissance du bébé.

Il s'était levé pour se rapprocher d'elle mais, quand il voulut lui prendre le bras, elle fit un bond en arrière.

— Tu veux que je devienne… une princesse ? Une future reine ? C'est n'importe quoi ! Pourquoi penses-tu que je travaille la nuit ? J'aime mon petit monde. Dans cette équipe, personne ne me regarde comme une bête curieuse. Tu crois que passer de l'ombre à la lumière pourrait me tenter ?

— Freya, il faut que nous…

Le semblant de contrôle qu'elle exerçait sur elle-même s'évapora d'un coup. Elle eut l'impression d'être happée dans un trou noir et elle inspira profondément, en proie à une vive panique.

Comment Jamie allait-il prendre son refus ? Allait-il réagir comme Mike ?

Il faut que je parte. Tout de suite.

Elle plongea la main dans son sac, en extirpa son téléphone et composa le numéro de la police. D'une simple pression sur la touche « Appel », elle pourrait alerter les secours si les choses tournaient mal.

— Il n'y a pas de « nous » ! s'écria-t-elle. Je ne vais rien faire et toi non plus, d'ailleurs. Oublie-moi. Considère que je n'existe pas. Le moment venu, tu épouseras une jolie femme, la belle princesse que tout le monde attend.

— Mais *tu es* belle !

Elle éclata d'un rire amer.

— Bien sûr ! Avec la tête que j'ai, m'aurais-tu demandée en mariage si je n'avais pas été enceinte ? À d'autres !

Il secoua la tête et vint se planter devant elle.

— Crois-le ou non, je te considère comme une belle personne, forte et courageuse. Ton apparence importe peu.

— Si, ça compte ! L'image qu'on projette est essentielle. On nous juge là-dessus, que tu le veuilles ou non. J'apprécie ta proposition et je t'en remercie, mais ce mariage ne serait pas une bonne chose pour Madijar. Ton peuple mérite mieux qu'une amante d'un soir, une roturière étrangère et défigurée. Je t'en supplie, restons-en là.

— Non ! Je ne peux pas. Je ne *veux pas*.

Elle sentit son regard s'embuer. Pourquoi rendait-il les choses si difficiles ?

— Jamie, je ne peux pas changer ma personnalité. Ça ne marchera jamais. Je ne suis pas faite pour cette vie.

— Moi non plus, mais c'est mon destin. Et, puisque tu portes mon enfant, tu devras le partager.

Elle secoua la tête si violemment qu'elle eut de nouveau

la nausée. Quelque part, elle avait conscience de peiner Jamie, mais elle n'avait pas le choix. Elle devait arrêter tout de suite cette machine infernale.

Décidée à en finir, elle le regarda droit dans les yeux.

— C'est non, dit-elle avec force. Je ne t'épouserai jamais.

Tournant les talons, elle courut vers la porte puis se rua dans le couloir. Elle eut peur que les gardes ne cherchent à l'arrêter, mais ils se contentèrent de la suivre à distance respectable.

Dans l'ascenseur, elle rangea son téléphone et inspira profondément.

Elle avait eu le courage de dire non. Le plus dur était fait. Restait à espérer que Jamie la laisserait tranquille.

3.

Les semaines suivantes, Freya évita Jamie le plus possible.

Délicat et respectueux, il gardait ses distances, une attitude qu'elle appréciait. Pourtant, à sa façon de la regarder, elle sentait bien qu'il n'avait pas dit son dernier mot. Mais sans doute, à la longue, allait-il finir par comprendre.

Elle, devenir princesse ? Élever son enfant dans une prison dorée ? Jamais !

Son fils ou sa fille mènerait une vie « normale », comme tous les autres. Il — ou elle — fréquenterait l'école du quartier, aurait des activités extrascolaires, des amis, une vie sociale. Ensemble, ils iraient à la plage. Ils feraient des châteaux de sable, mangeraient un *fish and chips* ou une glace sur la jetée. Elle n'accepterait pas qu'il grandisse enfermé dans un palais sous la surveillance de gardes du corps.

Refuser la proposition de Jamie lui avait demandé un courage immense tant elle avait peur. Néanmoins, elle s'était juré que, après Mike, elle ne laisserait personne lui dicter sa conduite.

Elle avait eu le sentiment que, par sa demande en mariage, Jamie voulait la déposséder non seulement de sa liberté, mais de sa vie entière, et tout cela pour un pays dont elle n'avait quasiment jamais entendu parler. Elle comprenait qu'il ait des devoirs. En revanche, ces obligations ne s'appliquaient ni à elle-même ni à l'enfant qu'elle portait. Il serait bien inspiré de s'en souvenir.

Plus les jours passaient, plus elle se demandait quand

il allait revenir à la charge. Jusqu'alors, il lui avait semblé calme, raisonnable. Un peu triste peut-être, mais sans une once d'agressivité. Sur ce point-là, elle devait reconnaître qu'il était très différent de Mike.

Cependant, qu'adviendrait-il le jour où il serait obligé de partir ? Essayerait-il de lui mettre la pression pour qu'elle l'accompagne avec le bébé ? Deviendrait-il menaçant ? Elle ne voulait pas lui faire de procès d'intention mais, depuis Mike, elle se méfiait terriblement des hommes.

Sans doute arriverait-elle mieux à cerner Jamie si elle prenait la peine de lui parler ?

Mais pour cela il faudrait qu'ils passent un peu de temps ensemble. Or, cette idée la perturbait au plus haut point…

Caroline Muller était une patiente modèle.

Entre deux contractions, elle continuait de plaisanter et de prendre des selfies avec son époux, Stefan. Puis, quand la douleur revenait, elle se calait contre la tête de lit pour pratiquer ses exercices respiratoires.

Postée près d'elle, Freya se réjouissait de pouvoir l'assister. Non seulement ce couple était charmant mais, auprès d'eux, elle pensait enfin à autre chose qu'à ses problèmes.

— Comment vous sentez-vous, Caroline ? demanda-t-elle après la dernière contraction. Si vous changez d'avis pour le masque, n'hésitez pas à me le dire.

La future mère avait opté pour un accouchement sans péridurale ni médication. Néanmoins, Freya avait préparé tout le nécessaire, au cas où.

— Ça va… plutôt bien, je trouve, répondit la jeune femme, le souffle court. Qu'en pensez-vous ?

Elle eut un sourire rassurant.

— Vous vous débrouillez comme un chef. Avoir un col dilaté de huit centimètres et refuser les antidouleurs, on ne voit pas ça tous les jours. Vous êtes formidable !

Disant cela, elle était sincère. Elle mettait d'ailleurs un point d'honneur à valoriser les choix de chaque maman

— sous réserve d'éventuels problèmes médicaux. Donner la vie était une expérience très personnelle. Il était donc primordial d'écouter les patientes et de respecter leurs souhaits.

— Merci ! s'exclama Caroline. Saviez-vous que la mère de Stefan voulait assister à l'accouchement ?

— Non, je l'ignorais…

— Forcément, j'ai refusé. Je n'aurais déjà pas voulu de ma mère, alors ma belle-mère… Imaginez un peu ! Le problème, c'est qu'elle l'a très mal pris.

Freya jeta un coup d'œil au futur papa, qui riait de bon cœur.

— Maman aime bien diriger son monde, expliqua-t-il. Comme c'est son premier petit-enfant, elle se sent investie d'une mission. On a dû la freiner.

Freya s'esclaffa.

— Ah bon ? Pourquoi ?

— Elle voulait réserver une place dans une crèche privée. Elle avait aussi prévu d'inscrire notre bout de chou aux bébés nageurs. Comme elle est allemande, elle avait même commencé à chercher une nurse bilingue pour que le petit — ou la petite — apprenne sa langue maternelle. Bref, la totale.

— Waouh, c'est impressionnant !

— Il faut lui poser des limites, sinon elle est infernale, déclara Caroline. Ouille…

La jeune femme grimaça sous le coup d'une nouvelle contraction. Elle recommença à inspirer par le nez et à expirer par la bouche, tout en balançant les hanches de gauche à droite pour résister à la douleur.

— Génial, continuez, dit Freya pour l'encourager. Respirez bien…

Tout en frictionnant le dos de sa patiente, elle se demanda comment les familles royales géraient la naissance d'un nouveau-né. Sans doute engageait-on plusieurs infirmières pour l'accouchement, puis une armada de nurses pour veiller sur le nourrisson ? Ce qui ne correspondait absolument pas à ses principes !

Elle voulait s'occuper de son bébé jour et nuit, l'allaiter, changer ses couches. Plus tard, elle l'emmènerait chez le pédiatre, à la crèche ou à l'école. Jamie avait beau être un prince, elle ne confierait pas l'éducation de leur enfant à quiconque. Plus tôt il le comprendrait et mieux cela vaudrait.

— Oooh… J'ai envie de pousser !

Le cri de Caroline la fit brusquement retomber sur terre. Honteuse d'avoir pensé à autre chose qu'au travail, elle bascula aussitôt en mode professionnel.

— Attendez juste une minute, dit-elle. Je dois m'assurer que vous êtes complètement dilatée.

C'était bien le cas, et à partir de là les choses s'accélérèrent : la petite Hannah Rose vint au monde moins d'une heure plus tard, en parfaite santé tout comme sa maman.

Après les examens d'usage, Freya laissa les heureux parents savourer leur bonheur tout neuf et elle regagna le bureau pour s'asseoir derrière le comptoir, ravie mais épuisée. Elle avait faim et soif car elle avait négligé sa pause. Elle n'avait quitté Caroline qu'une seule fois pour aller aux toilettes !

En voyant Mona sortir de la cuisine, munie d'un plateau garni de tasses fumantes, elle écarta les bras.

— Tu tombes bien ! s'exclama-t-elle.

Son amie secoua la tête en souriant.

— Tu veux un thé ?

— Avec plaisir, merci.

— Tout s'est bien passé pour Mme Muller ?

— Oui, à merveille. La petite Hannah Rose va très bien, et Caroline a accouché sans un milligramme d'antalgique.

— Eh bien, chapeau ! Personnellement, je n'ai aucune résistance à la douleur. J'ai presque réclamé une péridurale la fois où on m'a enlevé une verrue plantaire. Quand j'accoucherai, il faudra m'assommer. Et toi ?

Réalisant qu'elle avait posé une question maladroite, Mona porta une main à ses lèvres.

— Désolée… J'ai parlé sans réfléchir.

Freya savait bien que Mona ne pensait pas à mal car son amie s'était toujours montrée adorable envers elle. D'ailleurs, comment cette dernière aurait-elle pu deviner quelles épreuves, quelles souffrances elle avait traversées ? Freya avait cru mourir quand on lui avait débridé ces fameuses plaies. Elle avait eu son lot de douleur pour une vie entière et même davantage.

— Ne t'inquiète pas, dit-elle gentiment. Et, pour répondre à ta question, je ferai comme toi. Je prendrai tous les antalgiques qu'on voudra bien me donner…

Depuis trois semaines, Jamie essayait de savoir si Freya allait bien. Pourtant, loin de lui faciliter la tâche, elle l'évitait comme la peste. Une situation très inconfortable car il voulait juste lui parler et vérifier qu'elle n'avait pas de problèmes médicaux.

D'après ses calculs, elle allait bientôt passer son échographie du troisième mois. Il avait très envie d'assister à cet examen, mais comment le lui dire puisqu'elle refusait de lui adresser la parole, sauf pour le travail ?

Devenir parent était la plus belle chose au monde, une chance et un privilège. C'est pourquoi il espérait très fort que Freya le laisserait se rapprocher d'elle.

Au moins, maintenant, comprenait-il mieux pourquoi elle le tenait à l'écart.

Après des jours et des nuits d'incertitude, il avait fini par questionner Mona. La jeune femme lui avait alors brièvement raconté l'histoire de son amie. Même si elle était restée vague — par discrétion, et sans doute gênée d'évoquer le sujet —, il avait appris l'essentiel.

Freya avait été victime de violences conjugales qui avaient failli lui coûter la vie. Entendant cela, il avait éprouvé une haine farouche contre l'agresseur, qu'il aurait voulu pouvoir corriger de ses propres mains, même si ce sinistre individu avait écopé d'une peine de trente ans de prison.

Il ne s'étonnait plus, désormais, que Freya le regarde d'un air si craintif. Mais comment aurait-il pu lui faire du mal ? Il la trouvait si frêle, si délicate, qu'il éprouvait au contraire le besoin de la protéger.

Chaque soir, en entrant dans le bureau, elle relevait sa longue chevelure blonde en un chignon bas d'où s'échappaient quelques mèches folles. Avec son incroyable regard bleu, elle avait un look à la fois mystérieux et bohème qu'il trouvait irrésistible.

Hormis le premier jour, il n'avait plus prêté attention à ses cicatrices. Il ne se souciait absolument pas de l'esthétique. Il trouvait juste insupportable qu'un fou furieux lui ait infligé une pareille souffrance, et il admirait son courage.

Il savait aussi qu'il devrait l'apprivoiser pour mériter sa confiance.

Ce soir-là, bien décidé à lui parler, il avait choisi de l'attendre devant son casier. Dix minutes avant le début du service, il l'entendit approcher dans le couloir. Elle bavardait avec Mona et, quelques secondes plus tard, elles se matérialisèrent devant lui.

— Salut, les filles ! dit-il d'un ton gai.

— Salut, toi ! répliqua Mona avec un grand sourire avant de se diriger vers son placard.

— Bonsoir…

Freya avait marmonné sa réponse. Il la vit hésiter et, finalement elle s'avança vers lui.

Il lui sourit.

— J'aimerais te parler, Freya.

— De… De quoi ?

— De nous.

— Il n'y a pas de « nous ».

Elle jeta un coup d'œil inquiet par-dessus son épaule, sans doute pour vérifier que personne ne les écoutait. Puis elle déverrouilla son casier où elle rangea son manteau et son sac. Après quoi elle revêtit une blouse sur laquelle elle fixa son badge. Enfin, elle accomplit le geste qu'il aimait tant : nouer ses cheveux.

— Dis-moi au moins si ça va, chuchota-t-il. Comment te sens-tu ?

— Pas trop mal. Comme je suis nauséeuse, j'essaye de manger souvent, en petites quantités, pour y remédier.

Elle s'était exprimée d'un ton froid, mais au moins elle lui parlait. C'était un début.

— Si je peux faire quelque chose, surtout, n'hésite pas…

Elle opina en silence. Refusant de se décourager, il reprit :

— En as-tu parlé à quelqu'un ?

— Pas encore. Et toi ?

— Moi non plus.

— Super… Que va dire ta famille ?

Il imaginait sans peine la réaction de son frère. Ilias insisterait pour qu'il rentre à Madijar avec femme et enfant !

— Ils vont être aux anges, répliqua-t-il.

— Oui, bien sûr…

Jugeant inutile d'épiloguer, il désigna de la tête la corbeille posée sur le comptoir.

— Ces fruits sont pour tout le monde, mais surtout pour toi, Freya. J'ai fait mettre du raisin…

— C'est la troisième cette semaine, Jamie ! Les filles sont ravies, mais ce n'est pas nécessaire.

— J'y tiens, chuchota-t-il. Et n'oublie pas : si tu as besoin de quoi que ce soit, dis-le. J'espère que tu oseras t'adresser à moi !

Sur un dernier regard, il tourna les talons pour aller se servir une tasse de café. La route serait longue, mais il espérait montrer à Freya combien il était différent de l'homme qui l'avait blessée.

Elle devait comprendre qu'il attachait une grande importance à la gentillesse, au respect, au devoir.

Et à l'amour.

Le lendemain, en arrivant, Freya le gratifia d'un signe de tête. Le surlendemain, il eut droit à un « bonsoir ». Il décida néanmoins de ne pas pousser sa chance et s'abstint de se rapprocher d'elle comme il en mourait d'envie.

Après un week-end passé à étudier le problème sous tous les angles et à s'inquiéter pour elle, il se réjouit de la retrouver le lundi soir. Il n'eut toutefois pas l'occasion de la saluer : à peine avait-elle franchi la porte du bureau qu'elle en ressortit pour courir aux toilettes. Elle en émergea un quart d'heure plus tard, le teint cireux et la mine défaite.

Soucieux, il lui prépara une tisane au gingembre, un remède dont sa mère lui avait toujours vanté les mérites. Puis il lui proposa de commencer la tournée des patientes à sa place le temps qu'elle reprenne des forces.

Depuis quelques jours, il avait remarqué que Mona observait Freya avec attention. Il ne fut donc pas surpris d'entendre leur collègue s'exclamer :

— Ma parole, tu es enceinte !

L'air paniqué de Freya lui serra le cœur. Mais, très vite, elle dut comprendre qu'il était inutile de nier — elle travaillait avec des spécialistes. Elle opina, déclenchant les applaudissements de tous ceux qui avaient suivi la discussion. Les « waouh, génial » et « félicitations » fusèrent, jusqu'à ce que la voix de Mona s'élève de nouveau :

— Petite cachottière, tu ne m'as jamais présenté le papa !

Il vit Freya baisser le nez sur ses chaussures. Puis elle releva la tête et chercha son regard, comme pour lui demander de l'aide. Il n'hésita plus et fit un pas en avant.

— Tu le connais, Mona, dit-il d'un ton calme. C'est moi.

Il n'en fallut pas davantage pour que la nouvelle se répande comme une traînée de poudre. Les jours suivants, on ne parla plus que d'eux à l'hôpital.

Visiblement, Freya n'appréciait guère de se retrouver au centre de tous ces commérages. Néanmoins, la gentillesse des membres du service semblait lui faire plaisir. À vrai dire, tout le monde essayait de lui faciliter la tâche. La pauvre était si malade que leurs collègues s'efforçaient d'alléger sa charge de travail.

Le lendemain de la grande révélation, Jamie avait dû faire face à la curiosité de Mona.

— Êtes-vous… en couple tous les deux ? lui avait demandé celle-ci.

Il avait hésité. Il aurait voulu répondre « presque », mais n'avait pas osé. Freya avait rejeté sa demande en mariage et, dans l'immédiat, il paraissait peu probable qu'elle accepte. C'était une femme indépendante, libre de ses choix. La route serait longue avant qu'elle consente à devenir sa femme — si elle y consentait un jour.

Il avait donc fourni une réponse vague et prudente. Mona avait eu l'air perplexe, mais cela aurait été pire si elle avait su la vérité !

À présent, une semaine s'était écoulée depuis cette fameuse annonce. Ce soir-là, après avoir donné sa désormais rituelle tisane au gingembre à Freya, Jamie osa enfin poser la question qui lui brûlait les lèvres :

— L'échographie du troisième mois est prévue pour bientôt, non ?

— Oui. J'ai rendez-vous vendredi matin.

— Je me demandais… Si ça ne te dérange pas trop… J'aimerais bien être présent.

Elle lui lança un regard scrutateur, comme pour le jauger. Ces derniers jours, il avait d'ailleurs remarqué qu'elle l'observait beaucoup.

— D'accord, répondit-elle simplement.

Il eut l'impression que son cœur explosait de joie.

— Tu… es d'accord ? répéta-t-il, sidéré.

— Oui, je trouve ça normal. En tant que père, tu as le droit de venir.

— Merci ! Merci infiniment !

Il se retint d'embrasser Freya sur la joue pour exprimer sa joie et sa gratitude. Face à elle, il devait rester calme, maître de lui-même, et éviter tout débordement. Sinon, elle risquait de prendre peur.

Même s'il avait envie de le crier à la face du monde, il garderait son bonheur pour lui. D'ailleurs, cela ne changeait rien : à cette minute précise, il était plus heureux qu'il ne l'avait été de toute sa vie !

Assise près de Jamie dans la salle d'attente du radiologue, Freya se sentait mal à l'aise.

D'abord, parce qu'elle avait dû boire beaucoup d'eau pour se remplir la vessie, laquelle se rappelait maintenant à son bon souvenir. Ensuite, parce qu'il faisait grand jour et qu'elle n'avait plus l'habitude de sortir à cette heure-là.

En entrant, elle avait croisé les regards discrets mais intrigués des autres patientes et de leurs compagnons. Elle avait failli les dévisager en haussant les sourcils, ou leur proposer sa photo dédicacée, sauf que ce n'était pas dans sa nature.

On lui avait appris à respecter les gens, et ceux-ci ne pensaient pas à mal. Ils étaient simplement curieux. C'était humain.

Combien d'entre eux s'étaient demandé ce que Jamie fabriquait avec elle ? Cet homme était si beau qu'il aurait pu avoir toutes les femmes à ses pieds !

Le contraste ne tenait pas uniquement à ses cheveux d'ébène, à ses grands yeux noirs et à son physique de rêve. À sa manière de se tenir, on voyait bien qu'il était différent. Il avait dû être habitué dès son plus jeune âge à en imposer. Question de rang : tout, en lui, attestait ses nobles origines.

À côté de lui, elle se sentait petite, insignifiante. Et son teint blême n'arrangeait rien !

Pourquoi était-elle si malade ? Le stress jouait-il un rôle dans ses nausées ? Ces deux dernières semaines avaient été infernales. Sans Jamie, elle se demandait même comment elle aurait tenu le coup.

On aurait dit qu'un sixième sens l'avertissait dès qu'elle avait la nausée. À chaque fois, il était le premier à réagir pour lui préparer une boisson chaude, lui apporter des biscuits secs ou la faire asseoir dans un fauteuil en salle de repos. Ses autres collègues se montraient formidables, mais il était de loin le plus prévenant. Le plus impliqué. Le plus efficace.

Jour après jour, il grimpait dans son estime. Elle commençait même à s'attacher à lui, ce qui ne manquait pas de l'effrayer. Pour quelqu'un qui s'était promis de ne plus faire confiance à un homme, elle se posait là !

Mais comment aurait-elle pu rester insensible à tant de gentillesse ? Malgré son rang et ses devoirs, il évitait de lui mettre la pression. Il était probablement inquiet et blessé par sa froideur, mais il demeurait stoïque, calme et respectueux.

Non, décidément, elle n'était pas digne de lui. Il méritait d'épouser une femme magnifique qui ferait honneur à sa famille et lui donnerait de beaux bébés…

— Freya MacFadden ?

Entendant son nom, elle se leva d'un bond. Jamie se mit debout à son tour et la suivit jusqu'à la salle de radio.

Après lui avoir posé les questions habituelles — date des dernières règles, date présumée de la conception — et l'avoir interrogée sur son état général, Jane, la radiologue, l'invita à monter sur la table d'examen.

Elle s'allongea, le cœur battant, à la fois nerveuse et effrayée. Elle avait prévu de faire son échographie toute seule, ou alors en compagnie de sa mère. Jusqu'au lundi précédent, elle n'avait pas imaginé que Jamie l'accompagnerait. Elle n'aurait surtout pas cru que sa présence lui ferait tant plaisir !

Le contact du gel froid sur son abdomen la fit sursauter. Elle inspira à fond tandis que les pensées se bousculaient dans son cerveau. Et si elle avait rêvé ? Et si elle faisait une grossesse nerveuse ? Dans ce cas, Jamie et elle reprendraient chacun le cours de leur vie, comme si rien ne s'était passé…

— Génial… C'est super !

Elle pivota vers l'échographiste, laquelle arborait un grand sourire.

— Y a-t-il eu des grossesses multiples dans votre famille ?

Quoi ?

Quand Jane tourna l'écran de contrôle, Freya découvrit l'image saisissante de deux fœtus séparés par une ligne très fine. Elle porta une main à ses lèvres, alors que Jamie éclatait d'un rire à la fois incrédule et ravi.

— Des faux jumeaux ! s'écria-t-il.

Freya laissa échapper le souffle qui s'était bloqué dans sa poitrine. Sa grand-mère maternelle avait une sœur jumelle, mais jamais elle n'aurait pensé…

— Oh ! Seigneur…, chuchota-t-elle.

Jamie lui prit la main, qu'il porta à ses lèvres. Dans la semi-pénombre, elle vit son beau regard briller de larmes contenues. Comme il avait l'air heureux ! Quoi qu'il puisse arriver, jamais elle n'oublierait ce moment.

Elle sentit une vague d'adrénaline se diffuser dans tout son corps. Des jumeaux dizygotes. Elle portait deux bébés !

— Je n'arrive pas à le croire, ajouta-t-elle.

— Et pourtant ils sont bien là ! répondit Jane en souriant.

La jeune femme prit tout son temps pour effectuer les examens nécessaires. Elle mesura la longueur des fémurs puis vérifia l'épaisseur nucale des fœtus.

— Tout va très bien, vos bébés sont en pleine forme, dit-elle lorsqu'elle eut terminé. Ils sont de bonne taille pour des jumeaux. Je comprends mieux pourquoi vous avez tant de nausées !

— Oui, je… moi aussi.

— Comme il s'agit d'une grossesse gémellaire, vous aurez plus d'échographies et de bilans, poursuivit Jane. N'hésitez pas à me rappeler avant le prochain rendez-vous si vous avez la moindre inquiétude. Et en attendant… champagne ! Pour monsieur seulement, bien sûr !

Mais Freya n'était pas d'humeur à faire la fête. Elle avait prévu d'en dire le moins possible au sujet de sa grossesse. Elle souhaitait juste en parler à sa famille et à ses collègues, point. De toute manière, elle ne connaissait plus personne d'autre.

Jamie, en revanche, devrait sans doute tenir une foule de gens informés : ses proches, mais aussi ses conseillers, ses avocats, les ministres de son pays. Quelle ligne de conduite allait-il adopter ? Sachant qu'elle portait *deux* héritiers royaux, il paraissait encore plus improbable qu'il lâche l'affaire et s'en aille…

Plus que jamais, elle eut le sentiment d'être tombée dans un piège. Malgré ses efforts pour rester calme, elle se mit en hyperventilation. L'étreinte de Jamie se resserra sur ses doigts.

— Ça va aller, dit-il d'une voix profonde. Inspire et expire lentement. Inspire… Expire… Voilà, ralentis… Encore.

Elle se focalisa sur son visage comme s'il était un phare au milieu de l'océan. Il lui semblait être perdue dans une immensité sans fin, avec cet homme pour point de repère.

Pourtant, elle ne voulait pas dépendre de lui. Elle refusait de se laisser dicter sa conduite. Elle avait perdu le contrôle de sa vie une fois et l'avait payé au prix fort. Elle ne recommencerait pas maintenant, alors que l'avenir de ses enfants était en jeu.

Elle reprit peu à peu le contrôle de son souffle. Au bout d'un moment, Jamie lui sourit, l'air soulagé. Elle détourna le regard, lui retira sa main et s'assit.

— Tout va bien, maintenant, dit-elle.

Jane lui tendit une pochette contenant les clichés de l'échographie, un sourire compréhensif aux lèvres.

— Découvrir qu'on attend des jumeaux peut être un choc, déclara-t-elle. Il faut du temps pour s'habituer à cette idée.

— Oui, je… Sans doute.

Ignorant la main tendue de Jamie, elle descendit de la table d'examen. Puis elle remercia Jane, prit congé et quitta la pièce sans un regard en arrière.

Elle savait que Jamie la suivait, mais elle ne se retourna pas.

Ils venaient de milieux trop éloignés pour pouvoir trouver un terrain d'entente. Elle assumerait seule les conséquences de leur folle nuit car ils n'avaient rien à faire ensemble, ni maintenant ni jamais.

Le parking de l'hôpital commençait à se remplir. Freya remonta son foulard autour de son cou et se dirigea rapidement vers sa voiture, Jamie sur les talons.

Arrivée devant sa petite berline, elle se tourna vers lui.

— Ça ne change rien ! dit-elle d'un ton ferme.

Jamie la considéra, les sourcils froncés.

— Si tu le dis… Mais, quand même, il y a bien quelque chose que je peux faire pour te faciliter la vie ? Je veux t'aider, Freya.

Pourquoi fallait-il que cet homme soit si séduisant et qu'il ait une si belle voix ? N'avait-il aucun défaut ?

Si. C'est un prince !

Submergée par l'émotion et la fatigue, elle eut soudain envie de pleurer. Ses hormones se réveillaient. Elle n'avait pas été tranquille bien longtemps…

— Si tu veux m'aider, quitte l'hôpital, répondit-elle. Trouve un contrat ailleurs.

— Tu n'y penses pas ! Imagines-tu que je pourrais vous abandonner, tous les trois ?

— Il ne s'agirait pas d'un « abandon ». Tu ne me dois rien. Si tu t'en vas, tu n'entendras plus parler de moi.

— Je ne m'en irai *jamais*.

Quel cauchemar ! Ne pouvait-il comprendre qu'elle avait peur et qu'elle voulait juste avoir la paix ?

— Jamie, je ne suis pas celle que tu cherches.

— Et qui crois-tu que je cherche ?

— Une épouse. Quelqu'un qui se tiendra à ton côté et dont tu pourras être fier. Une femme que ton peuple aimera.

— Ils t'aimeront, par principe.

— Et par devoir ?

— Oui.

— Je ne veux pas qu'on m'aime par obligation ! s'écria-t-elle, révoltée. Et, de toute manière, je ne pourrai jamais remplir ce rôle. Je n'ai aucune envie de tout quitter pour te suivre. Mes enfants ne grandiront pas à Madijar. Il faut que tu renonces à cette idée, une fois pour toutes.

Elle déverrouilla sa berline et ouvrit la portière conducteur. Puis, courageusement, elle affronta le regard de Jamie.

— Tu es né pour régner, Jamie. À quoi bon commencer une histoire ici, en Angleterre, puisqu'elle devra se terminer un jour ? Mieux vaut que nous coupions les ponts tout de suite. Ce sera moins pénible, crois-moi.

Sur cette conclusion, elle s'installa en voiture. Jamie frappa à la vitre.

— Je suis leur père, Freya ! Ne me prive pas de mes enfants !

Balayant les larmes qui roulaient sur ses joues, elle démarra. Jamais elle n'aurait imaginé que la joie de porter un enfant — et, encore plus beau, deux enfants — serait ternie de la sorte.

Mais, à présent, le plus dur était passé. Elle avait pris sa décision. Tout était dit.

4.

Freya ne voyait-elle pas que sa requête était inacceptable ? Le prenait-elle pour un homme sans cœur ?

Il était bien trop impliqué dans cette histoire pour partir. Il aimait déjà ses enfants, et il les aimerait jusqu'à son dernier souffle. Il était… *leur papa*.

Bien sûr, il comprenait ses craintes. C'était normal au regard de ce qu'elle avait traversé. Mais il ne voulait pas lui nuire, au contraire : il voulait arranger la situation !

Ces rebuffades incessantes le rendaient malade car il n'avait que Freya en tête. Plus le temps passait, plus il la trouvait remarquable à tout point de vue. Son courage et sa droiture d'esprit la rendaient unique, bien qu'elle ne parût pas en avoir conscience.

Cicatrices ou pas, elle était belle. Elle croyait que les gens ne regardaient que son physique, alors que tout le monde l'aimait pour ce qu'elle était : une femme douce, gentille et dévouée, à la personnalité singulière et attachante.

Dans une société où le « look » primait souvent sur le reste, il connaissait la pression subie par la gent féminine pour correspondre aux canons de la beauté. Des photos de mannequins superbes faisaient la couverture des magazines. Conseils de maquillage, de coiffure et de style abondaient partout, y compris sur Internet.

Force était d'admettre que les qualités personnelles d'une femme étaient rarement mises en valeur. Voilà pourquoi il ressentait le besoin irrésistible de protéger Freya. Elle le méritait plus que toute autre. Et puis, dans son état, il fallait bien lui faciliter la vie, non ?

Même si elle niait l'évidence, un lien spécial les unissait. Le fait qu'elle refuse de l'épouser n'y changeait rien.

Dès le début, il avait affecté deux gardes pour lui assurer une protection rapprochée discrète. D'après eux, elle ne sortait jamais. Trois fois seulement, elle avait rendu visite à une dame qui, après vérification, s'était révélée être sa mère. La maman en question était aussi venue la voir à cinq reprises, mais il n'y avait eu personne d'autre.

Que Freya vive en recluse fendait le cœur de Jamie. Il aurait voulu l'aider à mener une existence moins solitaire, plus ouverte sur le monde, car elle ne devait pas être très heureuse !

Ce lundi soir, après y avoir réfléchi le week-end entier, il l'aborda dès qu'ils furent seuls dans le bureau.

— Si on allait boire un café quelque part, un de ces jours ? dit-il.

Elle leva les sourcils.

— Pourquoi ? On se voit toute la semaine à l'hôpital.

— Oui, mais ici on n'a pas vraiment l'occasion de discuter. Il faudrait qu'on puisse se connaître mieux. Si tu préfères, on choisira un lieu public.

Il croyait la rassurer par cette suggestion, mais elle se rembrunit.

— J'ai été agressée dans un lieu public, répliqua-t-elle d'un ton froid. Ce n'est pas forcément plus sûr.

— D'accord, je comprends. Dans ce cas, choisis l'endroit qui te plaira mais, je t'en prie, ne dis pas non…

Elle parut réfléchir. Au bout d'un moment qui lui sembla une éternité, elle opina.

— Dimanche prochain, à Hayling Island, dit-elle du bout des lèvres comme si elle acceptait à regret. Il y a un chemin de randonnée, le Billy Trail. On pourrait se retrouver là-bas. Je viendrai avec Rebel.

— Rebel ?

— Le chien de ma mère.

Il n'appréciait guère la compagnie des chiens, mais pour ne pas la contrarier il acquiesça.

— J'ai conscience que tu fais un effort, Freya. C'est gentil de ta part. J'ai hâte que le week-end arrive.

Ce dimanche après-midi, le soleil brillait haut dans un ciel sans nuages. Une chance, pensa Jamie, tandis que son chauffeur se garait près du pont où Freya lui avait donné rendez-vous. S'il avait plu, elle aurait sûrement saisi ce prétexte pour annuler !

En attendant, elle avait eu une excellente idée de vouloir venir à Hayling Island. Cet endroit était un vrai paradis sur terre. Avec ses eaux limpides, ses criques et ses ports minuscules, l'île offrait des points de vue magnifiques dont il s'était régalé sur la route.

Le cœur battant, il descendit de sa grosse berline. Cinq minutes plus tard, il vit Freya s'engager sur le parking au volant de sa voiture. Il lui adressa un signe de la main avec l'impression d'être un collégien à son premier rendez-vous. Il voulait tellement que les choses se passent bien !

Après être descendue, elle ouvrit la portière arrière. Un énorme berger allemand jaillit de l'habitacle et Jamie sursauta de manière réflexe.

La bouche sèche, il avança lentement. Avec son regard farouche et ses oreilles dressées, Rebel avait tout du parfait chien de garde.

— Salut, dit-il en fixant le molosse.

Rebel tirait la langue à cause de la chaleur, révélant deux rangées de crocs blancs et pointus. Heureusement, Freya était en train d'attacher une laisse à son collier.

— Assis ! ordonna-t-elle.

L'animal s'exécuta en levant vers elle un regard adorateur. Un peu rassuré, Jamie tenta de contrôler son angoisse. S'il s'enfuyait, Rebel le rattraperait sans doute. Il se retrouverait plaqué au sol, une mâchoire de fer plantée dans le mollet…

— Ça va ? demanda Freya.

— Je… Oui, oui. Pour être honnête, j'ai peur des chiens.

Elle eut un sourire amusé.

— Rebel est adorable. Fais-lui confiance.

— L'essentiel, c'est que *lui* me fasse confiance.

— Tu es à l'essai ! répondit-elle en riant.

Elle ajusta les brides de son sac à dos puis verrouilla sa voiture.

— Allez, c'est parti ! ajouta-t-elle.

— Où… dois-je me mettre ?

— Marche à côté de moi, voyons ! Rassure-toi, il ne t'attaquera que sur mon ordre.

— Effectivement, me voilà rassuré…

Il n'en menait pas large, mais au moins Freya avait le sourire, et c'était le principal. Pour cette seule raison, il était prêt à faire contre mauvaise fortune bon cœur, tant que Rebel ne s'approchait pas trop près.

En T-shirt blanc et short bleu, ses cheveux blonds relevés en queue-de-cheval, Freya paraissait très jeune. Pour une fois, aucun pli ne barrait son front lisse. Elle semblait détendue, comme une parfaite touriste venue profiter de la mer.

L'air de rien, il observa le léger renflement au niveau de son abdomen. Même si elle n'était enceinte que de trois mois, elle portait des jumeaux. Son ventre allait s'arrondir assez vite et elle serait encore plus adorable…

— Tu as trouvé facilement ? demanda-t-elle.

— Avec le GPS, mon chauffeur n'a pas eu de problème.

— Ah oui, c'est vrai, tu as des domestiques. Quand je te vois à la maternité, j'oublie ce détail.

— Ce ne sont pas des « domestiques ». Mon personnel est réduit au strict minimum : à part Tom, le chauffeur, j'ai un majordome à l'hôtel et trois gardes de sécurité.

— C'est un minimum, ça ? Comme le fait d'occuper un étage entier ?

— Question de sécurité. Je n'ai pas le choix, je suis considéré comme « à risques ». D'ailleurs, à cette heure-ci, mes hommes se promènent discrètement sur le site.

— Je m'en doutais. Ça doit être compliqué de vivre sous surveillance permanente.

— À toi de me le dire.

Freya se rembrunit.

— Quoi ? Je ne comprends pas.

— Tu es persuadée que les gens t'épient, qu'ils te regardent sans arrêt.

— Comparons ce qui est comparable. Moi, c'est une idée que je me fais. Toi, c'est ta vie !

— Donc, tu refuses d'y être associée parce que tu as peur d'être observée et que tu crains le jugement des autres ?

— En partie.

Au moins, elle se montrait honnête. On avançait…

— Tu t'y habituerais, à la longue…

— Je ne crois pas. Je remarque tout : les haussements de sourcils, les regards qui se détournent, l'air choqué des gens. Imagines-tu quel effet ça fait de voir leurs mines dégoûtées ? Non, bien sûr. Tant qu'on n'y est pas confronté, on ne peut pas savoir.

— Tu as dû beaucoup souffrir, lâcha-t-il d'une voix douce.

— Ce n'est pas terminé.

— Je comprends, Freya, du moins j'essaye, car je ne prétends pas me mettre à ta place. J'aimerais juste… qu'on puisse envisager l'avenir.

— D'accord, mais comment ? Nous avons des modes de vie incompatibles.

Il ne sut que répondre. Son vœu le plus cher était de fonder une famille, mais un jour il devrait repartir. Le peuple de Madijar lui pardonnerait-il de laisser sa progéniture en Angleterre ? Lui, en tout cas, se le reprocherait jusqu'à la fin des temps.

Même s'ils n'étaient pas nés, il aimait déjà ses enfants. Il rêvait de les tenir dans ses bras, de changer leurs couches, de jouer avec eux. De les voir grandir, tout simplement.

Régner ou être père. Pourquoi fallait-il qu'un choix si cruel s'impose à lui ?

— On trouvera une solution ! dit-il d'un ton résolu.

— Je veux bien, mais laquelle ?

— Le fait qu'on se voie aujourd'hui est un bon point de départ. Dans l'intérêt de nos enfants, on ne doit pas rester des étrangers l'un pour l'autre. Même si je sais à quel point tu as du mal à me faire confiance.

Il hésita une seconde, puis se lança :

— Je suis au courant… pour ton ex.

Freya s'arrêta net. Rebel l'imita, les oreilles dressées.

— Qui te l'a dit ? demanda-t-elle d'un ton brusque.

— Mona, mais surtout ne t'imagine pas qu'elle a colporté des ragots. C'est moi qui l'ai questionnée. J'avais besoin de comprendre pourquoi tu me tenais à distance.

— Ah, d'accord. Je vois.

Elle se remit à marcher, l'air songeur. Il insista :

— Tu n'as rien à craindre de moi, Freya. Je ne suis pas ce genre de type.

— Je me méfie de tous les hommes, maintenant. Ma perspective est un peu… déformée.

— Donc, tu as amené ton garde du corps au cas où.

Son sourire le rassura : de temps en temps, il parvenait à la dérider. C'était bon signe !

— Pourquoi as-tu si peur des chiens ? s'enquit-elle.

— Oh ! c'est une vieille histoire… Un jour, mon père était parti chasser. Il nous avait emmenés, Ilias et moi. On s'amusait à dévaler les dunes sur de vieilles planches de surf, on riait comme des fous. Probablement énervé par les cris, un des dogues a couru derrière nous. Je m'en souviens très bien, il était presque aussi haut que moi. Quand ma planche s'est arrêtée, il m'a sauté sur la tête et a planté ses crocs dans mon cuir chevelu. J'en ai été quitte pour quatre points de suture. Après ça, je me suis toujours méfié des chiens. Leur présence me met mal à l'aise.

Freya lui lança un regard entendu.

— Donc, tu vois quel effet ça fait d'avoir peur !

— Bien sûr. Pourtant, même si on se connaît peu, j'aimerais te convaincre que je ne te veux aucun mal. Je n'ai rien à voir avec le fou furieux qui t'a agressée… et j'espère sincèrement que Rebel est plus civilisé que le chien de mon père.

— Dis-toi que tu peux lui faire confiance.

— Et dis-toi que tu peux *me* faire confiance.

Il lui prit le bras pour l'inviter à s'arrêter. S'il voulait marquer des points, c'était le moment ou jamais. Il inspira à fond et tendit la main vers Rebel, le cœur battant.

Le berger lui lécha les doigts, puis il se mit à renifler sa manche de chemise. Jamie fit alors une chose dont il ne se serait jamais cru capable : il s'agenouilla pour le caresser.

Il tremblait de frayeur, mais l'expérience se révéla beaucoup moins désagréable que prévu. Non seulement Rebel avait la fourrure épaisse et douce, mais cet animal n'était pas avare d'affection puisqu'il le gratifia d'un grand coup de langue !

Il se remit debout et poussa un soupir de soulagement.

— Je m'attendais à pire, dit-il.

Freya eut un sourire compréhensif.

— Tu avais donc si peur ?

— Oui, j'étais terrorisé. Mais j'ai pris sur moi, et j'espère que tu seras capable de faire la même chose.

— Je vais essayer. Sans garantie de résultat, je te préviens.

— Je n'en demande pas plus.

Ils reprirent leur marche le long du sentier baigné de soleil. Freya jeta un coup d'œil circulaire autour d'elle, comme pour vérifier qu'ils étaient seuls.

— Veux-tu… que je te parle de lui ? demanda-t-elle d'une voix rauque.

— Te sens-tu prête à le faire ?

— Je… crois que oui.

Se penchant, elle défit la laisse de Rebel, qui partit aussitôt gambader sur le chemin. Jamie attendit dans un silence respectueux. S'il commettait le moindre impair, elle risquait de changer d'avis.

— Au début… Mike me traitait en égale, commença-t-elle. Il était prévenant, adorable. Il voulait passer tout son temps libre avec moi. Comme je n'avais eu personne avant lui, je n'avais aucun point de comparaison, mais je trouvais formidable qu'il soit aussi « accro ». Je ne pouvais pas savoir que j'étais tombée sur un manipulateur.

— Les choses ont dégénéré ?

— Oui, dès qu'on s'est installés ensemble. Il n'aimait pas que je sorte sans lui. Il s'est mis à critiquer mes tenues, et puis il m'a demandé de ne plus me maquiller. Avais-je l'intention de séduire d'autres hommes ? Ces soirées entre filles, y allais-je pour flirter ?

Elle marqua une pause, soupira, puis continua son récit. Elle lui expliqua que Mike était devenu de plus en plus jaloux, et que ses colères étaient montées en puissance. Elle ne parvenait plus à le raisonner, et un matin, alors qu'il était au bureau, elle en avait profité pour faire sa valise et repartir chez sa mère…

— Et ensuite ? demanda Jamie, la gorge nouée.

— Il est devenu fou, murmura-t-elle. Il m'a appelée chez maman, il m'a traitée de tous les noms. Il m'a dit… que, si je n'étais pas rentrée le lendemain matin, je le regretterais.

— Freya…

— Je croyais qu'il parlait sous le coup de la colère, qu'il était blessé dans son orgueil et qu'il finirait par se calmer. Je n'avais pas compris… que j'étais tombée sur un malade mental. Trois jours plus tard, alors que je faisais des courses, il m'a jeté de l'acide au visage en pleine rue.

— Quelle horreur ! Je suis tellement, tellement désolé !

— J'aurais dû m'en douter. Au fond, c'était prévisible.

— Tu ne peux pas t'en vouloir, quand même !

— Oh ! si. J'étais jeune et naïve mais, malgré mon manque d'expérience, je n'aurais jamais dû sortir avec lui. J'aurais dû le fuir comme la peste.

— Freya, tu as fait ce que tu croyais juste. Tu t'es engagée dans cette relation de tout ton cœur, et tu as essayé d'arrondir les angles parce que tu es quelqu'un de bien.

— Merci, mais… cela n'excuse rien. J'aurais dû avoir

plus de bon sens. Au moins, j'ai changé, conclut-elle avec un rire triste.

Il la dévisagea, bouleversé. Savoir qu'elle avait souffert à ce point le rendait malade.

— Que va-t-on faire, maintenant ? reprit-elle. Je ne veux pas que mes enfants grandissent dans la prison dorée d'un palais.

— Je sais… Mais, moi, je ne peux pas vous abandonner. Tout comme je n'ai pas le droit de laisser tomber mon pays.

— Donc, nous sommes dans une impasse.

Rebel revenait au petit trot. Jamie essaya de réprimer un mouvement de recul, sans succès hélas.

— Au pied ! ordonna Freya. Tiens, mon gros…

Joignant le geste à la parole, elle sortit de sa poche un biscuit pour chiens dont Rebel ne fit qu'une bouchée. Puis il poursuivit sagement sa marche à côté d'elle.

Rassuré, Jamie reprit le fil de la conversation.

— Nous aurons un problème dans les années à venir, mais pour l'instant tout va bien. À nous d'en profiter, Freya.

— Comment ça ?

— Mon frère est encore jeune, il bénéficie d'un bon suivi médical. J'espère qu'il pourra régner le plus longtemps possible sans mettre sa santé en danger. Tant qu'on n'aura pas besoin de moi à Madijar, je resterai. J'aimerais m'impliquer dans la vie de mes enfants. Je t'en prie…

Elle lui lança un regard incertain. Ne comprenait-elle pas à quel point cette situation le désespérait ?

— Je veux que mes enfants aient un père, dit-elle enfin.

— Tant mieux.

— Mais je refuse qu'il leur brise le cœur en allant vivre à l'autre bout du monde !

— Je ne leur ferai jamais de mal, Freya.

— Comment pourras-tu l'éviter ? Je me demande si, au fond, il ne serait pas plus simple qu'ils…

— Non !

Elle avait failli dire : « plus simple qu'ils ne te connaissent pas », mais il l'avait interrompue. Ces mots, il ne voulait pas les entendre !

— Mes fils — ou filles, ou les deux — font déjà partie de moi, poursuivit-il d'une voix brisée. Je ne pourrai pas vivre sans eux. Le pourrais-tu, toi ?

Elle soupira.

— Non. Je… comprends. On trouvera une solution.

— J'en suis persuadé, Freya. Ne t'inquiète pas.

Malgré ses réticences, Freya avait décidé de faire des efforts.

Pendant leur promenade dominicale, Jamie et elle s'étaient cherché des goûts et des hobby communs. Elle lui avait dit qu'elle aimait beaucoup la natation, un sport qu'elle avait hélas arrêté de pratiquer depuis longtemps. Jamais elle n'aurait supporté de se mettre en maillot de bain devant des dizaines de personnes !

Mais à chaque problème Jamie semblait avoir une solution. Il avait aussitôt proposé de « privatiser » la piscine de son hôtel, le samedi suivant, pour qu'ils puissent nager ensemble.

Prise de court, elle n'avait pas pu refuser. Elle avait commandé en urgence un maillot de grossesse sur Internet. Maintenant, debout devant son miroir, elle s'inspectait d'un œil critique.

Force était d'admettre que le une-pièce bleu nuit, rehaussé d'un liseré rouge et crème sur la poitrine, mettait en valeur sa silhouette légèrement arrondie. Elle ne pouvait hélas rien faire pour dissimuler les cicatrices de son cou, mais, finalement, elle ne se trouvait pas si mal. Il lui en avait fallu du travail sur elle-même pour arriver à ce résultat !

Le jour où, après l'agression, les médecins lui avaient donné un miroir pour la première fois, elle avait voulu mourir, estimant que sa vie n'avait plus de sens.

Néanmoins, à vingt ans, la jeunesse était une alliée de poids. À force de débridements, de greffes et de soins, elle avait peu à peu repris figure humaine. Sa peau était devenue moins rouge et plus douce. Son visage avait désenflé. Grâce à la chirurgie esthétique, elle avait hérité d'un nez et de sourcils neufs. Heureusement, elle avait eu le réflexe de fermer les yeux et sa vision n'avait pas été touchée.

Mois après mois, la vie avait repris le dessus. Elle s'était habituée à ses cicatrices, sans toutefois dompter sa crainte du regard des autres. Voilà pourquoi, aujourd'hui encore, elle avait tant de mal à s'accepter.

Et dire que, dans moins d'une demi-heure, elle se retrouverait seule dans une piscine avec Jamie ! Elle avait failli annuler plusieurs fois, mais elle s'était raisonnée. Désormais, elle n'était plus seule. Elle devait agir pour le bien de ses enfants.

Elle s'habilla puis partit sans s'attarder de peur de changer d'avis. Elle avait dix minutes d'avance sur l'horaire prévu mais, en arrivant, elle découvrit Jamie qui l'attendait dans le hall de l'hôtel Franklin.

À sa grande surprise, il l'embrassa sur les deux joues.

— Je suis très content que tu sois venue.

— Je… Moi aussi, bafouilla-t-elle, troublée.

Elle avait très chaud après ce bref contact, pourtant bien anodin. Elle n'avait plus l'habitude qu'on la touche, encore moins de cette façon, alors, quand Jamie s'était penché sur elle, elle s'était sentie toute chose…

— Alors, on descend à la piscine ?

— Oui, d'accord.

Toujours perturbée, elle le suivit dans le hall jusqu'à un escalier qui menait au sous-sol. Une fois en bas, ils traversèrent un grand couloir dallé de marbre et, quand Jamie ouvrit deux portes battantes capitonnées, elle perçut une odeur familière : celle du chlore.

Avec le temps, elle l'avait presque oubliée. Elle avait rayé la natation de ses loisirs, mais ce soir elle allait se rattraper. Ce grand rectangle d'eau limpide niché dans sa serre tropicale n'attendait qu'elle !

— Les vestiaires des femmes sont là-bas, dit Jamie.

— Merci.

Dès qu'elle se retrouva seule, sa nervosité s'accentua. Allait-elle vraiment se montrer presque nue devant lui ? Elle s'assit sur un banc de bois et inspira à fond.

Pense à tes petits. Quand ils seront en âge de comprendre, ils sauront que tu as fait de ton mieux.

Résolument, elle se leva pour se déshabiller. Puis elle enfila son maillot de bain, s'enroula dans une grande serviette blanche et sortit rejoindre Jamie.

Il l'attendait au bord du bassin, vêtu d'un boxer de natation noir. Elle essaya de ne pas écarquiller les yeux en découvrant son torse bronzé et musclé, son ventre plat, ses cuisses longues et puissantes.

Quel désastre. Il était beau comme un dieu, alors qu'elle...

Comme elle s'apprêtait à tourner les talons, il s'avança vers elle, tout sourire, et lui prit la main.

— Ça va ? demanda-t-il gentiment.

Elle opina, partagée entre l'envie de fuir et celle de rester. Cela faisait trop longtemps qu'elle n'avait pas goûté aux joies de la baignade. Dans l'eau, elle s'était toujours sentie à l'aise, détendue...

— Allons-y, alors.

Il descendit dans la piscine le premier, puis il attendit qu'elle soit immergée jusqu'à la poitrine avant de se retourner vers elle. Il se comportait en parfait gentleman : elle devait au moins lui reconnaître ce mérite.

— Ça fait du bien, Freya ?

— Oui. Oh ! oui !

Elle s'allongea sur le dos et eut immédiatement l'impression d'être beaucoup plus légère. Son ventre arrondi ne pesait plus rien. Un vrai bonheur.

— Depuis quand ne t'es-tu pas baignée ?

— Je... Sept ans.

Elle bascula sur le ventre, puis commença à nager la brasse. Jamie adapta son rythme pour rester près d'elle et elle eut, de nouveau, très chaud. Avait-on idée d'être aussi sexy ? À cause de lui, son corps fourmillait de la tête aux pieds. Jamais elle n'avait ressenti cela auparavant !

— Et toi, tu nages souvent ? demanda-t-elle, en essayant de balayer ces pensées incongrues.

— Tous les jours. Je fais quelques longueurs pour me détendre après le travail.

— Après ? Oh là là ! Je n'en aurais pas le courage.

— Oui mais, toi, tu portes deux bébés… Comment te sens-tu ?

— Très bien, merci. Je suis beaucoup plus en forme depuis que les nausées ont disparu.

— Tant mieux. Je suis content pour toi.

Elle le dévisagea. Malgré les soucis en tout genre, il ne perdait jamais son flegme. Pourtant, il menait une vie très particulière. C'était le moins qu'on puisse dire !

— Comment fais-tu pour supporter d'avoir une escorte en permanence ? demanda-t-elle. J'ai remarqué qu'ils me suivent aussi, maintenant. Même si tes gars sont discrets, j'ai eu très peur quand je m'en suis rendu compte.

— Désolé, Freya. J'aurais dû te prévenir.

— Oui, en effet.

— Excuse-moi, je n'ai pas réfléchi. C'est tellement banal pour moi. À la longue, on n'y fait plus attention. Tu verras.

Elle secoua la tête. Elle doutait de pouvoir s'y habituer un jour.

— Et qu'en disent-ils ? Ils doivent trouver étrange d'avoir à me surveiller, non ?

— Je ne pense pas. Ils suivent les ordres sans se poser de questions. La protection rapprochée, c'est leur domaine.

— Je n'en ai pas besoin.

— Toi, peut-être pas, mais nos enfants, si. Mon devoir est de veiller sur eux.

Le *devoir*. N'avait-il que ce mot à la bouche ? Il se sentait *obligé* de prendre soin d'elle. Sans ces bébés, leur relation aurait été bien différente. Il n'y aurait pas eu de relation, tout court !

Elle prit une profonde inspiration puis commença à nager

le crawl pour traverser le grand bassin désert. Encore une fois, Jamie s'adapta à son rythme. Tout seul, il serait sans doute allé beaucoup plus vite…

Prévenant et amical, il n'avait pas fait le moindre faux pas jusqu'à présent. Sans doute son attitude était-elle le fruit d'une éducation irréprochable. Elle tourna la tête vers lui, curieuse.

— À quoi la vie d'un jeune prince ressemble-t-elle ?

Il eut un sourire un peu triste.

— On est privilégié, tu t'en doutes. Mais au fond c'est loin d'être drôle. Petit, j'avais la bougeotte, sauf qu'on me surveillait étroitement. Derrière le palais, il y a une oasis où je n'avais jamais le droit d'aller tout seul. Chaque fois que je voulais monter à cheval, j'avais une escorte. Et, surtout, j'ai eu droit à une tonne de cours sur la politique, l'étiquette, les relations extérieures. Bref, des choses qui n'intéressent pas les petits garçons. Moi, je voulais juste jouer et avoir des amis, mais c'était compliqué.

— Tu devais te sentir seul, suggéra-t-elle, compatissante.

— Oui, même si je ne l'étais jamais physiquement puisqu'on me surveillait sans cesse. J'ai fini par me rebeller après que mon père m'eut interdit de devenir maïeuticien. Comme j'étouffais dans cette prison dorée, j'ai trouvé des ruses pour fausser compagnie à mes gardes du corps.

— Et ça a marché ?

— La plupart du temps, oui, à leur grand désarroi ! Mais pour moi c'était primordial. Je ne supportais plus cette vie. Je n'étais pas à ma place.

— Je comprends. Il y avait ton frère, quand même ?

— Heureusement ! Ilias est génial, on s'entend très bien. En tant qu'aîné, il a toujours pris ma défense. Aujourd'hui, il fait un très bon roi et j'espère qu'il régnera le plus longtemps possible. Qui sait ? Nos enfants seront peut-être adultes quand je serai obligé de rentrer à Madijar.

Elle s'arrêta de nager, prit appui sur le bord du bassin et le regarda, songeuse.

— Je l'espère.

Il lui sourit, puis s'enfonça sous l'eau. Lorsqu'il refit surface, son visage était tout près du sien et elle se troubla de nouveau. Pourquoi la dévisageait-il ainsi ?

— À ton tour, dit-il. Parle-moi de ton enfance…

— Je… Il n'y a pas grand-chose à raconter. J'ai toujours vécu près d'ici, à Chichester. J'étais une enfant sage. Toute petite déjà, je jouais à l'infirmière. Je fabriquais des couvertures pour mes poupées avec la machine à coudre de ma mère.

— Tu as un don pour la couture ?

— Pas vraiment. Je me débrouille, je fais des ourlets, je bricole des petites choses.

— Mais c'est déjà très bien ! Tu avais d'autres loisirs ?

— Étant fille unique, je lisais beaucoup pour tromper l'ennui. J'inventais des histoires car j'avais beaucoup d'imagination. Et puis, comme tu le sais, j'adorais nager. J'aurais bien voulu faire du cheval, mais ma mère n'avait pas les moyens de m'inscrire dans un club d'équitation.

— C'est dommage. Tu sais, j'ai des écuries à Madijar.

— Ah bon ?

— Oui. Nous avons des pur-sang, des chevaux de course. Je suis leurs performances de près.

— Ils doivent te manquer. C'est dur d'être privé de ce qu'on aime.

— Un peu, oui. Mais on ne peut pas tout avoir…

Il la regarda de nouveau, l'air songeur. Puis il se mit à l'observer attentivement, de la racine des cheveux jusqu'à la base du menton, comme s'il évaluait le nombre d'opérations qu'elle avait dû subir. Hormis les médecins et sa mère, personne n'avait jamais osé…

Tout à coup, il sortit une main de l'eau pour tracer les contours de son visage. Il l'effleura d'une manière si tendre qu'elle sentit sa gorge se nouer.

— Tu es très belle…, chuchota-t-il.

Comment ?

Jamais, au grand jamais, elle ne s'était attendue à ce genre de déclaration. D'ailleurs, ce n'étaient pas les mots qui la bouleversaient, mais plutôt leur sincérité. Jamie semblait avoir mis tout son cœur dans ses propos !

En sept ans, personne — hormis sa mère, mais c'était différent — ne lui avait dit ces choses-là.

Touchée à l'extrême, elle battit des paupières.

— Freya… Je t'ai fait de la peine ?

— Non.

Elle balaya furtivement ses larmes, essaya de sourire, mais n'y parvint pas.

— Tu pleures ! s'exclama Jamie.

Tendant les bras, il l'attira contre lui. Elle se débattit quelques secondes puis s'abandonna contre son épaule, trop perturbée pour réfléchir. Cette scène et la déclaration qui l'avait précédée étaient tellement inattendues qu'elle ne savait plus quoi faire.

— Ça va, marmonna-t-elle sans relever la tête.

Jamie lui caressa les cheveux.

— Je ne crois pas, non, murmura-t-il. Alors tu vas rester là, bien tranquille.

Il la berça jusqu'à ce qu'elle se calme. Puis, quand sa respiration fut apaisée, il relâcha légèrement son étreinte.

— Nous devrions bouger, tu vas prendre froid, chuchota-t-il. Si nous allions dîner ?

— Avec plaisir !

Elle n'avait pas hésité une seconde tant elle était bien avec lui. Il ne lui témoignait ni pitié ni curiosité malsaine, seulement une gentillesse hors norme, et cela changeait tout. Elle se faisait une joie de passer un peu plus de temps en sa compagnie.

Malgré elle, elle promena le regard sur sa bouche bien dessinée. Quel effet cela ferait-il d'être embrassée par lui ?

Allons, elle s'égarait ! Dîner était une chose, mais franchir encore une étape était une autre histoire.

Elle ne devait pas oublier pourquoi Jamie s'occupait d'elle : par devoir et rien d'autre.

*
* *

Le maître d'hôtel leur avait attribué une petite table au fond d'une alcôve discrète.

Freya ferma brièvement les paupières, portée par la musique d'ambiance. Elle était encore remuée par son tête-à-tête avec Jamie dans la piscine.

En arrivant à l'hôtel, elle avait résolu de se montrer plus ouverte et de faire un effort pour accepter le dialogue. Néanmoins, elle n'aurait jamais pu prévoir ce qui allait suivre !

Jamie lui avait dit qu'elle était belle, un qualificatif pour le moins inattendu. Souvent, les gens louaient son courage. Ses collègues la traitaient parfois de « tête de mule ». Mais là… c'était différent.

Malgré ses peurs et sa réserve, elle avait l'impression qu'une petite chanson d'espoir s'élevait en elle. Et à présent, elle avait beau se traiter d'idiote, son instinct lui soufflait que les choses avaient changé et que tout devenait possible.

Jamie ne s'était pas découragé. Semaine après semaine, il s'était rapproché à petits pas sans se formaliser de ses réactions brusques. Il avait tout fait pour lui faciliter la vie avec une attention sans faille portée à son bien-être, à sa santé, mais aussi à ses sentiments.

D'ordinaire, c'était elle qui s'occupait des autres. Déconcertée par l'attitude de Jamie, il lui avait fallu un moment pour savoir comment réagir. Personne, depuis ses professeurs de fac, ne lui avait témoigné une pareille attention !

Elle se concentra sur le menu pour masquer son trouble. À l'arrivée du serveur, fidèle à ses vieux réflexes, elle ne tourna pas la tête.

— Je prendrai une salade César puis un poulet aux champignons, s'il vous plaît, dit-elle.

— Le saumon fumé, et ensuite le faisan pour moi, ajouta Jamie.

Après le départ du maître d'hôtel, elle but quelques

gorgées d'eau gazeuse puis osa enfin croiser le regard de Jamie. Par peur du silence, elle posa la première question qui lui traversait l'esprit.

— T'es-tu… bien habitué à la cuisine anglaise ? Chez toi, on ne doit pas manger les mêmes choses.

— Il y a beaucoup moins de chèvre grillée ici, c'est sûr, répondit-il en souriant. Mais, ce qui me manque le plus, ce sont les desserts, comme le *luqmat al-qadi*.

— Qu'est-ce que c'est ?

— Une pâte levée frite à la poêle, puis trempée dans un sirop très sucré.

— Comme un beignet ?

— Le même genre, mais pas tout à fait. Ma mère en préparait de temps en temps. Elle y ajoutait de la cannelle ou des épices douces. Ils étaient exceptionnels.

— Ta mère cuisinait ?

— Parfois, mais hélas ses obligations ne lui en laissaient guère le temps.

— Est-elle… encore de ce monde ?

Un voile de tristesse assombrit le beau regard de Jamie.

— Non, hélas. Elle est morte six mois après mon père. Mon frère, ma sœur et moi avons traversé une période terrible. Les perdre tous les deux, en si peu de temps… Mais maman était si malheureuse qu'elle n'a pas survécu à mon père.

— Ils s'aimaient beaucoup ?

— Oh ! oui ! Chez les Al-Bakhari, on ne fait jamais dans la demi-mesure.

Freya sentit son souffle se bloquer dans sa gorge. À une époque, elle avait espéré vivre un amour intense. Elle avait cru le trouver avec Mike, qui s'était rapidement épris d'elle, mais l'histoire avait très mal fini.

La passion avait quelque chose d'effrayant et de dangereux. Au risque de mener une vie terne et sans surprise, mieux valait ne pas y céder.

— As-tu déjà aimé quelqu'un de cette façon ? demanda-t-elle.

— Non, jamais. Cet amour est du genre éternel, Freya. Si je l'avais trouvé, nous ne serions pas là, tous les deux, dans cette situation.

Ces mots lui firent l'effet d'une douche froide.

Une « situation » ! Voilà ce qu'elle représentait pour Jamie ! Une « situation » délicate dont il se serait sans doute bien passé. Elle avait été stupide de croire qu'il pourrait y avoir autre chose.

Quelle incorrigible romantique elle faisait !

Si elle n'avait pas été défigurée, jamais elle n'aurait participé au gala pour les enfants victimes de brûlures. Elle n'aurait pas rencontré Jamie et ne serait pas tombée enceinte. Mais ils auraient fini par se croiser au travail et le résultat aurait été le même : il lui aurait plu instantanément.

Car il lui *plaisait*. C'était indéniable.

La réciproque, toutefois, n'était sans doute pas vraie. Se montrer gentil était une chose, mais éprouver de l'attirance pour une femme en était une autre. Un homme tel que Jamie ne devait avoir aucun mal à faire des conquêtes. Jamais, au grand jamais, il ne s'intéresserait à elle.

— Excuse-moi, bredouilla-t-elle. Je reviens tout de suite.

Elle se leva et courut presque vers les toilettes, où elle se réfugia précipitamment. Elle se sentait à nouveau au bord des larmes, mais cette fois elle n'accepterait pas qu'il la console.

À ce train-là, elle allait devenir dépendante de lui, de ses bras, de sa chaleur humaine… et du reste. Mais que ferait-elle le jour où il devrait partir ? Elle risquait de s'écrouler !

C'était tout simplement hors de question. Elle ne pouvait pas se le permettre.

5.

À compter de ce soir-là, Jamie observa un changement sensible dans l'attitude de Freya.

Chaque jour marquait son petit progrès. Non seulement elle lui parlait, mais elle lui offrait parfois un thé ou un café au travail. Et, cerise sur le gâteau, ils se voyaient en dehors de la maternité.

Ils étaient allés au cinéma, avaient dîné au restaurant à deux reprises, avaient fait quelques promenades. Mais le plus important pour Jamie avait été d'assister à tous les rendez-vous médicaux de Freya.

Quelle joie il avait ressentie lors de l'échographie du cinquième mois, en voyant que leurs bébés se portaient comme un charme ! À cette occasion, ils avaient également découvert le sexe des jumeaux : c'étaient deux petits garçons !

Bien sûr, Jamie exultait de bonheur. Néanmoins, il s'interrogeait beaucoup sur l'avenir de ses enfants, futurs héritiers du trône de Madijar. Lequel deviendrait roi ? Comment le choix s'opérerait-il ? Le cas ne s'était jamais présenté et le palais aurait plusieurs décennies pour y réfléchir. Mais, en attendant, le peuple de Madijar s'attendrait à ce que les deux princes mènent une vie conforme à leur rang et à leur devoir.

Lui, en revanche, ne souhaitait pas que leur éducation ressemble à la sienne. Il les voulait épanouis et maîtres de leur destin, une liberté qu'il avait acquise sur le tard et dont il connaissait la valeur. Il n'accepterait sous aucun prétexte de sacrifier leur bien-être pour un pays où ils n'allaient, selon toute vraisemblance, jamais habiter !

Le lendemain de l'échographie, il avait annoncé la bonne nouvelle à Ilias et à Zahra, sa sœur cadette. Tous deux avaient réagi avec un enthousiasme débordant… et lui avaient posé la même question : « Quand rentres-tu à Madijar avec ta femme ? »

S'ils avaient su ! Mais il ne pouvait pas leur raconter la nature de ses relations avec Freya. Ni l'un ni l'autre n'aurait compris, alors il avait biaisé, expliquant que son contrat à l'hôpital durerait encore six mois et que, par correction, il ne voulait pas laisser tomber ses collègues…

— Six mois ! s'était exclamée Zahra. Mais les petits seront nés !

— J'espère que tu viendras les voir en Angleterre, avait-il répondu.

Il avait failli dire « nous voir », mais s'était retenu. Car, même si les choses s'amélioraient, il n'était pas sûr que Freya accepte finalement sa demande en mariage.

Si cela n'avait tenu qu'à lui, il l'aurait déjà épousée depuis longtemps. Sans chichis ni tralalas, et surtout sans avertir la presse ni le palais. Il aurait mis tout le monde devant le fait accompli et l'histoire aurait été réglée !

Pour ne pas la contrarier, il s'était abstenu d'y refaire allusion, mais ce n'était pas l'envie qui lui manquait.

Au début, bien sûr, il l'avait demandée en mariage par devoir. L'amour n'entrait pas en ligne de compte : il avait agi selon son code d'honneur personnel, sans se demander si cette union pourrait réussir.

Néanmoins, ses sentiments avaient changé très vite. Au bout de quelques jours, il s'était mis à apprécier Freya, et puis à l'admirer.

Quelle femme merveilleuse ! Il la trouvait forte, gentille, courageuse. Il regardait son ventre s'arrondir avec joie et fierté, convaincu qu'elle allait être une maman d'exception.

Chaque jour l'attachait un peu plus à elle. Il adorait

son caractère, son humour, son rire. Et plus elle se laissait apprivoiser, plus il était conquis.

Restait maintenant à le lui faire comprendre mais, là, ce n'était pas gagné…

À sept mois de grossesse, Freya avait l'impression d'être une baleine.

Depuis quelques jours, Jamie lui prodiguait de merveilleux massages plantaires pour la soulager pendant les pauses. Il lui apportait aussi des milk-shakes à la fraise dont elle était devenue friande — les fameuses envies ! Et, même si elle s'inquiétait pour son poids, elle se consolait en songeant qu'elle maigrirait vite. C'était probablement son unique grossesse, alors mieux valait se faire plaisir, non ?

D'après son gynécologue, les bébés étaient de bonne taille et en pleine forme. Au nombre de coups de pied qu'elle recevait jour et nuit, elle n'en doutait d'ailleurs absolument pas. Quel bonheur de les sentir remuer ! Ces coquins avaient de l'énergie à revendre, mais elle n'allait pas s'en plaindre !

Jamie avait l'air content, lui aussi. Elle avait progressivement vaincu sa peur et ils se voyaient de plus en plus souvent. Pas plus tard que cette semaine-là, il était venu chez elle pour décorer la chambre des jumeaux. Ils avaient choisi les couleurs ensemble, comme n'importe quels parents.

Force était d'admettre qu'ils ressemblaient à un vrai couple. Ils partageaient beaucoup de choses, à deux exceptions près. Ils ne vivaient pas sous le même toit… et ils ne faisaient pas l'amour.

C'était dramatique car c'était devenu son obsession, ces derniers temps. Les hormones avaient une très mauvaise influence sur sa libido !

Sans doute aurait-elle été plus raisonnable si Jamie avait été moins beau, moins gentil, moins… tout. Et dire qu'au début elle refusait de lui parler ! Maintenant, elle se surprenait régulièrement à lui toucher le bras ou l'épaule, comme si elle recherchait les contacts physiques. Son corps n'avait pas oublié leur merveilleuse et unique nuit…

Assez ! Concentre-toi sur ton travail.

Ce soir-là, elle avait un long compte rendu d'accouchement à rédiger. Sa patiente, Rosie Clay, avait dû subir une césarienne en urgence car le cœur du bébé décélérait trop. La mère et sa fille se portaient bien, maintenant, mais on avait transféré le bébé en réanimation néonatale car elle avait aspiré du méconium — elle avait fait ses premières selles in utero.

Épuisée, Freya laissa tomber son crayon sur le bureau puis étira ses bras vers l'avant. Elle sentit alors deux paumes tièdes s'arrondir sur ses épaules.

— C'est tendu ? demanda Jamie.

— Un peu. L'accouchement de Mme Clay a été mouvementé.

— Mais tout va bien ?

— Oui. Elle est en salle de réveil. Sa petite Jade récupère en couveuse.

— Les filles sont des battantes.

— Les gars aussi, répondit-elle distraitement.

Le contact des mains de Jamie était un pur délice. Ce massage expert faisait merveille sur ses muscles endoloris, et soudain une douce chaleur la submergea. Elle se tortilla sur sa chaise, puis se hâta de reprendre son crayon.

— Ça va mieux, dit-elle. Je vais m'y remettre…

Jamie prenait soin d'elle en tant que future mère de ses enfants, rien d'autre. Elle ne devait pas se bercer d'illusions au risque d'être cruellement déçue.

Il s'assit près d'elle et lui sourit.

— Veux-tu quelque chose à boire ou à manger ?

— Non, merci, ça ira. Ne t'embête pas.

Elle s'en voulut d'avoir répondu sèchement, mais les mots avaient jailli tant elle était énervée et frustrée. On n'avait pas idée de désirer quelqu'un à ce point en sachant que rien n'était possible. Car elle le *désirait*, ni plus ni moins !

— Tu es sûre que ça va ? insista-t-il.

Elle fit un signe de tête comme à l'époque où elle refusait de lui parler. À ce train-là, elle allait craquer.

Va-t'en, puisque je ne t'intéresse pas et que tu finiras par me quitter un jour. Fiche-moi la paix !

En réalité, elle s'en voulait de sa propre faiblesse. Comment avait-elle pu être assez bête pour s'attacher à lui alors que leur relation était sans issue ?

La sonnerie de l'interphone l'arracha brusquement à ces réflexions amères. Recouvrant aussitôt ses réflexes professionnels, elle se leva pour se rapprocher de l'écran de contrôle.

La nuit, comme toutes les portes étaient verrouillées par sécurité, les patientes devaient sonner à un interphone situé à l'entrée principale de la maternité.

Elle scruta le moniteur et découvrit un jeune homme qui fixait la caméra. Vêtu d'un manteau et d'une grosse écharpe, il avait l'air paniqué.

— Bonsoir, monsieur, dit-elle d'un ton affable.

— Ma femme ! s'écria-t-il. Elle va avoir le bébé !

— D'accord, monsieur. Je vous ouvre… Voilà.

Elle appuya sur le bouton, mais l'homme secoua la tête avec vigueur.

— Non, vous ne comprenez pas ! Elle est en train d'accoucher dans la voiture. J'ai vu la tête du bébé !

Jamie s'était déjà levé. Elle le vit courir vers le placard à fournitures où il prit un pack d'urgence. Après quoi il se rua dans la cage l'escalier car les ascenseurs étaient plutôt lents.

— Mon collègue descend, répondit-elle d'un ton calme. Ne vous inquiétez pas. Il va arriver dans une minute.

Même si elle était incapable de courir aussi vite que lui, Jamie aurait besoin de renfort et aussi de couvertures car il gelait à pierre fendre. Elle en prit donc une pile dans le placard puis enfila le couloir à son tour.

Elle descendit l'escalier au pas de charge, tenant son ventre d'une main et les couvertures de l'autre. Lorsqu'elle arriva en bas, non seulement elle était hors d'haleine, mais les bébés gigotaient dans tous les sens, perturbés par cette décharge d'adrénaline inhabituelle. Néanmoins, elle ne ralentit pas et traversa le hall comme si sa vie en dépendait.

Dehors, le froid glacial la saisit. Elle souffla sur ses mains pour les réchauffer puis se rapprocha de la grande berline garée sur les zébras, à quelques mètres de l'entrée.

Une des portières arrière était grande ouverte. Accroupi par terre, Jamie s'occupait de la patiente allongée sur la banquette. Le futur papa, lui, avait sagement libéré l'espace pour s'installer sur le siège conducteur.

— C'est ça, Catherine ! Poussez… Bravo ! s'exclama Jamie.

En se rapprochant, Freya s'aperçut que la tête du bébé était déjà sortie. Il était trop tard pour aller chercher un fauteuil roulant. Ce petit bout de chou allait effectivement naître dans la voiture !

— Comment ça se passe ? demanda-t-elle.

— Catherine a trente-neuf ans, gestation à quarante semaines, répliqua-t-il. Je ne vois aucun souci particulier, sauf qu'il gèle !

— J'y ai pensé. Tiens.

Jamie se retourna pour prendre la pile de couvertures qu'elle lui tendait. Il les posa sur l'appuie-tête avant, prêtes à être utilisées dès que nécessaire. Puis, de ses mains gantées, il prit un clamp de cordon ombilical dans son sac stérile.

— On y est presque, Catherine. À la prochaine contraction, poussez le plus fort possible, d'accord ?

La jeune femme opina vigoureusement puis recommença à pousser. En deux minutes à peine, le bébé glissa dans les mains tendues de Jamie. Un cri de protestation vigoureux s'ensuivit : le nourrisson avait l'air en pleine forme.

— Bien joué, Catherine ! s'exclama Jamie. Vous avez un beau petit garçon. Félicitations à tous les deux !

Prestement, il enveloppa le bébé dans une couverture et le posa sur la poitrine de sa mère. Il coupa ensuite le cordon, sous le regard médusé de Catherine qui riait et pleurait à la fois.

— Oh là là ! C'est incroyable…, bredouilla-t-elle.

— Tu l'as fait, ma chérie ! s'écria le père. Notre fils est né dans la voiture, tu te rends compte ? On va en avoir des choses à lui raconter !

Freya entendit les portes battantes s'ouvrir et se retourna pour voir Mona accourir en poussant un fauteuil. Question timing, c'était parfait. Catherine et son bébé devaient rentrer à l'intérieur le plus vite possible, la maman pour l'expulsion du placenta, et le bébé pour être examiné bien au chaud.

Freya prit le nourrisson afin que Jamie puisse installer Catherine dans le fauteuil. Comme la jeune accouchée frissonnait, il lui drapa la dernière couverture sur les épaules, après quoi ils rentrèrent tous au pas de charge.

Dans l'ascenseur, Freya replaça le garçonnet contre la poitrine de sa maman.

— Je n'arrive pas à le croire, chuchota celle-ci. On a un fils !

Le papa se pencha pour l'embrasser tendrement sur le front, puis il pivota vers eux et leur serra la main.

— Je n'ai pas eu le temps de me présenter, mais je m'appelle Martin, dit-il. Si vous saviez comme on l'a attendu, ce petit bout ! C'est un bébé-éprouvette.

Freya lui sourit.

— Je comprends… Félicitations.

— On a eu très peur, mais grâce à vous tout s'est bien terminé. Merci beaucoup.

— Oh ! on n'y est pas pour grand-chose, répondit Jamie en souriant. Catherine a fait tout le travail.

L'ascenseur arrivait à l'étage, à présent. Ils se dépêchèrent d'installer Catherine dans une chambre libre, où Freya l'aida à se coucher. Peu après, l'expulsion du placenta se déroula sans encombre.

— Avez-vous trouvé un prénom pour ce petit gars ? demanda Jamie.

— Oui, on va l'appeler Jackson, murmura Catherine.

— C'est très joli, approuva Freya.

Elle scruta le visage de la maman, qui paraissait soudain très fatiguée. Certes, Catherine avait mis son fils au monde dans des conditions particulières, mais en quelques secondes elle était devenue livide…

Un coup d'œil sur le placenta suffit à Freya pour comprendre. Se penchant, elle enleva le bébé des bras de sa mère qui reposait maintenant inerte sur son oreiller.

— Prenez-le, Martin ! dit-elle.

Le jeune père s'exécuta, l'air affolé.

— Que se passe-t-il ?

Jamie avait déjà soulevé le drap qui recouvrait Catherine. Il se redressa, l'air sombre, puis appuya sur l'alarme située à la tête du lit.

— Elle fait une hémorragie, répondit-il d'un ton calme.

En trente secondes, deux infirmières et une aide-soignante apparurent pour installer Catherine sur une civière, que Jamie poussa dans le couloir. Il s'éloigna en courant, direction le bloc opératoire, suivi par le reste de l'équipe, et Freya se retrouva seule avec Martin.

Le jeune homme fixait les grosses taches de sang qui maculaient le carrelage d'un air hébété.

— C'est grave ? demanda-t-il.

— Catherine fait une rétention placentaire. Une partie du placenta est restée dans l'utérus et a causé une hémorragie.

— Je ne veux pas qu'elle meure ! Je ne veux pas perdre ma femme !

Elle s'avança pour lui presser le bras en un geste de réconfort.

— L'obstétricien va bien s'occuper d'elle, ne vous inquiétez pas. Venez vous asseoir.

Avec douceur, elle le guida vers le fauteuil. Elle devait maintenant ausculter Jackson mais, compte tenu de la situation, Martin aurait probablement du mal à le lâcher…

— Les situations d'urgence font peur, c'est normal, ajouta-t-elle. Mais au moins vous étiez au bon endroit, au bon moment. Vous êtes arrivés à l'hôpital à temps et Catherine est entre de bonnes mains.

— Elle va s'en sortir, dites ?

— Les médecins vont tout faire pour ça.

Même si Martin semblait désespéré, elle ne pouvait rien promettre. Les hémorragies pouvaient parfois avoir une issue dramatique, mais elle espérait très fort que tout se terminerait bien…

Se penchant, elle effleura la tête duveteuse du bébé.

— Il faudrait que j'examine Jackson, dit-elle d'un ton doux. J'aurais juste besoin de l'allonger là-bas, sur cette petite table. Vous pouvez regarder, si vous voulez. Je vous expliquerai tout.

— Je… D'accord.

Dans ces cas-là, occuper l'esprit du père représentait la meilleure solution. S'il se concentrait sur son bébé, Martin éviterait de céder à la panique, du moins l'espérait-elle.

Avec douceur, elle prit le bébé pour l'installer sur la table d'examen. Elle contrôla son pouls puis se redressa en souriant.

— Nous établissons un score sur dix points — appelé score d'APGAR — pour évaluer les fonctions vitales des bébés, expliqua-t-elle. Jackson a pleuré tout de suite après la naissance et il respire très bien. Donc, il a déjà deux points.

— D'accord…

— Maintenant, je vais écouter son cœur. C'est le plus important.

Après avoir chaussé son stéthoscope, elle ausculta minutieusement le petit puis hocha la tête.

— Plus de cent battements par minute. C'est l'idéal. Encore deux points.

— Ah, super…

— La troisième vérification porte sur la tonicité. Rien qu'à le voir, je vous assure que Jackson n'en manque pas. Et deux points supplémentaires : voilà qui fait six.

Doucement mais fermement, elle stimula ensuite les

réflexes du bout de chou, qui grimaça et se mit à pleurer pour manifester sa désapprobation.

— C'est normal, je l'embête un peu, dit-elle d'un ton apaisant. Nous sommes arrivés à huit points !

— Que vous reste-t-il à voir ?

— Je dois examiner la couleur de sa peau. Il est tout rose, sauf les mains et les pieds, ce qui est normal car il s'est un peu refroidi. Mais le sang circule bien et, là, je lui donne un point sur deux. Total… neuf sur dix. Votre bébé est en parfaite santé, Martin !

Le jeune papa avait l'air un peu plus calme, à présent. Ils firent la toilette de Jackson ensemble puis elle emmaillota le bébé dans un lange tiède.

— Reprenez-le et faites-lui un gros câlin, dit-elle. Avez-vous eu le temps d'apporter ses affaires ?

— Oui, mais… la valise est restée dans la voiture.

— Je peux aller la chercher, si vous voulez.

— Ça ne vous embête pas ? Je préfère rester avec Jackson, et attendre ici pour avoir des nouvelles de Catherine, ajouta Martin, l'air soucieux.

— Passez-moi vos clés, je m'en occupe ! Ensuite, je vous apporterai un thé bien chaud. Vous en avez besoin après toutes ces émotions.

Martin lui confia son trousseau sans se faire prier, puis il jeta un regard de biais sur son ventre.

— Vous aussi, je crois, répondit-il d'un ton compatissant. C'est pour quand ?

— Pour début janvier, et j'attends des jumeaux.

— Oh là là ! Vous allez rejoindre le club des nuits sans sommeil…

— Oui, mais pour la bonne cause ! Asseyez-vous et reposez-vous un peu, ajouta-t-elle en souriant. Si vous avez besoin de quelque chose d'ici à mon retour, n'hésitez pas à sonner.

Les clés à la main, elle sortit dans le couloir avec l'impression de porter un fardeau énorme. Au cours de cette nuit éreintante, ses chevilles avaient gonflé. Elle avait très mal aux jambes, mais d'ici peu elle pourrait enfin rentrer chez elle et dormir !

Cette fois, elle attendit sagement l'ascenseur pour descendre au rez-de-chaussée. Dehors, l'air glacial lui fouetta de nouveau le visage et elle se dirigea vers la voiture de Martin aussi vite que le lui permettait sa fatigue.

Baissant les yeux, elle considéra la clé de contact pour trouver le bouton de déverrouillage. Alors, tout se passa très vite.

Elle sentit ses pieds glisser sur une plaque de verglas, son corps partir en arrière. Déséquilibrée par son poids, elle chuta lourdement sur le bitume et reçut un choc violent à l'arrière du crâne.

Une vive douleur irradia dans sa nuque et le bas de son dos. Elle eut encore le temps de voir deux hommes en costume sombre se précipiter vers elle. L'un des deux sortit un talkie-walkie de sa poche et dit quelque chose dans une langue inconnue.

Puis un voile obscurcit sa vision, et ce fut le trou noir.

Catherine, la mère du petit Jackson, avait pu être sauvée.

Les obstétriciens avaient retiré le morceau de placenta resté dans l'utérus et l'hémorragie avait cessé. La tension de la jeune mère demeurait un peu basse, mais elle remontait.

Le plus dur était passé. On avait frôlé la catastrophe…

Avec un soupir de soulagement, Jamie ôta son masque et ses gants puis les jeta dans la poubelle du vestiaire. Il aimait beaucoup ce travail d'équipe où chacun donnait le meilleur de lui-même pour sauver une patiente, un bébé, ou les deux.

Il avait l'impression de se rendre utile en exerçant son métier. Et, quand tout se passait bien — ce qui était en général le cas —, il se réjouissait d'assister au miracle de la vie tout simplement. Ce bonheur n'avait pas de prix !

Il regagna la maternité au pas de charge, pressé d'annoncer la bonne nouvelle à Martin et à Freya. Mais, en sortant de l'ascenseur, il entendit un brouhaha pour le moins inhabituel dont il ne tarda pas à comprendre la cause.

Plantés devant le comptoir, ses deux gardes du corps étaient engagés dans une discussion plutôt vive avec Julie. La surveillante leur demandait instamment de partir, mais ils ne bougeaient pas.

Que fabriquaient-ils ici ? Pourquoi s'agitaient-ils de la sorte ? Ils avaient pour consigne de ne *jamais* monter, sauf urgence absolue. Et Freya se trouvait bien au chaud, en sécurité, avec Martin…

Ilias. Il est arrivé malheur à mon frère. Non, je ne peux pas le croire…

Dès qu'ils l'aperçurent, ses gardes coururent vers lui. Julie écarta les bras en signe d'impuissance.

— Jamie, ces hommes…

— Sadiq ? Mujab ? Y a-t-il un problème ? demanda-t-il.

Sans leur laisser le temps de répondre, Julie vint se planter devant lui et lui pressa le bras.

— C'est Freya, dit-elle, l'air navré. Elle a eu un accident.

6.

Freya avait mal partout lorsqu'elle émergea du brouillard qui l'enveloppait.

Non seulement elle avait des courbatures, mais une atroce migraine lui vrillait les tempes. On aurait dit que son crâne était en feu !

Assoiffée, elle passa la langue sur ses lèvres sèches.

— Freya ? Ouvre les yeux !

Quelqu'un lui parlait. Un homme qui avait la voix de Jamie. *Jamie ?* Depuis quand dormait-il chez elle ? Avait-elle fait un cauchemar ?

Elle aurait bien voulu lui obéir, mais elle avait l'impression qu'un couvercle maintenait ses paupières fermées. Et, soudain, un kaléidoscope d'images confuses envahit sa mémoire.

Une femme en train d'accoucher en voiture. Un bébé emmailloté dans une couverture de survie. Un trousseau de clés. Des étoiles scintillantes au-dessus de sa tête. Deux inconnus penchés sur elle…

La mémoire lui revint d'un coup et elle ouvrit les yeux, puis battit des cils pour ajuster sa vision à la lumière ambiante. Elle se trouvait dans une chambre d'hôpital. Jamie était assis au pied du lit.

— Coucou…, balbutia-t-elle.

Quand il lui sourit, elle lut un profond soulagement dans son regard. Elle voulut tendre la main pour le toucher, mais se rendit compte qu'elle n'en avait pas la force.

— Reste tranquille, dit-il doucement. Tu t'es assommée

en faisant une mauvaise chute sur le verglas. Les bébés vont bien, ne t'inquiète pas. On va quand même te garder en observation car tu as eu de légers saignements.

— Quoi ? Me garder ? Non !

Paniquée, elle voulut se redresser mais, prise de vertiges, elle se laissa retomber en arrière. Jamie se pencha sur elle et lui pressa fermement les deux bras.

— Tu dois rester au lit, Freya.

— Non, répéta-t-elle. Je…

— Pour une fois, tu vas faire ce qu'on te dit !

Impossible de se méprendre sur le tremblement de sa voix : il avait peur.

Elle voulut le rassurer, lui dire qu'elle se sentait très bien, mais déjà le nuage se refermait sur elle. Elle n'avait même plus la force de parler. Elle avait tellement sommeil…

— J'ai une commotion cérébrale ?

Freya s'était réveillée de nouveau et, comme la première fois, Jamie était là, un sourire rassurant aux lèvres.

— Oui, mais légère, répliqua-t-il. On t'a fait passer un scanner du crâne et, heureusement, tu n'as rien. En revanche, tu saignes encore un peu et ta tension est trop haute. Donc, tu restes hospitalisée.

— Mais tu m'as dit que les bébés allaient bien !

— C'est vrai.

— Et il faut que je reste couchée ? Tu plaisantes ?

— Freya, du calme. Que dirais-tu à une patiente qui se trouverait dans la même situation que toi ? L'autoriserais-tu à partir ?

Elle se mordit la lèvre inférieure. Jamie avait raison, mais elle ne voulait pas l'admettre. Comment aurait-il pu comprendre sa peur ?

Ces longs mois passés à l'hôpital après son agression lui avaient donné le sentiment d'être prisonnière. Elle avait vécu la souffrance indescriptible du débridement de ses plaies, semaine après semaine, sans pouvoir faire autre chose que subir, au point qu'elle avait eu l'impression de perdre le contrôle de son existence.

En détournant la tête pour cacher ses larmes à Jamie, elle remarqua une énorme corbeille de fruits, des cartes de rétablissement et des boîtes de chocolats bien disposées sur une petite table. Comme la fois précédente, sept ans plus tôt. C'était presque hier…

— Je ne suis pas sûre d'y arriver, chuchota-t-elle.

— Tu n'as pas le choix.

— Je pourrais signer une décharge.

— Dans ce cas, tu devras te débarrasser des deux gardiens que je posterai devant cette chambre !

Elle le fixa, médusée. Son regard avait une lueur inflexible pour le moins inhabituelle. Il ne lui avait jamais donné d'ordre, mais là…

— Tu n'oseras pas…

— Ah non ? Veux-tu qu'on essaye ?

Il se pencha sur elle et la considéra d'un air sévère.

— Depuis le premier jour, c'est toi qui mènes la danse, Freya. J'ai accédé à tous tes souhaits pour éviter de te contrarier. Mais si tu mets ta vie et celle de nos enfants en danger, là, je ne réponds plus de rien !

Aucun doute, il était sérieux. Elle baissa le nez sur la couverture avec le sentiment que sa vie lui échappait de nouveau.

Si elle se rebellait, Jamie sortirait le grand jeu et tout le monde finirait par savoir qui il était. Elle se retrouverait sous les feux des projecteurs, son pire cauchemar.

Et puis, il n'y avait pas que cela. Son instinct de mère lui soufflait de penser à ses fils…

— Très bien, marmonna-t-elle.

Il la dévisagea, les mains sur les hanches.

— Très bien ? répéta-t-il.

— Dans l'intérêt de nos enfants, je vais rester au lit, mais à une condition.

— Laquelle ? demanda-t-il d'un ton sévère.

— Je veux un milk-shake à la fraise géant !

Elle vit ses traits se détendre puis il s'inclina presque jusqu'au sol en une courbette comique.

— Les désirs de Votre Majesté sont des ordres ! Je reviens.

Comme la plupart des membres du corps médical, Freya était une malade impatiente et irritable.

Le lendemain de sa chute, une seconde échographie avait confirmé le diagnostic des médecins. Elle souffrait d'une déchirure bénigne de l'utérus, due à la pression des deux bébés autant qu'à sa chute accidentelle. Certaine que tout allait bien, elle répétait donc à qui voulait l'entendre qu'elle n'aurait pas dû rester couchée.

Jamie s'efforçait de rendre son hospitalisation plus agréable, mais elle ne lui facilitait pas la tâche. Il avait toutefois remarqué que le meilleur moyen de la calmer était de lui apporter des livres. Après avoir englouti un milk-shake, elle s'absorbait dans la lecture et, là, elle se tenait tranquille !

Dans ces moments-là, il ne se lassait pas de l'observer. Il adorait ses petites mimiques ou sa manière impatiente de tourner les pages pour connaître la suite de l'histoire. Avait-elle seulement conscience de sa beauté ?

— Qu'y a-t-il, Jamie ?

Comme tous les soirs, il était venu lui rendre visite avant son service.

— Rien, répondit-il d'une voix douce. Je te regarde.

— Arrête ! Je déteste ça.

— Tu détestes la curiosité des gens. Tu n'aimes pas non plus qu'on te plaigne. Mais, dans mon cas, ce n'est ni l'un ni l'autre.

— Je… sais.

— Donc, je vais continuer.

— Mais pourquoi ?

— Parce que ça me fait plaisir.

Disant cela, il était sincère. Plus il la connaissait, plus il était fasciné par sa personnalité complexe et attachante. Il la trouvait vraiment *belle*, au mental comme au physique, malgré ses cicatrices…

— Il ne t'est jamais venu à l'idée que tu puisses être agréable à regarder ? demanda-t-il.

— Non !

— Eh bien, tu as tort.

— Jamie, je m'inquiète pour toi. J'ai l'impression que *tu* es tombé sur la tête !

— Dans ce cas, je devrais peut-être m'allonger un moment près de toi. Ça me ferait du bien et, d'ailleurs, j'en ai envie depuis longtemps…

Cette phrase prononcée sur le ton de l'humour eut le mérite de la réduire au silence. Elle le dévisagea, les yeux écarquillés, puis se rembrunit.

— Ne dis pas des choses comme ça.

— Même si je les pense ?

— Même si tu les penses. On ne peut pas s'attacher l'un à l'autre, Jamie. As-tu oublié qu'un jour tu devras partir ?

Son regard triste lui déchira le cœur. Non, il n'avait pas oublié. Il y pensait même tout le temps…

Il se leva et, du bout des doigts, lui effleura les cheveux.

— Je vais te chercher une tisane.

Sans rien ajouter, il sortit de la chambre. La remarque de Freya lui avait fait l'effet d'une douche froide au point de le rendre muet.

S'engager dans une relation suivie ne serait juste ni pour elle ni pour leurs enfants. La perspective d'une séparation planerait au-dessus d'eux comme une épée de Damoclès. Alors que faire ?

Il entra dans la cuisine, assailli par l'envie folle de donner un grand coup de poing dans le mur. Cette situation était trop frustrante ! Au moment où il se rapprochait de Freya, il risquait de la perdre. Mais, s'il restait en Angleterre, il couperait les ponts avec son pays. Quel homme aurait pu affronter sereinement un choix aussi cornélien ?

À ce train-là, il allait devenir fou !

*
* *

— Mona, arrête de jouer les mères poules.

Freya posa une main sur le bras de son amie, laquelle s'était mise en devoir de redresser ses oreillers.

— Je ne peux pas m'en empêcher, répondit Mona avec un sourire contrit.

— Assieds-toi donc. Ma mère m'a apporté des chocolats, ils sont délicieux. Tiens…

— Ah, si tu me prends par les sentiments !

Mona sélectionna un praliné puis se laissa tomber dans le fauteuil, les paupières closes.

— Mmm !

— Je te l'avais dit ! Allez, raconte-moi les derniers potins.

— Oh ! il n'y a pas grand-chose à se mettre sous la dent. L'info du jour, c'est que j'ai sorti les décorations de Noël.

— Déjà ? Il reste plus d'un mois avant le jour J.

— Et alors ? Il n'est jamais trop tôt pour bien faire.

— Si tu le dis !

— Je sais, tu n'aimes pas Noël…

Mona se trompait : Freya avait toujours beaucoup apprécié cette période. Seulement, plus les années défilaient, plus elle avait l'impression qu'il manquait quelque chose à sa vie. Elle n'avait personne avec qui passer les fêtes, sauf sa maman adorée bien sûr. Mais la plupart de ses collègues, elles, étaient mariées et mères de famille. À Noël, cela changeait tout.

— L'an prochain, tu ne verras plus les choses de la même manière, reprit Mona d'un ton joyeux. Tes petits gars auront presque soufflé leur première bougie.

— Oui, c'est vrai. De l'eau aura coulé sous les ponts…

En fait, elle ne voulait pas trop y réfléchir car de nombreuses questions demeuraient en suspens. Où Jamie serait-il dans un an ? S'il partait, elle se retrouverait seule pour élever deux bébés avec tous les bouleversements quotidiens que cela impliquerait.

Alors, certes, elle était heureuse, mais aussi très inquiète. On l'aurait été à moins.

— Vas-tu fêter Noël avec Jamie cette année ? s'enquit Mona, qui semblait avoir suivi le cours de ses pensées.

— Je crois qu'il est de garde le 25.

— Pas toute la journée, quand même ! Vous n'avez rien prévu ?

— Non. Moi, j'irai chez ma mère, comme d'habitude.

— Freya, tu me caches quelque chose.

Gênée par le regard perçant de son amie, elle esquissa un sourire forcé.

— N'importe quoi ! Quel genre de choses ?

— Qui sont les deux hommes en costume qui ont donné l'alerte, l'autre soir ? On aurait dit des gardes du corps.

Elle haussa les épaules, l'air faussement désinvolte.

— Ah bon ? Pour autant que je sache, ces messieurs sortaient d'un autre service, où ils avaient reçu une autorisation de visite nocturne. En voyant qu'ils avaient secouru une femme enceinte, ils ont voulu s'assurer que tout allait bien et ils sont montés à la maternité. En plus, ils connaissent Jamie. Un hasard, et un coup de chance !

Où avait-elle appris à mentir ainsi ? Son nez était-il en train de s'allonger ?

— Drôle de coïncidence ! lança Mona. Ils doivent bien le connaître car ils traînent dans les parages tous les jours. Les gens se posent des questions. Jamie ne serait-il pas un directeur de l'agence de la santé en train d'enquêter incognito sur l'hôpital, par hasard ?

Malgré sa gêne, Freya éclata de rire.

— Bien sûr que non.

— Ou alors, c'est une histoire d'espionnage. Ces types portent des oreillettes.

— Mona, tu as trop d'imagination. Ils travaillent peut-être pour un service de sécurité interne, ou que sais-je…

Son amie lui lança un regard perplexe, mais n'insista pas. Hélas, la suite fut tout aussi embarrassante :

— Pourquoi n'êtes-vous pas en couple, Jamie et toi ? Vous vous entendez bien, non ?

— Son contrat se termine bientôt. Il ne va pas rester.

Mona porta la main à ses lèvres en poussant un petit cri.

— Tu n'es pas au courant ? On lui a proposé un CDI et il a accepté ! Sarah, la responsable des ressources humaines, me l'a confirmé tout à l'heure.

Freya se redressa contre ses oreillers, stupéfaite. Pourquoi Jamie ne l'en avait-il pas informée ?

— Je… l'ignorais.

— Il tient à toi, c'est évident.

— Il tient *aux bébés*, corrigea-t-elle d'un ton triste.

— Tu plaisantes, j'espère ? Il parle de toi dès que tu as le dos tourné. Il est mordu ! Je ne peux pas croire que tu n'aies rien remarqué.

Que dire ? Elle tenait énormément à Jamie et, si la réciproque était vraie, elle serait la plus heureuse des femmes. Mais à quoi bon rêver d'un bonheur éphémère ? Elle ne devait pas se bercer d'illusions. À terme, elle se retrouverait seule avec ses enfants…

— C'est compliqué, marmonna-t-elle.

Mona s'esclaffa.

— Comme toutes les histoires de cœur, alors, s'il te plaît, fais un effort. Sois gentille. Il n'est pas comme Mike.

— Je sais, mais c'est dur pour moi.

— Tu connais l'adage : qui ne tente rien n'a rien. Fais-toi confiance, Freya. Et, surtout, *fais-lui* confiance. Il le mérite.

Après le départ de Mona, elle eut tout le temps de réfléchir à cette étonnante discussion… et à la découverte qu'elle venait de faire.

Jamie allait rester en Angleterre, du moins pour quelque temps. De l'avis général, c'était quelqu'un de bien. Et, surtout, il paraissait avoir des sentiments pour elle.

Rien ne l'empêchait de tenter l'aventure, sauf la peur. Mais plus les jours passaient et plus elle avait envie de franchir le pas.

La vie lui donnait enfin une seconde chance. Ne serait-elle pas folle de la laisser passer ?

Jamie eut un coup au cœur en découvrant Freya debout et habillée, ce lundi matin.

Que fabriquait donc cette petite imprudente ? Avait-elle réellement signé une décharge ?

— J'ai la permission de partir ! annonça-t-elle d'un ton triomphal. Je suis officiellement en congé maternité. Je peux rentrer chez moi à condition de me reposer.

Il la considéra en fronçant les sourcils puis s'avança pour lire le dossier accroché au pied du lit.

— Tu n'as plus de saignements ?

— Non, depuis presque vingt-quatre heures.

— Hum. Et ta tension est bien retombée, apparemment.

Le sourire rayonnant de Freya s'élargit.

— Oui ! Je suis libre… Si tu savais ce que cela représente pour moi !

— Je sais à quel point tu as cassé les pieds à ton gynécologue, donc je m'en doute.

Il lui tendit le milk-shake à la fraise qu'il avait apporté et sourit.

— Prends cinq minutes pour le boire tranquillement. Je pourrais faire ta valise, si tu veux ?

— Sans façon ! Je n'ai pas envie que tu voies mes dessous.

— Et pourquoi pas ? J'ai déjà vu ce qu'il y a *sous* tes dessous…

Son air confus l'amusa au plus haut point. Il s'installa donc au pied du lit tandis qu'elle dégustait son milk-shake tout en rassemblant ses affaires.

— J'espère que tu vas *réellement* lever le pied, Freya.

— C'est prévu, mais j'aurai quand même de l'occupation. Tu sais bien que la chambre d'enfant n'est pas terminée.

— Dans ce cas, je t'aiderai. Au besoin, on fignolera la décoration après la naissance des jumeaux.

— Ah oui, c'est vrai, tu restes à Brighton. Monsieur le *nouvel employé* de l'hôpital n'est plus pressé par le temps. Quand allais-tu me le dire, au juste ?

— Après la signature du contrat, ce qui est chose faite depuis vingt minutes. Donc voilà, je te le dis. Et, si tu espérais détourner la conversation, c'est loupé. Dis-moi plutôt ce qu'il reste à faire dans cette chambre.

— Demain matin, on doit me livrer les berceaux, la commode et la table à langer que nous avons choisis. Tous ces meubles sont à monter.

— Je sais. Je vais m'en occuper.

— Mais non, je peux le faire. Je ne suis pas impotente !

— Freya, sois raisonnable. Il faut te ménager.

— Si je comprends bien, je n'ai pas mon mot à dire ?

— Non, répliqua-t-il avec bonne humeur.

Elle lui rendit son sourire.

— Tu es vraiment pénible, tu sais !

Il opina, ravi qu'elle prenne la chose du bon côté. Elle semblait enfin accepter l'idée qu'il la surveille, et c'était tant mieux car il ne comptait pas la lâcher d'une semelle.

— Je n'ai pas besoin d'une nounou, je suis une grande fille, Jamie.

Il se leva et lui planta un baiser sur la joue.

— Certes. Tu es une femme libre et responsable.

Des images de leur folle nuit affluèrent soudain à sa mémoire. Il lui adressa un sourire complice.

— Arrête ! dit-elle. Je sais à quoi tu penses.

— Et alors ? C'est interdit ?

— J'ai parfois l'impression que tu voudrais recommencer, murmura-t-elle.

Il fit un pas vers elle et lui sourit.

— Serait-ce une mauvaise chose ?

— Je… Oui.

— Comment le savoir si nous n'essayons pas ?

Elle se mordit la lèvre inférieure et détourna les yeux.

— Je dois garder la chambre.

— Oh ! mais je pourrais rester au lit avec toi.

— Jamie… Tais-toi, s'il te plaît.

— Mais pourquoi ?

— Parce qu'on ne peut pas faire ça !

— Qui nous en empêche ?

— Le gynécologue. Il m'a bien dit : « aucun rapport jusqu'à l'accouchement ».

Voilà qui devenait passionnant ! Freya ne semblait pas hostile à l'idée de refaire l'amour avec lui. Elle s'y opposait pour des raisons médicales, mais son refus n'avait rien de personnel !

Il sentit son cœur se gonfler d'allégresse. Il aurait pu chanter, danser de joie…

— Ça tombe bien, je suis patient, dit-il.

Avec douceur, il lui prit le bras pour l'attirer plus près.

— Acceptes-tu de nous donner une chance ?

Leurs regards se soudèrent et il comprit à quel point elle était perturbée. Ses grands yeux bleus reflétaient le désir, mais aussi le doute et la crainte. Il devait la rassurer, trouver un moyen…

Ils restèrent longtemps immobiles à se dévisager. Puis, incapable de résister davantage, il inclina la tête et l'embrassa.

7.

À la seconde où les lèvres de Jamie effleurèrent les siennes, Freya crut que la terre s'arrêtait de tourner.

Jamais elle n'avait connu quelque chose d'aussi chaud et doux. Plus rien ne comptait que ce baiser merveilleux, si tendre qu'elle avait l'impression de fondre.

Il m'embrasse. Il me serre contre lui…

Cent fois, mille fois même, elle avait rêvé de cet instant. Ces derniers mois, Jamie n'était plus l'inconnu avec qui elle avait fait l'amour. Il était devenu un collègue, puis un ami précieux. Il avait su gagner son affection, au point que, maintenant, elle n'imaginait pas l'avenir sans lui.

Ivre de bonheur, elle se plaqua contre son torse musclé. Elle avait autant besoin de lui que de l'air qu'elle respirait.

De l'air…

Hors d'haleine, elle le repoussa.

— Tu… m'as embrassée.

— Eh oui !

Son regard de braise la fit frissonner. Elle inspira profondément pour recouvrer un semblant de lucidité.

— Je ne comprends pas…

— Il n'y a rien à comprendre, répondit-il avec un grand sourire. J'en avais envie depuis longtemps, voilà tout.

— Envie ?

— Bien sûr ! Arrête de te dévaloriser, Freya. Tu es très désirable, même si tu n'en as pas conscience.

Elle battit des paupières, bouleversée. Elle, désirable ? C'était impossible !

— Mais…

— Je te connais, l'interrompit Jamie d'un ton doux. Tu es la femme la plus forte, la plus merveilleuse, la plus courageuse que j'aie jamais rencontrée. J'ignore à quoi tu ressemblais avant et je ne veux pas le savoir. Le passé est le passé. Pour moi, tu es belle *maintenant*, point final.

— Mais…

— Il n'y a pas de « mais ». Pourquoi ne veux-tu pas me croire ? Pourquoi refuses-tu d'admettre que j'ai des sentiments pour toi, et que j'aimerais être plus que ton ami ?

Jamais elle n'aurait cru entendre ces mots-là un jour. Son vœu le plus cher était en train de prendre corps : cet homme magnifique, adorable, attentionné, s'intéressait à elle, et même davantage…

Le sang afflua à ses tempes tandis que son pouls s'emballait. Prise de vertiges, elle eut soudain très chaud et, pourtant, elle n'était pas malade. Ou alors, malade d'amour…

D'amour ? Était-ce bien ça, la question ?

Brusquement, elle n'eut plus aucun doute. Que ce soit pour un jour, un an ou l'éternité, elle *devait* se jeter à l'eau. Sinon, elle le regretterait toute sa vie.

— Je te crois, chuchota-t-elle.

Le sourire radieux de Jamie emplit son cœur d'allégresse. Quand il l'attira contre lui, elle s'abandonna et posa la tête au creux de son épaule.

— C'est parfait, lui murmura-t-il à l'oreille. Je vais déjà te raccompagner chez toi. Pour le reste, on a tout notre temps…

Une fois chez elle, Freya eut l'impression d'être en décalage total avec le monde.

Jamie ne s'était pas attardé, sachant que sa mère devait passer la voir. Elles étaient maintenant assises dans le salon, devant une tasse de thé, mais Freya peinait à refaire surface. C'était toujours ainsi après une hospitalisation :

il fallait reprendre le rythme. Sauf qu'elle avait promis à Jamie de se ménager…

— À quoi penses-tu ? demanda sa mère d'un ton curieux. Ou peut-être devrais-je dire « à qui » ?

— Jamie et moi… On va faire un essai, tous les deux.

Sa maman eut un large sourire.

— Ah bon ? Génial, c'est une super nouvelle !

— Holà, ne t'emballe pas. Qui sait ce que l'avenir nous réserve ? On prendra les choses au jour le jour.

— Arrête d'être négative, Freya. Tu sembles croire que cette relation va échouer avant même d'avoir commencé.

— Je ne suis pas négative, juste réaliste.

— Non, trésor. Tu prévois le pire d'emblée pour ne pas souffrir en cas d'échec. Mais, avec cet état d'esprit, tu fonces droit dans le mur. Pour que ça marche, il faut t'impliquer à cent cinquante pour cent !

— Et d'après toi ce n'est pas le cas ?

Posant son mug, sa mère vint s'asseoir près d'elle sur le canapé et lui prit la main.

— Tu sais que non, mais je te comprends. Seulement… Jamie n'est pas Mike. Il est gentil, responsable, et il tient beaucoup à toi. Alors, même si tu as peur, évite de jouer avec ses sentiments. Engage-toi à fond. Faire les choses à moitié ne donnera rien.

À ces mots, elle eut envie de pleurer.

— J'aimerais… être avec lui, maman.

— Alors fonce !

— Mais si…

— Il est trop tard pour se poser mille questions. Vous allez avoir deux enfants. Que votre histoire continue ou pas, vous serez liés à jamais. Donc, débrouille-toi pour que ça marche. Il le mérite, et toi aussi.

Les larmes jaillirent malgré elle. Sa mère l'attira dans ses bras.

— Je crois… que je l'aime, maman.

— Alors soyez heureux, ma chérie. Je vous le souhaite de tout cœur.

*
* *

Le lendemain, Jamie se présenta chez Freya en ressassant des sentiments contradictoires.

Certes il était plein d'espoir, mais d'un autre côté il se posait un tas de questions. Sans doute était-ce dû au fait qu'il avait beaucoup croisé Mme MacFadden ces derniers jours, à l'hôpital.

Hormis sa mère, sur qui Freya pourrait-elle compter quand il partirait ? Il y aurait Mona, et peut-être une ou deux collègues, mais elle risquait tout de même de se retrouver bien seule. Elle deviendrait un parent isolé avec deux enfants à charge.

Que leur dirait-elle ? Quelle image se forgeraient-ils d'un père vivant à l'autre bout du monde ? Auraient-ils l'impression d'avoir été sacrifiés sur l'autel du devoir ?

Lui, en tout cas, ne consentirait pas à ce « sacrifice » de gaieté de cœur. Il monterait sur le trône à regret, mais il n'avait guère le choix.

Il s'efforça de balayer ces pensées négatives. Inquiéter Freya était la dernière des choses à faire en ce moment. Il voulait qu'elle termine sa grossesse dans le calme, la sérénité… et pourquoi pas le bonheur ?

Plaquant un sourire sur ses lèvres, il frappa à la porte de l'appartement. Dès que Freya apparut sur le seuil, il brandit sa trousse à outils.

— Salut ! dit-il. J'ai apporté la mallette du parfait bricoleur !

Elle esquissa une grimace charmante.

— Hum… J'aurais préféré un milk-shake ou une boîte de chocolats.

— Pour monter des meubles, c'est très utile, en effet !

Entrant dans le vestibule, il hésita une seconde puis il planta un baiser sur les lèvres roses de Freya.

— Ça, c'est le plus important, chuchota-t-il.

Ce bref contact l'électrisa des pieds à la tête. Comme elle lui avait manqué ! Puisqu'elle était en congé maternité, il ne la verrait plus au travail, mais il comptait bien se rattraper en dehors.

Jamais il ne se rassasierait de sa présence. Elle le rendait fou de désir, sauf qu'il devait se montrer raisonnable. C'étaient les ordres du médecin !

Il l'écarta doucement pour l'observer d'un regard adorateur.

— Tu… te sens bien ?

Elle eut un sourire malicieux.

— Très bien, oui.

— Bon, alors je vais m'y mettre. Où sont les cartons ?

— Dans la chambre des petits. Veux-tu boire quelque chose ?

— Je prendrais bien un thé, s'il te plaît.

Il la suivit jusqu'à la cuisine en s'efforçant de ne pas regarder le mouvement gracieux de ses hanches rondes. Il la trouvait magnifique enceinte. Elle était belle comme un fruit défendu…

— Je crois qu'il va neiger, dit-il, évoquant le premier sujet qui lui passait par la tête. Je l'ai lu dans le journal.

Freya éclata d'un rire incrédule.

— Tu ne connais pas bien l'Angleterre, Jamie ! Ils annoncent toujours de la neige en fin d'année, mais elle ne tombe jamais. Ici, sur la côte, on n'a que du verglas, histoire que les gens se cassent la figure.

— Oui, je confirme ! Pauvre Freya… Mais tu sais, l'an dernier, j'ai travaillé à la frontière écossaise et j'ai vu beaucoup de neige. C'était la première fois de ma vie, d'ailleurs. J'étais heureux comme un gosse.

— J'espère que tu as pris des photos, parce que, cette année, ça n'arrivera pas !

Ayant rempli deux mugs de thé, elle lui en tendit un puis repassa dans le salon.

— Aimerais-tu grignoter quelque chose avant de commencer ?

Il se pencha pour l'embrasser dans le cou.

— C'est toi que je voudrais manger, lui chuchota-t-il à l'oreille. Mais tout vient à point pour qui sait attendre…

*
* *

La notice de montage des berceaux n'avait ni queue ni tête.

À force de retourner les éléments, et après avoir percé deux trous supplémentaires, Jamie était enfin venu à bout du premier lit. Une heure s'était écoulée, mais il se consolait en pensant qu'il irait plus vite pour le second !

Assise près de lui dans un rocking-chair, Freya lisait un livre de puériculture, une main posée sur son ventre rond. Il la trouvait si jolie qu'il avait un mal fou à se concentrer sur sa tâche.

— Ton bouquin a l'air passionnant, dit-il.

Elle referma le gros volume, les sourcils froncés.

— Oui, mais en même temps ça fait peur. Il va falloir surveiller tellement de choses !

— Lesquelles, par exemple ?

— Les crises de colique, les sifflements respiratoires, les régurgitations. Il faudra aussi planifier les vaccins en temps et en heure, et, bien sûr, contrôler le poids de nos bébés régulièrement puisque je veux les allaiter. Et, si je n'ai pas assez de lait, il faudra penser à stériliser des biberons et... Bref, devenir mère semble facile en théorie, mais en pratique c'est une autre paire de manches.

— Tout se passera bien, répondit-il d'un ton persuasif. Si les autres parents y arrivent, pourquoi pas nous ?

— Oui, mais beaucoup de parents amènent leur progéniture aux urgences, tu le sais comme moi ! Une gastro-entérite peut être grave chez un bébé. Ou alors, les gosses avalent des pièces, des petits jouets... Ça arrive tout le temps.

Il vint s'agenouiller près d'elle et lui captura les deux mains.

— Freya, on ne pourra pas les enfermer dans une bulle pour les protéger. On fera de notre mieux et on gérera les problèmes au fur et à mesure. C'est normal de s'inquiéter, mais il ne faut pas se rendre malade à l'avance.

— Sauf que, moi, je ne pensais pas connaître le bonheur d'être mère. Alors forcément je me mets la pression.

— Eh bien, arrête ! Toutes les mères se font du souci, c'est normal. Tu n'es pas différente des autres sur ce point-là. Il vaut mieux se focaliser sur des choses positives. Nos enfants sont en bonne santé, nous serons là tous les deux pour les accueillir… D'ailleurs, as-tu réfléchi à des prénoms ?

Elle esquissa un petit sourire. Il avait enfin réussi à détourner son attention !

— J'aime beaucoup Samuel.

— Samuel MacFadden. Hum… Ça sonne bien.

Le sourire de Freya s'élargit.

— Samuel al-Bakhari. J'aimerais que les enfants portent ton nom.

Surpris et honoré, il resserra son emprise sur ses doigts.

— Freya… Je suis tellement content !

— Je me disais aussi que tu pourrais choisir les deuxièmes prénoms des bébés, en rapport avec ta culture ?

— Avec plaisir ! Waouh… C'est un très beau cadeau que tu me fais. Je ne m'y attendais pas.

Il se leva pour caresser le visage de Freya puis se rassit à ses pieds. Moins de dix minutes plus tard, leur choix était arrêté : les garçons s'appelleraient Samuel Dawoud et James Kadin.

Jamie n'avait jamais trouvé la vie aussi belle. Il flottait sur un petit nuage.

— Tout sera bientôt prêt pour les accueillir, chuchota-t-il. J'ai hâte que nos bébés pointent le bout de leur nez. Je suis heureux, Freya. Vraiment heureux.

Après l'assemblage des berceaux, Jamie monta encore une armoire, puis une commode table à langer.

Autant d'efforts valaient bien un bon repas ! Freya se mit donc en devoir de préparer des pâtes à la bolognaise. Elle ne se considérait pas comme un cordon-bleu, néanmoins, elle mit un soin tout particulier à sa sauce agrémentée de légumes. Elle avait envie de faire plaisir à Jamie. C'était normal, non ?

Dès qu'ils furent à table, elle voulut lui exprimer sa gratitude.

— Merci beaucoup d'être venu aujourd'hui, Jamie. Grâce à toi, la chambre des enfants est prête et je me sens plus rassurée.

— Si tu es contente, alors moi aussi. Je veux faire le maximum pour t'aider.

— Tu n'en parles pas, mais j'imagine que notre situation est dure à vivre pour toi ? Cette incertitude quant à l'avenir doit te peser ?

— En effet, répliqua-t-il d'un ton grave. D'un côté, il y a toi et les enfants, de l'autre Madijar. Ma hantise, c'est d'échouer sur tous les tableaux.

— Je ne serai jamais un obstacle entre toi et ton pays. Il faut que tu le saches.

— Je le sais très bien, ne t'inquiète pas. Quoi qu'il advienne, j'assumerai l'entière responsabilité de mes choix.

— Mais tu as des devoirs envers tes concitoyens ! Je n'ose pas penser au jour où tu devras choisir, justement.

Jamie la dévisagea, le regard assombri par l'inquiétude.

— Si je pars, ce ne sera pas de gaieté de cœur. Tu l'as compris, j'espère ?

Elle opina, bouleversée. Il n'y avait rien d'autre à dire.

— Essayons de ne pas nous tracasser pour l'instant, reprit Jamie. Pensons à des choses plus gaies, et surtout plus proches de nous. Que veux-tu faire à Noël ?

Surprise, elle le dévisagea. Elle ne s'était pas attendue à cette question.

— Je n'ai rien prévu de spécial. J'irai chez ma mère, comme tous les ans.

— Moi, je travaille l'après-midi, mais j'avais pensé, enfin j'espérais… qu'on pourrait passer la matinée ensemble.

— Ah, je… D'accord. Dans ce cas, tu pourrais m'accompagner chez maman ? Comme ça, vous auriez l'occasion de faire plus ample connaissance. On déjeune vers midi, le 25. Ça ira très bien pour ton planning.

Son sourire chaleureux lui fit comprendre qu'il n'attendait que cette offre.

— Avec plaisir ! C'est très gentil de me le proposer, Freya.

— Maman va être contente. Elle t'aime beaucoup.

« Et moi aussi », aurait-elle pu ajouter mais, par timidité, elle n'osa pas. Un jour, peut-être ?

Jamie et elle avaient déjà parcouru beaucoup de chemin. Pour la première fois, elle envisageait l'avenir sans crainte, avec joie et sérénité.

Alors oui, bientôt, elle trouverait le courage d'avouer ses sentiments à Jamie. C'était juste une question de temps.

— Habille-toi, on sort !

Freya considéra Jamie en fronçant les sourcils. Selon un rituel désormais bien établi, il était venu la rejoindre en fin de journée. En général, ils dînaient tôt, puis ils regardaient un film en grignotant du pop-corn, ou alors ils bavardaient de choses et d'autres.

Elle jeta un coup d'œil sur son bas de jogging et son T-shirt ample. Elle n'avait pas envie de se changer et encore moins de sortir.

— Pour aller où ? demanda-t-elle d'un ton qui révélait son manque d'enthousiasme.

— Je t'ai préparé une surprise. On descend en ville.

Elle voulut protester, mais il la fit taire d'un doigt posé sur ses lèvres.

— Fais-moi confiance, Freya. Ça va te plaire.

Elle aurait voulu le croire, mais elle en doutait. Maintenant encore, elle se rendait en ville le moins souvent possible. À force de patience, sa psychologue l'avait rééduquée et, aujourd'hui, elle était capable d'aller faire ses courses. Néanmoins, elle évitait toute sortie inutile.

Même si elle avait vaincu sa peur de la foule, elle ne supportait toujours pas le regard des autres.

Avant l'attaque, elle avait été belle. N'étant pas vaniteuse, elle n'avait jamais tiré aucune gloire de son apparence, pas plus qu'elle n'avait abusé du maquillage ou autres cosmétiques, mais que les gens admirent et vantent sa beauté naturelle lui faisait plaisir.

Se voir défigurée dans une glace avait représenté un choc incommensurable. Malgré la chirurgie esthétique, elle savait qu'elle ne serait plus jamais la même : son visage trahissait son histoire, et il en serait ainsi jusqu'à la fin de ses jours.

Elle devait reconnaître, en toute honnêteté, que ses patientes ne posaient aucun problème. Rares étaient celles qui osaient l'interroger et, si elles le faisaient, leur regard reflétait de l'empathie, certes, mais pas d'effroi ni de dégoût.

Peut-être en irait-il de même pour les « autres gens » ? Ceux qu'elle voulait à tout prix éviter au point de vivre en recluse ?

Pessimiste de nature, elle n'y croyait guère…

— Je te rappelle que je dois me reposer.

Jamie eut un sourire entendu.

— Là où nous allons, tu ne te fatigueras pas. Allez, va t'habiller, s'il te plaît.

— Une sortie en ville, pour moi…

Il lui prit les deux mains et l'attira plus près.

— Je sais, murmura-t-il. Mais nous n'irons pas dans le même quartier, et je resterai avec toi tout le temps.

Il avait l'air si enthousiaste qu'elle craignit de le vexer en refusant. Elle gagna donc sa chambre, où elle revêtit un jean de maternité et un sweat-shirt à capuche portant l'inscription « Je dors au chaud pendant neuf mois ».

Une fois habillée, elle prit encore le temps de se faire une queue-de-cheval, de mettre du mascara sur ses cils et une touche de gloss sur ses lèvres. Enfin, après s'être légèrement parfumée, elle se décida à rejoindre Jamie.

Son regard admiratif la rasséréna un peu.

— Très jolie, mademoiselle ! s'exclama-t-il. Allez, on y va !

Il l'aida à enfiler son manteau, lui enroula sa grande écharpe en laine autour du cou, puis lui embrassa le bout du nez. Elle eut conscience d'accueillir ce geste par un sourire crispé tant elle se sentait nerveuse, mais elle n'y pouvait rien. Elle détestait les surprises !

Sur le parking, elle sentit son estomac se nouer. Néanmoins, la vision des rues illuminées, quelques minutes plus tard, lui fit étonnamment plaisir. Depuis longtemps, elle faisait ses courses de Noël en ligne mais, en découvrant les vitrines scintillantes, elle prit conscience que cet incontournable des fêtes lui avait manqué.

Jamie se gara bientôt dans une allée de service derrière un grand centre commercial. Il descendit de voiture puis vint lui ouvrir sa portière avec une petite courbette.

— Si Madame veut bien se donner la peine de me suivre…

— Je… Où sommes-nous ?

— Je me suis arrêté ici pour que mes gardes du corps soient moins voyants, expliqua-t-il. Ils arrivent et ils vont opérer une surveillance discrète depuis la ruelle.

Il la guida vers une porte métallique qui ressemblait à une entrée de service. Dès qu'il eut sonné à l'interphone, une jeune femme vêtue d'une élégante robe bleue vint leur ouvrir. D'après son badge, elle s'appelait Michelle.

— Mademoiselle MacFadden, monsieur Al-Bakhari, bonsoir, dit-elle d'un ton affable. Bienvenue au Nid Douillet.

Le « Nid Douillet » ? Freya avait lu un article sur ce magasin de puériculture très tendance inauguré quelques mois plus tôt. On y trouvait tout : des vêtements chics, mais aussi des éléments de décoration ultra-stylés, sans oublier, bien sûr, le « must » des landaus et poussettes.

Certaines patientes y déposaient parfois des listes de naissance. Mais la plupart d'entre elles se contentaient d'aller jeter un coup d'œil par curiosité, car dans cette boutique tout était hors de prix !

— L'ascenseur vous attend, reprit Michelle. Par ici, mademoiselle, monsieur…

Quand elle s'effaça pour les laisser passer, Freya perçut les effluves d'un parfum coûteux. Sitôt dans l'ascenseur, elle se rencogna au fond de la cabine, mal à l'aise. Avec sa tenue décontractée, elle n'était pas à sa place ici !

— Pour quand est la naissance ? demanda Michelle avec un sourire poli.

— Dans cinq semaines, mais j'attends des jumeaux, donc…

Gênée, elle n'acheva pas. Comment expliquer à cette jeune femme pimpante qu'elle se sentait énorme ?

L'hôtesse eut un sourire compréhensif.

— J'ai moi-même des jumeaux, un garçon et une fille. Connaissez-vous le sexe des vôtres ?

— Ce sont des garçons.

— Deux petits princes ! C'est formidable.

Freya lança un coup d'œil médusé à Jamie. Michelle semblait savoir qui il était ! D'habitude, il restait discret mais, pour faire ouvrir un magasin le soir, sans doute était-il impossible de garder l'anonymat…

L'ascenseur s'ouvrit bientôt sur une grande pièce au décor somptueux, et Freya, si réservée d'habitude, faillit pousser un cri d'admiration. Que de jolies choses ! Il aurait fallu être difficile pour ne pas craquer devant les berceaux ornés de dentelle blanche, les peluches ou les minuscules vêtements alignés par style, et par couleur, sur des miniportants en bois verni !

Un fauteuil inclinable garni de coussins moelleux trônait au milieu du rayon prêt-à-porter. À l'invitation de Michelle, Freya s'y installa.

— Puis-je vous offrir un thé ou des rafraîchissements ? demanda leur hôtesse.

— Je… prendrais volontiers une tisane, merci beaucoup, répondit-elle, un peu gênée.

— Et moi un thé, merci, renchérit Jamie.

Quand Michelle se fut éclipsée, Freya se redressa sur son siège et le dévisagea.

— Tu pourrais m'expliquer, s'il te plaît ?

— Mais c'est très simple, répondit-il avec un large sourire. Nous n'avons pas encore acheté de vêtements. Il est temps d'y songer, non ?

— Tu n'étais pas obligé de te donner tout ce mal. J'aurais pu les commander sur Internet.

— Bien sûr, mais j'ai pensé que ce serait mieux en vrai. Et puisque tu détestes la foule, j'ai eu l'idée de faire rouvrir le magasin pour nous.

Il continua de parler, mais elle ne l'entendait plus. Ses oreilles s'étaient mises à bourdonner sous le coup de l'émotion. Elle n'en revenait pas qu'il ait eu une pareille attention à son égard, et pour elle c'était trop !

— Jamie…

Le retour de Michelle la réduisit au silence. Elle avait déjà l'impression d'être un éléphant dans un magasin de porcelaine. Autant ne pas se faire remarquer davantage !

— Par quoi commençons-nous ? demanda Jamie.

— Je vous suggère de choisir d'abord les vêtements que vos bébés porteront à la sortie de la maternité, répondit Michelle. Les filles ? On peut commencer !

À son signal, cinq vendeuses, toutes plus pimpantes les unes que les autres, se matérialisèrent devant eux.

Freya ferma brièvement les paupières. Elle avait un peu de mal à croire qu'elle ne rêvait pas.

Ainsi, c'était cela, la vie des têtes couronnées ? Une existence où tout devenait possible ?

Décidément, elle ne correspondait pas au profil du poste.

On n'avait jamais vu une future reine, même enceinte, en jean et sweat-shirt à capuche !

8.

— Où faudra-t-il livrer tout ça, mademoiselle, monsieur ?

La question de Michelle fit sursauter Freya. Depuis deux heures, elle avait l'impression d'être prise dans un tourbillon. Un tourbillon agréable, certes, mais aussi extrêmement coûteux.

Jamie, bien sûr, n'avait même pas regardé le prix des articles. Au fur et à mesure que la liste et la facture s'allongeaient, elle s'était sentie de plus en plus gênée, mais lui, non.

Évidemment, pour un prince, ces « emplettes » devaient sembler insignifiantes. Ils avaient choisi une garde-robe complète pour chaque bébé, mais aussi du matériel de puériculture et d'allaitement, sans oublier la fameuse poussette double. Ils en avaient testé plusieurs, pliage et dépliage compris, avant de se décider !

Jamie donna l'adresse de l'appartement à Michelle, et Freya se réjouit d'avance à l'idée de tout déballer, et de ranger les petites affaires dans les meubles prévus à cet effet. Tout bien réfléchi, faire du shopping dans ces conditions était très excitant…

Au moment de partir, la jeune hôtesse les raccompagna non seulement au rez-de-chaussée, mais jusqu'à leur voiture, et leur adressa un grand signe de la main lorsqu'ils partirent. Elle affichait un sourire rayonnant.

— Si elle touche une commission, je crois qu'on vient de lui payer de belles vacances ! dit Freya, amusée, après que Jamie eut démarré.

Il s'esclaffa et lui pressa le genou.

— Elle le mérite, elle a été sympa. As-tu passé un bon moment ?

— Oh ! que oui ! Tu avais raison, c'est agréable de voir ce qu'on achète. Ces petits habits étaient trop craquants !

— Je trouve aussi.

Elle poussa un soupir bienheureux.

— On rentre ? demanda-t-elle.

— Si on allait manger quelque chose avant ?

Elle avait faim, et plus trop d'énergie pour faire réchauffer un plat. Mais, d'un autre côté, la perspective de dîner au restaurant ne l'emballait guère.

— Tu as une idée en tête ?

— Pourquoi pas une pizza à emporter, sur le port ?

Elle se détendit sur-le-champ et sourit à Jamie.

— Tu lis dans mes pensées. Adjugé, vendu !

Jamie s'était garé sur la marina, et il avait laissé tourner le moteur de la voiture pour qu'ils puissent manger au chaud.

Dans le cocon douillet de la berline, Freya dégustait sa pizza tout en admirant les bateaux éclairés par les réverbères. Le vent hurlait, mais elle ne s'en souciait pas. Elle se sentait bien. Pour la première fois depuis sept ans, elle éprouvait un réel sentiment de plénitude.

— Merci pour ce soir. C'était génial, dit-elle, sincère.

— Dois-je en conclure que les vendeuses ont eu la bonne attitude ? Ou alors, toi, tu as arrêté de croire qu'elles te regardaient bizarrement ?

Jamie la taquinait, mais elle ne s'en offusqua pas. Au contraire, elle rit de bon cœur.

— Sans doute les deux, mon capitaine !

Une rafale de vent balaya quelques papiers dans la rue, devant eux. Jamie colla le nez au pare-brise.

— Toujours pas de neige… Je suis déçu.

— Qu'est-ce que je t'avais dit ! Tu vas attendre longtemps.

Il secoua la tête, l'air amusé.

— Tant pis pour les flocons ! Au moins, j'ai réussi à te faire sourire.

Elle l'observa quelques secondes. Jamais elle n'avait rencontré quelqu'un d'aussi positif et accommodant. Il essayait toujours de voir le bon côté des choses, même si leur situation le mettait en difficulté.

— Je te dois des excuses, Jamie.

Il pivota vers elle et haussa les sourcils.

— Pourquoi donc ?

— Pour avoir refusé ta demande en mariage. Si je changeais d'avis, tout deviendrait beaucoup plus simple. Seulement… j'en suis incapable.

— Non, Freya ! Je détesterais que tu te sentes *obligée* à quoi que ce soit. Tu as été honnête, c'est l'essentiel. Tu as parlé avec ton cœur et j'apprécie ta franchise. Cela rend notre relation plus saine et plus solide.

— Quel… genre de relation avons-nous, d'après toi ?

— Nous allons former une famille unie et aimante, le plus longtemps possible. Tout simplement !

Aimante ? Que voulait-il dire ? Était-il… amoureux d'elle ou alors pensait-il juste aux enfants ?

Les mots se bloquèrent dans sa gorge, sa timidité naturelle reprenant le dessus. Elle n'osait pas poser *la* question qui la tenait éveillée depuis des jours…

— Je… veux le meilleur pour les jumeaux, bafouilla-t-elle.

— Ils l'auront, crois-moi.

— Je ne pensais pas au côté matériel de leur éducation. Au contraire, nous devrons éviter de trop les gâter ! Non, je pensais à l'affectif. Il faudra leur faire comprendre que leurs *deux parents* les aiment, si un jour tu t'en vas.

— Ils le sauront, répondit Jamie d'un ton grave et solennel.

Elle ne doutait pas de ses sentiments envers leurs bébés

à naître. Sans doute souffrirait-il beaucoup de repartir pour Madijar. Néanmoins, même en le sachant, elle ne s'imaginait pas lui demander de renoncer au trône.

Elle était maintenant sûre d'avoir rencontré l'homme de ses rêves, son alter ego, le prince charmant qu'elle n'espérait plus croiser un jour. Pourquoi ce prince ne pouvait-il pas être un « simple » mortel ?

Si tel était le cas, elle aurait déjà accepté sa demande en mariage. Ils mèneraient une existence heureuse, tranquille, sans nuages. Sauf que la réalité était tout autre !

Un jour, Jamie devrait faire son devoir. Il la quitterait. Ainsi allait la vie.

Et plus les jours passaient, plus elle trouvait le destin injuste.

Le matin de Noël, il pleuvait à seaux, mais Freya avait le cœur en fête.

Rien, pas même ses craintes de l'avenir, ne viendrait lui gâcher la journée. Pour la première fois depuis des lustres, sa mère et elle avaient un invité. Et quel invité !

Elle espérait très fort que Jamie apprécierait son cadeau. Qu'offrait-on à un prince qui avait déjà tout et même davantage ?

Après s'être bien creusé la cervelle, elle avait demandé discrètement à Sadiq et Mujab de lui faire parvenir une photo du pur-sang préféré de leur maître. Puis elle avait contacté une artiste peintre — une ancienne patiente — pour que la jeune femme réalise le « portrait » de l'animal.

Force était d'admettre que le résultat était époustouflant. Susie avait peint Pride of Jameel sur un fond de dune, magnifiant l'élégance racée de l'étalon noir. Il ressemblait beaucoup au modèle, avec une indéniable touche de poésie qui avait ému Freya. Jamie y serait-il sensible également ?

Cerise sur le gâteau, elle avait craqué pour un présent encore plus sentimental : des ours jumeaux qui, lorsqu'on leur appuyait sur le ventre, émettaient des battements de cœur. C'étaient ceux de leurs bébés, enregistrés lors de la dernière échographie…

Freya rejoignit sa mère à la cuisine, toute guillerette à l'idée des bons moments qu'elle allait passer.

— Joyeux Noël, maman !

— Joyeux Noël, ma chérie !

Sa mère accourut pour l'embrasser puis retourna rapidement à ses fourneaux.

— Veux-tu un petit déjeuner complet ?

— Hum… On va beaucoup manger, aujourd'hui. Je prendrai seulement des œufs au bacon, s'il te plaît. Pas de haricots blancs ni de toasts. Je garde de la place !

— Quand Jamie arrive-t-il ?

— Vers 10 heures.

— Tu lui as expliqué qu'on n'ouvre les cadeaux qu'après déjeuner ?

— Oui, il est au courant.

— Et il mange de tout ?

Elle s'esclaffa.

— Il a droit à ma cuisine tous les soirs, en ce moment. Donc, il devrait apprécier ton festin. Ça va le changer !

Après s'être restaurée, elle débarrassa rapidement la table, puis se mit en devoir d'éplucher les légumes pendant que sa mère arrosait la dinde, qui se trouvait déjà dans le four depuis une bonne heure. Puis elles rectifièrent la farce, après quoi Freya prépara une sauce aux airelles selon la recette de sa mère.

Un sourire flottait sur ses lèvres quand elle s'essuya les mains sur son tablier, savourant les délicieuses odeurs qui emplissaient la cuisine et les airs de Noël diffusés à la radio. Comme elle était heureuse ! Elle s'apprêtait à fêter Noël avec sa maman chérie, et avec le père de ses enfants. Jamie. L'homme qu'elle aimait.

Elle avait longtemps combattu cet amour, mais à quoi bon nier l'évidence ? Avec lui, elle avait repris goût à la vie. Elle était sûre qu'il partageait ses sentiments et qu'il ne lui ferait jamais de mal, comme Mike autrefois.

Le seul chagrin qu'il pourrait lui causer serait de quitter l'Angleterre, mais elle essayait de se raisonner. Sans doute avaient-ils du temps devant eux. À quoi bon s'inquiéter des années à l'avance ?

Le tintement de la sonnette l'arracha à ses réflexions et elle courut ouvrir la porte. Jamie était là, tenant un grand parapluie noir d'une main, un sac coloré dans l'autre.

— Joyeux Noël ! s'exclama-t-il.

— Joyeux Noël, Jamie !

Quand il se pencha pour l'embrasser, elle eut soudain très chaud. C'était toujours ainsi depuis son retour de l'hôpital. Elle avait envie de lui, un désir d'autant plus fort que tout rapprochement leur était interdit.

— Freya, voyons, fais-le entrer ! cria sa mère derrière elle. Il pleut des cordes.

Jamie secoua son parapluie et fit deux pas dans le couloir avant de refermer la porte derrière lui en souriant.

— Hum, ça sent bon, lança-t-il.

— Ton déjeuner se prépare, très cher ! En attendant, tu boiras bien un thé ?

— Avec plaisir si tu me laisses le préparer. Montre-moi juste où laisser mes paquets, et ensuite je m'en occuperai. Tu as sûrement assez bougé pour ce matin.

Renonçant à discuter, elle le conduisit dans le salon, où il posa son sac au pied du sapin. Après quoi il la poussa doucement vers le sofa pour la faire asseoir et lui glissa un pouf sous les pieds.

Penché sur elle, il lui encadra le visage de ses mains.

— Tu m'as manqué, chuchota-t-il.

Hypnotisée par son regard, elle lui sourit.

— On s'est vus hier soir, pourtant…

— Et tu m'as manqué aussitôt la porte franchie ! Je suis tellement heureux d'être là aujourd'hui, ajouta-t-il d'une voix rauque. Tu n'imagines pas ce que ça représente pour moi.

— Si… J'imagine très bien parce que je ressens la même chose.

Après des années de souffrance, de tristesse et de solitude, la roue tournait enfin. Le bonheur lui tendait les bras.

Elle avait la ferme intention de l'attraper au vol.

9.

— Vingt jours, ça passe vite. Que comptez-vous faire après la naissance ?

Au cours du repas, la discussion avait roulé sur l'accouchement qui approchait à grands pas. Néanmoins, la question de sa mère prit Freya au dépourvu.

— Que… veux-tu dire, maman ?

— Je sais que la chambre des bébés est prête, mais vous deux… Allez-vous habiter ensemble ?

Freya lança un coup d'œil incertain à Jamie. Ils n'en avaient jamais discuté.

— Je mentirais en disant que je n'y ai pas songé. Mais je ne veux pas bousculer Freya, répondit-il prudemment.

Malgré sa peur, elle comprit que le moment était venu de se jeter à l'eau.

— Je… pense que je suis prête, dit-elle. J'aurais bien besoin d'aide avec les jumeaux.

Sa mère posa ses couverts et secoua la tête.

— Quel romantisme, ma fille ! s'exclama-t-elle d'un ton indigné. Si tu veux que Jamie vienne vivre chez toi, sois donc un peu plus enthousiaste !

Elle se sentit devenir pivoine. Elle baissa le nez sur son assiette, consciente que Jamie ne la quittait pas des yeux.

Mobilisant tout son courage, elle chercha son regard.

— J'aimerais beaucoup que tu t'installes chez moi. Si tu es prêt…

Comme s'il n'avait attendu que cela, il se mit debout

pour venir s'agenouiller près d'elle. Puis il lui prit une main qu'il porta à ses lèvres.

— Avec joie, répondit-il simplement. C'est mon vœu le plus cher.

La mère de Freya battit des mains.

— Mes enfants, quelle nouvelle ! Vous ne pouviez pas me faire un plus beau cadeau aujourd'hui.

Jamie regagna sa place après avoir embrassé Freya.

— Portons un toast, dit-il en levant son verre de jus de pomme. À l'avenir !

Freya choqua son verre contre le sien, imitée par sa mère.

— À l'avenir ! répétèrent-elles en chœur.

Jamie étant de garde, il fut décidé de faire l'impasse sur le café.

La maman de Freya ouvrit ses cadeaux la première, et parut enchantée de recevoir un bonnet, des gants et une écharpe en cachemire, plusieurs romans qu'elle souhaitait lire depuis la rentrée littéraire, ainsi qu'une grosse boîte de chocolats belges.

— Ma chérie ! Tu m'as trop gâtée ! À ton tour, maintenant.

Freya découvrit que sa maman lui offrait un bon d'achat conséquent dans une boutique de prêt-à-porter en ligne, un superbe pyjama de soie, ainsi que deux livres albums intitulés *La Première Année de mon enfant.*

— Maman, c'est toi qui as fait des folies. Merci beaucoup !

— Avec plaisir, trésor… À vous maintenant, Jamie.

En tant que future belle-mère, elle avait bien choisi ses cadeaux : un flacon de parfum ainsi qu'un pull de style polo, qu'il enfila sur-le-champ et qui lui allait à la perfection.

— Merci beaucoup, madame MacFadden. C'est très gentil. Regardez le vôtre, ajouta-t-il en souriant.

La mère de Freya décacheta l'enveloppe beige portant son nom, laquelle contenait un élégant bristol, et poussa un petit cri d'enthousiasme.

— Un abonnement au spa de l'hôtel Franklin ? Merci beaucoup ! C'est une idée géniale.

— Je suis ravi que cela vous plaise !

— Tiens, Jamie, encore à toi, dit Freya en lui tendant le paquet contenant le portrait de Pride of Jameel.

Après avoir bataillé avec les rubans, il parut médusé de voir son cheval favori se matérialiser devant ses yeux.

— Freya, c'est trop beau ! Mais… comment as-tu su… Comment as-tu fait ?

Elle vit son regard s'écarquiller quand elle lui raconta l'histoire du tableau. Il le tournait et le retournait entre ses mains pour mieux l'exposer à la lumière. Il avait l'air heureux comme un gamin à la fête foraine, et elle sentit son cœur se gonfler d'allégresse.

L'amour, c'était aussi cela. Donner du bonheur et en recevoir en retour : existait-il sensation plus merveilleuse ? Pas pour elle, en tout cas !

Jamie l'embrassa avec une infinie tendresse.

— Merci beaucoup, mon ange.

— Attends, il y en a un autre.

La découverte des deux ours en peluche fut un moment très touchant. Jamie les serra sur son cœur, le regard embué.

— Samuel et James. Mes deux trésors, chuchota-t-il. Tu n'aurais pas pu me faire plus plaisir.

— Il reste un sac, Freya, intervint sa mère avec un sourire complice. Il est pour toi.

Le cœur battant, Freya découvrit deux boîtes carrées dans l'élégant sachet en papier bleu turquoise. Des coffrets de joaillerie !

— Ouvre celui-ci en premier, dit Jamie en lui désignant le plus grand.

Elle s'exécuta avec des gestes nerveux, révélant un écrin rouge en forme de cœur. Contenait-il une bague ? Que faire si Jamie la redemandait en mariage ? Elle sentit sa gorge se nouer et inspira à fond, puis souleva le couvercle.

De somptueuses boucles d'oreilles reposaient sur un lit de soie bleu nuit, si belles qu'elle en resta bouche bée.

— Platine et diamants noirs, dit Jamie.

— Oh… Elles sont… magnifiques.

— Essaye-les vite ! intervint sa mère.

Elle s'exécuta sans se faire prier, sous les regards admiratifs de Jamie et de sa maman.

— Excellent choix ! déclara cette dernière.

— Des diamants pour ma perle rare…, déclara Jamie en souriant. Qu'aurais-je pu trouver de mieux ?

Freya se rapprocha — autant que le lui permettait son ventre arrondi — et l'embrassa. Puis, du regard, elle essaya d'exprimer les sentiments contradictoires qui lui déchiraient le cœur depuis qu'elle avait vu les deux boîtes.

Certes, elle l'aimait, mais elle avait aussi très peur d'ouvrir son dernier cadeau. Il ne pouvait s'agir que d'une bague. Cette fois, elle en était sûre.

Jamie ne pouvait-il comprendre qu'il lui imposait un choix cornélien ? Si elle acceptait de l'épouser, elle finirait ses jours seule puisque la séparation était inéluctable. Mais si elle refusait, dans l'immédiat, cette journée idyllique serait gâchée.

Pourquoi avait-il choisi le jour de Noël, alors qu'elle flottait sur un petit nuage ?

Consciente de la scène pénible qui allait suivre, elle sentit une vague d'irritation la submerger. Elle allait prétexter un mal de dos et le besoin de s'allonger pour ne pas ouvrir la fameuse boîte. Ensuite…

Elle n'eut pas le temps de mettre son plan à exécution car, tout à coup, la sonnette retentit. Sa mère pivota vers le couloir.

— Une visite aujourd'hui ? dit-elle, l'air perplexe. Ça doit être une erreur. Je ne vois pas…

Freya sauta sur l'occasion pour s'éloigner de Jamie.

— J'y vais !

En d'autres circonstances, elle se serait fait une joie d'épouser l'homme de ses rêves. Mais Jamie était prince, et cette union, impossible. Elle ne supporterait pas d'être une personnalité connue, encore moins de lire les commentaires désobligeants de la presse sur son apparence physique…

— J'arrive ! cria-t-elle depuis le couloir.

Elle eut un sursaut d'étonnement lorsqu'elle ouvrit la porte. Un homme de haute taille vêtu d'une djellaba blanche, d'un manteau blanc et portant un keffieh se tenait sur le seuil. Il s'inclina devant elle.

— Madame MacFadden, je m'appelle Faiz. Je suis le secrétaire général de Sa Majesté, le roi Ilias al-Bakhari. Je dois m'entretenir avec son frère, le prince Jameel, de toute urgence. Ce que j'ai à lui dire ne pouvait être communiqué par téléphone ni par mail, ajouta-t-il, l'air sombre.

Freya se raidit, pressentant une catastrophe.

— Un… secrétaire général ?

— Oui, madame. Hélas, le temps presse. Je suis bien conscient de vous déranger, mais m'autorisez-vous à rencontrer le prince à votre domicile ?

Un frisson glacé la parcourut. Sans un mot, elle conduisit le visiteur au salon. La présence d'un tel envoyé le jour de Noël laissait, hélas, craindre le pire.

— Prince Jameel, pourriez-vous m'accorder un entretien privé en urgence, s'il vous plaît ?

Jamie s'avança vers Faiz, très raide, le visage blême. Freya croisa brièvement son regard : il semblait aussi horrifié qu'elle. Il secoua la tête.

— Je n'ai rien à cacher, répondit-il. Parlez devant ces dames, Faiz.

L'émissaire hésita puis hocha la tête.

— Votre frère a eu un accident vasculaire cérébral, cette nuit, dit-il d'un ton grave. Il est impératif que vous rentriez à Madijar.

— Jasmeen est-elle avec lui ? demanda Jamie, les poings crispés le long du corps.

— Sa Majesté la reine ne quitte pas son chevet.

— Et il faut que je rentre…

Il avait l'air si triste que Freya aurait voulu courir vers

lui, mais ses pieds étaient comme cloués au sol. Sous le choc, elle ne pouvait plus bouger.

Il allait partir. D'ici quelques minutes, il ne serait plus là.

Elle n'était pas prête ! Ils commençaient juste à être heureux, elle était sur le point d'accoucher. C'était impossible !

— Jamie ? balbutia-t-elle d'une voix rauque de chagrin.

Il garda les yeux obstinément baissés sur le parquet.

— Êtes-vous absolument certain que je doive partir, Faiz ?

— Le Premier ministre m'a ordonné de rentrer avec vous.

Un bras réconfortant s'enroula autour des épaules de Freya. Malgré sa volonté de rester calme, elle éclata en sanglots et se blottit contre sa mère.

— Laissez-nous une minute, Faiz, je vous prie, ordonna Jamie.

Elle entendit une porte se refermer et des pas se rapprocher d'elle.

— Freya ?

Incapable de regarder Jamie, elle s'accrocha à sa mère comme une naufragée. Mais celle-ci l'écarta doucement.

— Je vous laisse discuter, dit-elle d'un ton calme. Si vous avez besoin de moi, je serai à la cuisine.

Restée seule avec Jamie, Freya croisa les bras sur la poitrine. Il tendit la main, mais elle secoua vigoureusement la tête.

— Non.

— Freya, je t'en supplie ! Je suis sous le choc. Je ne m'y attendais pas.

— On savait tous les deux que ça finirait par arriver.

— Je suis tellement désolé…

Elle ne répondit rien. Sa peine était indescriptible.

— Je reviendrai peut-être à temps pour la naissance, reprit Jamie d'un ton désespéré. Ilias va guérir…

— Je le lui souhaite, de tout mon cœur. Mais après ? Ton destin sera d'être tôt ou tard auprès de tes concitoyens. Je ne peux pas lutter contre un million de personnes. Même si tu reviens, tu repartiras un jour.

— Mais, moi, je *veux* rester !

— Sauf que tu ne *peux pas*. On a été stupides, tous les deux, de croire que tu échapperais à ce destin. Accepte-le.

Il la considéra d'un air peiné.

— Je tiens à te le redire, Freya : je n'avais aucunement l'intention de m'en aller.

— Je sais, mais ça ne change rien.

— On va s'appeler souvent, d'accord ? Je veux…

— Non. Si tu me téléphones, je ne répondrai pas.

— Mais enfin, pourquoi ? s'écria-t-il. Tout ne va pas s'arrêter aujourd'hui, quand même ?

— Si, répondit-elle d'un ton grave. Je ne pourrai pas faire les choses à moitié, Jamie. J'ai passé trop de temps à vivre comme un fantôme et, aujourd'hui, j'ai besoin d'avancer. Je le dois à mes enfants.

— Je ne peux pas renoncer à vous, Freya !

— Tu le peux et tu le feras. En partant aujourd'hui, tu choisis la voix de la raison. Le devoir t'appelle. C'est normal et je comprends.

— Freya… Je n'ai jamais rencontré quelqu'un d'aussi courageux que toi.

Elle déglutit péniblement. Les larmes roulaient de nouveau sur ses joues et elle les balaya d'un revers de main.

— Va-t'en, balbutia-t-elle. S'il te plaît.

Jamie scruta le sol et la table basse jonchés de papiers cadeaux. Il saisit le paquet qu'elle n'avait pas ouvert, hésita, le tourna et le retourna entre ses mains. Finalement, il le rangea dans sa poche de veste, puis il prit le tableau de Pride of Jameel et les ours en peluche qu'il serra contre son cœur.

Puis il s'avança vers elle.

— Je t'aime, Freya MacFadden.

Elle le dévisagea à travers un rideau de larmes.

— Je t'aime aussi, Jameel. Adieu… et bonne chance.

Lui lançant un dernier regard, il tourna les talons et

sortit. Quelques instants plus tard, elle entendit la porte d'entrée claquer.

Cette fois, tout était fini.

La maison de Hayling Island était fermée depuis le début de l'automne.

Malgré le froid, Freya ouvrit les fenêtres en grand pour laisser entrer l'air salin. Puis, quand tout fut refermé, elle poussa le chauffage central au maximum et se prépara un thé.

Debout sur le balcon, son mug à la main, elle contempla un moment la mer d'huile qui déroulait ses vaguelettes au pied des villas côtières. Tout était calme, trop calme, comme avant une tempête. Quelques marcheurs emmitouflés promenaient leur chien sur le sable. À part le cri des mouettes, on n'entendait presque rien.

Et c'était justement pour la quiétude ambiante que Freya s'était réfugiée là.

À Hayling Island, la vie tournait au ralenti. On avait l'impression d'être hors du temps et du monde. Elle ne serait plus obligée de parler, de mentir à sa mère, de répéter que tout allait bien. Et, surtout, elle allait pouvoir réfléchir.

En quelques minutes, son rêve avait volé en éclats. Au lieu de fonder une famille, elle allait devenir mère célibataire. Que dirait-elle à ses garçons lorsqu'ils seraient en âge de comprendre ? Seraient-ils connus comme les fils illégitimes du roi de Madijar ? Comment les protéger du scandale si la presse avait vent de leur histoire ?

Elle détestait le mensonge et ne s'imaginait pas leur cacher la vérité. Mais, s'ils demandaient à voir leur père régulièrement, la situation risquait de devenir ingérable…

Son abdomen se tendant brusquement, elle se massa d'une main en inspirant profondément.

Depuis quelques jours, elle avait de fausses contractions non douloureuses, signe que son corps se préparait à l'accouchement. Or, sa priorité restait, plus que jamais, de vivre cet événement unique dans de bonnes conditions. Elle ne voulait pas d'une fin de grossesse chagrine, à broyer du noir. Ses enfants méritaient mieux !

Elle rentra dans le cottage, finit son thé, puis décida d'aller se promener sur le port. Respirer l'air pur lui ferait le plus grand bien.

Bien emmitouflée dans son manteau, elle enfila bonnet, gants et écharpe, puis sortit. Ce fut au moment de verrouiller la porte qu'elle sentit quelque chose de doux et froid lui tomber sur le nez.

Un flocon de neige. Puis un autre. Et un autre encore.

— Oh ! Jamie… Tu vas rater ça…

10.

Le premier étage de la clinique avait été transformé en quartier de haute sécurité.

Escorté de Faiz et de son secrétaire personnel, Rafiq, Jamie suivit l'infirmière en chef dans le couloir jusqu'à la chambre de son frère. Son vol en jet privé vers Madijar avait duré sept heures et, pendant le trajet, il avait été tenu régulièrement informé de l'état de santé d'Ilias.

Dans l'avion, on lui avait remis un classeur complet de dossiers urgents. Sa vie « d'avant » l'avait rattrapé, et maintenant encore il avait du mal à croire que son rêve ait pu tourner au cauchemar.

Je les ai abandonnés. Mon amour. Mes enfants.

Apparemment, Ilias souffrait d'un problème sanguin, lequel aurait déclenché son AVC. Des examens et bilans étaient en cours afin qu'il puisse être traité au plus vite. Peut-être y avait-il une chance qu'il se rétablisse complètement ?

Dès qu'il entra dans la chambre, la vision du malade allongé, pâle et inerte, réduisit ses espoirs à néant.

— Jameel !

Sa belle-sœur, Jasmeen, quitta le chevet d'Ilias pour venir l'embrasser. Il la serra contre son cœur.

— Comment va-t-il ?

— D'après les médecins, il est stable. Mais on ne sait pas encore grand-chose.

Il alla s'asseoir près de son frère et lui prit la main.

— Ilias ? C'est moi, Jameel. Je suis là…

— Malheureusement, il y a peu de chances qu'il te réponde. Il dort beaucoup.

— Parle-t-il ?

— Il émet des sons, sans pouvoir prononcer aucun mot. J'ai fini par comprendre qu'il voulait écrire et je lui ai fait apporter papier et crayon. Il griffonne de la main gauche…

Jamie eut soudain envie de pleurer. Voir son frère dans cet état le bouleversait, mais il ne devait pas craquer. Il devait se montrer fort pour Jasmeen.

— Ilias ? répéta-t-il, un peu plus fort.

Ce dernier remua, puis il battit des cils en gémissant.

Jamie se pencha sur lui, front contre front.

— Je suis là, chuchota-t-il. Je suis rentré. Ne t'inquiète pas.

Ilias fit un signe pour réclamer son bloc-notes. Aussitôt, Jasmeen le lui présenta et le tint devant lui. Il parvint à tracer quelques mots avec une extrême lenteur.

« Suis désolé que tu aies dû revenir. »

— Il n'y a aucune raison ! se récria Jamie.

« Tu vas bientôt être papa. »

— C'est vrai.

« Voulais que tu restes là-bas. M'excuse. »

— Arrête, Ilias, ce n'est pas ta faute ! Le principal, c'est que tu sois en vie. Tu vas t'en sortir. Bats-toi ! Tu seras bientôt de retour parmi nous.

Il crut voir son frère secouer la tête de manière imperceptible avant de se remettre à écrire.

« Peux plus rester roi dans ces conditions. »

Jamie eut l'impression d'être changé en statue de sel.

— Arrête ! Il faut laisser du temps au temps.

— Les médecins nous ont avertis qu'il garderait des séquelles, intervint Jasmeen. La paralysie du côté droit devrait disparaître, et ses capacités d'élocution revenir. Mais il ne récupérera pas à cent pour cent.

— Je… vois.

— Il veut abdiquer, Jameel. C'est la première chose qu'il a écrite en se réveillant. Cela ne m'étonne pas, d'ailleurs. Madijar a besoin d'un roi en pleine possession de ses moyens. Il aime trop son pays pour rester à sa tête s'il n'en est plus capable.

Abdiquer ?

Jamie se leva pour faire les cent pas dans la chambre. Puis il s'arrêta près de la fenêtre et contempla le désert immense qui s'étendait aux portes de la ville.

Le désert. Freya. Elle était si loin, maintenant…

Un soudain gémissement de son frère le fit se retourner vivement. Quel égoïste il faisait ! Il ne pensait qu'à lui alors qu'Ilias était gravement malade !

Ce dernier s'était remis à écrire. Il avait l'air plus détendu, presque serein. Si sa bouche n'avait pas été de travers, on aurait pu croire qu'il souriait.

Jamie se pencha sur le bloc-notes.

« Rien ne t'oblige à prendre ma place. »

Si le sud de l'Angleterre n'avait pas eu de Noël blanc, la nouvelle année promettait de battre des records.

On était le 31 décembre et, depuis trois jours, un épais tapis blanc recouvrait la jetée et le port de Hayling Island. Depuis son arrivée sur l'île, Freya avait vu d'épais flocons tomber jour et nuit au point qu'elle avait fini par renoncer à ses chères promenades.

D'après le dernier bulletin météo, la Saint-Sylvestre risquait d'être agitée. Une nouvelle tempête menaçait et on conseillait aux gens d'éviter tout déplacement inutile pour profiter d'un réveillon chez eux, bien au chaud.

Blottie sur le sofa devant la cheminée, Freya se reposait en buvant du thé et en grignotant un gâteau sec.

Heureusement, elle avait fait le plein de provisions et pouvait tenir un siège. Elle n'avait donc rien de mieux à faire que de zapper les téléfilms de Noël que les chaînes de télé diffusaient à profusion.

De toute manière, elle ne pouvait quasiment plus bouger. Ses fausses contractions étaient plus rapprochées depuis la veille et à midi précisément, elles avaient commencé à devenir douloureuses, l'obligeant parfois à s'appuyer aux meubles pour respirer.

Dès que les routes seraient praticables, elle rentrerait à Brighton. Ce serait plus prudent.

Vers 17 heures, comme tous les jours, elle appela sa mère pour la rassurer. Cette dernière se tracassait beaucoup, et cette fois encore elle le lui dit :

— Tu arrives à quinze jours du terme et tu attends des jumeaux ! Que feras-tu si le travail commence, coincée au milieu de toute cette neige ?

— J'appellerai une ambulance. Et puis, après tout, je suis sage-femme. Je saurai comment réagir. Profite de ta soirée et ne t'inquiète pas.

Elle souhaita un bon réveillon à sa mère qui devait dîner chez des voisins puis décida de prendre un bain.

L'eau chaude aux sels de lavande fit merveille sur son dos crispé. Elle se détendit un bon moment dans les bulles, après quoi elle enfila un pyjama douillet et retourna au salon.

Elle venait de se réinstaller sur le canapé lorsqu'une violente douleur dans le bas-ventre lui arracha un cri. Elle se massa l'abdomen puis s'allongea. S'était-elle assise dans une mauvaise position ? S'était-elle froissé un muscle ?

Allons, pas de panique. Tout allait bien maintenant !

18 heures avaient sonné et, selon le présentateur du bulletin d'informations locales, la nuit s'annonçait difficile. La plupart des routes du secteur étaient devenues impraticables en raison des congères. Le confinement était, plus que jamais, recommandé.

Jetant un coup d'œil vers l'extérieur, Freya vit qu'il

faisait nuit noire mais, à la lueur des réverbères, elle vit les flocons tourbillonner devant sa fenêtre.

Jamais, de toute sa vie, elle n'avait vu tant de neige. Ces épisodes étaient rarissimes au bord de la mer, et elle se demanda si ses enfants auraient l'opportunité de vivre la même chose avant une ou deux décennies !

L'image de deux petits garçons crapahutant dans le jardin immaculé l'amusa. Mais, bien vite, son sourire se transforma en grimace : un nouveau spasme l'avait saisie, plus douloureux encore que le précédent.

Oh ! non. Le travail a commencé.

Sage-femme ou pas, la peur déferla en elle.

Respire. C'est ton premier accouchement. Ça peut durer des heures. Les secours ont le temps d'arriver.

Mais quels secours ? L'île était reliée au continent par un pont, lequel desservait une unique route principale. Si cet accès était bloqué…

Elle se leva, décrocha le téléphone fixe, mais n'entendit aucune tonalité. Elle se dépêcha alors de prendre son mobile dans son sac à main et composa le numéro d'urgence.

— J'ai besoin d'aide, s'il vous plaît.

Rapidement, elle exposa sa situation. Il s'avéra que tous les véhicules étaient sortis, hélas. Compte tenu de la météo, personne ne savait quand ils rentreraient. L'opérateur lui conseilla donc de s'adresser à un voisin susceptible de l'aider au cas où l'équipe médicale n'arriverait pas à temps.

Elle raccrocha, paniquée. Un voisin ? Quel voisin ? La majeure partie des maisons étaient des résidences secondaires. Une poignée de familles et des couples de retraités formaient l'essentiel de la population. Et tout le monde devait être calfeutré bien au chaud !

Une nouvelle contraction la fit se plier en deux. Huit minutes s'étaient écoulées depuis la précédente. Elle respira profondément puis se rassit sur le canapé. Il fallait attendre les secouristes. Elle n'avait pas le choix.

Deux heures plus tard, les contractions revenant toutes les cinq minutes, Freya décida de rappeler le central. Peut-être trouveraient-ils un habitant de Hayling Island qui avait suivi une formation aux premiers secours ? Si cette personne existait, il — ou elle — pourrait venir à pied, non ? Et, dans le cas contraire, elle devait se préparer à accoucher seule…

Des coups vigoureux frappés à sa porte la firent sursauter. Elle soupira de soulagement. L'ambulance avait dû franchir les congères. Elle allait pouvoir bénéficier de l'assistance de professionnels !

Mobilisant toute son énergie, elle alla dans le couloir puis ouvrit la porte en grand. Un courant d'air froid la saisit et elle baissa la tête pour se protéger. Son regard tomba d'abord sur une grosse paire de bottes en cuir, puis elle releva la tête… et ce qu'elle vit lui coupa le souffle.

Planté sur le seuil, trempé et frissonnant, Jamie dansait d'un pied sur l'autre. Il avait les joues rouges, les cheveux couverts de flocons, mais il souriait.

— Jamie…

— Moi-même ! répondit-il d'un ton joyeux. Je t'avais bien dit qu'il allait neiger.

Comme elle le fixait, bouche bée, il ajouta :

— Vas-tu me faire entrer ? Je suis gelé, voilà bientôt deux heures que je marche dans le froid.

Quand elle s'écarta, il s'engouffra à l'intérieur avant de claquer la porte.

Une violente contraction empêcha Freya de lui poser les questions qui se bousculaient dans sa tête. Alors qu'il retirait ses bottes, elle se pencha en avant pour respirer, les mains sur les genoux.

— Freya ? Es-tu… *en travail* ?

— Ou… i.

La crise passée, elle pivota vers lui, des larmes plein les yeux, envahie d'une joie et d'un soulagement indescriptibles.

— Depuis quand ? demanda-t-il.

— Presque quatre heures.

— Quatre heures ! Pourquoi n'as-tu pas appelé les secours au lieu de rester là toute seule ?

— Je l'ai fait. Ils ne savent pas quand ils pourront venir.

Il fourragea dans sa poche pour sortir son mobile et pianota sur l'écran. Puis il lança quelques ordres dans sa langue et raccrocha.

— Mes hommes vont faire héliporter un ambulancier secouriste le plus près possible d'ici.

— Bonne chance s'ils y arrivent ! Et, d'abord, comment m'as-tu trouvée ?

— Je ne t'ai jamais perdue, Freya. C'était… impossible pour moi de n'avoir aucune nouvelle.

Elle n'eut pas le loisir d'exprimer son mécontentement, interrompue par une nouvelle contraction. Alors qu'elle s'appuyait à la rampe d'escalier, elle sentit deux mains fermes la soutenir et se concentra sur sa respiration.

Le spasme terminé, Jamie lui massa le bas du dos puis il la guida jusqu'au salon où il la fit asseoir.

— Ça revient vite, dit-il.

— Je sais, c'est moi qui les ai !

— On n'a pas beaucoup de temps. Indique-moi où trouver des serviettes. Je vais aussi faire bouillir de l'eau. Il faut que je stérilise une paire de ciseaux pour les cordons, au cas où.

— Attends, c'est trop facile ! Tu ne peux pas débarquer comme ça et jouer les preux chevaliers sans me dire ce qui se passe. Comment va ton frère ? Es-tu devenu roi ?

— Ilias souffre de la maladie de von Willebrand, une atteinte génétique qui se traduit par des hémorragies. Un traitement a été mis en place sitôt le diagnostic posé. Son AVC a causé des troubles de la mobilité et du langage qui devraient se résorber avec le temps, mais il a choisi d'abdiquer dans l'intérêt du pays.

— Abdiquer ? Mais…

Elle sentit son abdomen se tendre douloureusement.

— Oooooooh…

Penchée en avant, elle agrippa le bord du sofa. Jamie lui prit alors les deux mains et elle s'y accrocha de toutes ses forces en se concentrant sur sa respiration.

— J'ai… besoin de pousser, dit-elle d'une voix haletante.

— Je dois t'examiner avant. D'accord ?

— D'ac… cord. La cuisine est… au bout du couloir, à droite. Il y a une boîte de gants jetables sous l'évier. Maman déteste toucher de la viande crue…, ajouta-t-elle en souriant.

Au moins, les petites manies de sa mère allaient servir à quelque chose !

Jamie parti, elle fit glisser son bas de pyjama vers le sol. Puis elle étala deux plaids sur le canapé, s'allongea et ferma les yeux, la tête pleine de questions sans réponse.

Que faisait Jamie en Angleterre ? Lui avait-on accordé un « congé paternité » exceptionnel ? Allait-il repartir au bout de quelques jours ou quelques semaines ? Si oui, il aurait mieux fait de ne jamais revenir…

Quand il reparut, les mains gantées, elle le considéra en fronçant les sourcils.

— Tu devrais t'en aller !

Il la dévisagea, l'air interloqué.

— Quoi ? Je viens à peine d'arriver. Et puis, entre nous, je crois être la personne la plus qualifiée à cinquante kilomètres à la ronde pour te faire accoucher. On ne va pas aller chercher ton voisin. Il a quatre-vingt-cinq ans et il a besoin d'une loupe pour lire le journal !

— Ah oui ? Mais comment le sais-tu, d'abord ?

— J'ai mes sources… Bon, allez, je vais t'examiner. Détends-toi.

— Facile à dire…

Deux minutes plus tard, Jamie se redressa en souriant.

— Tu es complètement dilatée. À la prochaine contraction, c'est parti ! Dis-moi vite où sont les serviettes.

— À l'étage, deuxième porte à gauche.

— Je fonce. Attends-moi pour les réjouissances.

Il l'embrassa rapidement sur la joue puis sortit en courant. Il avait l'air calme, maître de lui-même. Était-ce vraiment le cas ? S'il était inquiet, il donnait bien le change !

Le stress et le chagrin lui soulevèrent le cœur au point

qu'elle ne put contenir ses larmes. Pourquoi était-il revenu lui faire une fausse joie, ce soir entre tous ? Elle ne supporterait pas qu'il la quitte à nouveau…

Elle l'entendit dévaler l'escalier. Dix secondes plus tard, il était près d'elle.

— Va-t'en ! s'écria-t-elle.

— Arrête, voyons, c'est ridicule. Je n'irai nulle part. Quel homme digne de ce nom pourrait te laisser seule ?

— Un homme de principes, justement. Je ne veux pas que tu restes, sachant que tu vas repartir bientôt.

Elle n'entendit pas la réponse, saisie d'une nouvelle contraction. Elle avait si mal que la voix de Jamie semblait se perdre dans une brume lointaine. Alors, mettant en pratique les conseils qu'elle prodiguait toute l'année, elle rentra le menton, se replia sur elle-même et poussa à fond.

Quel soulagement ! Au moins, elle ne subissait plus la douleur et elle pouvait enfin faire quelque chose !

— Super, tu te débrouilles comme un chef. Continue ! dit Jamie.

Elle expira, inspira et recommença à pousser. Elle parvint à répéter cet exercice une troisième fois avant que la contraction ne se termine.

Alors qu'elle reprenait son souffle, Jamie lui prit la main.

— Freya… Je ne vais pas te quitter. Ni maintenant ni jamais, dit-il d'une voix rauque.

— Mais…

Le besoin de pousser rendait toute discussion impossible. Son premier garçon semblait pressé de naître !

— Je vois la tête, indiqua Jamie. Freya, tu es exceptionnelle.

Tendant le bras, elle effleura le crâne du bébé et poussa un petit cri.

— Oh ! mon Dieu. Samuel… Il est là…

— À la prochaine contraction, la tête va passer. D'accord ?

— Oui.

Elle se concentra sur les messages que lui envoyait son corps, galvanisée par les encouragements de Jamie.

— Allez, pousse, pousse, pousse… Stop ! Fais le chien, maintenant.

Aussitôt, elle se mit à souffler comme une vieille locomotive.

— Une dernière poussée… Vas-y !

Elle sentit le bébé glisser dans les mains tendues de Jamie. Il le lui mit immédiatement sur le ventre.

— Bonjour, ou plutôt bonsoir, Samuel, dit-il d'une voix rauque. Heure de la naissance, 21 h 16.

— Oh ! Jamie…

Riant et pleurant à la fois, elle caressa son nouveau-né. Elle se moquait qu'il soit couvert de vernix et de sang. Il était là, et en pleine forme. Il venait d'ailleurs de pousser un premier cri plutôt vigoureux !

— Qu'il est beau, chuchota-t-elle.

D'après ses premières estimations, Samuel devait peser un peu moins de trois kilos. Sa petite tête était couronnée de cheveux aussi noirs que ceux de son papa.

— Oui, il est magnifique, dit Jamie. Comme sa maman.

Il enveloppa Samuel dans deux serviettes pour le maintenir au chaud. Puis il partit à la cuisine et revint avec la cordelette et les ciseaux qu'il avait stérilisés. Après avoir attaché et coupé le cordon ombilical, il s'agenouilla près de Freya.

— Je suis tellement fier de toi, ma chérie !

— Je n'arrive pas à le croire… Notre premier fils est né, grâce à toi.

— C'est surtout grâce *à toi* !

Se penchant, il l'embrassa avec une tendresse qui l'émut au plus profond d'elle-même.

— Tu vas vraiment rester ? demanda-t-elle, incrédule.

— Oui, Freya. Ma sœur Zahra est prête à régner. C'est une femme forte, courageuse, et elle a du cœur. Elle fera une excellente souveraine.

— Je pensais que tu étais contraint de remplacer ton frère !

Il soupira.

— Moi aussi, mais nous en avons beaucoup discuté en famille et avec le gouvernement. Tout le monde à Madijar sait que ma vie est en Angleterre. Qu'aurait-on pensé d'un roi ayant abandonné femme et enfants pour monter sur le trône ? Les gens comprendront très bien, et même ils approuveront. Zahra est très populaire chez nous. Notre peuple accueillera la nouvelle avec joie.

Ivre de bonheur, elle lui pressa la main. Tant d'émotions en une heure à peine, c'était trop.

— Jamie… Je ne sais que dire…

Elle n'eut pas l'occasion de trouver ses mots car elle fut soudain prise d'une nouvelle contraction.

— Veux-tu que je tienne Samuel ? proposa Jamie.

— Oui, s'il te plaît. J'ai peur de lui faire mal.

Du coin de l'œil, elle le vit aménager un cocon douillet sur le tapis avec des serviettes. Leur petit serait bien au chaud !

— Voilà, je le prends, dit-il. Allez, petit bonhomme, repose-toi un peu. Maman et papa ont encore du travail…

Malgré la douleur, elle parvint à sourire. Jamie l'examina de nouveau puis il se redressa en levant les deux pouces.

— Tête en bas, annonça-t-il. Il est tout près, Freya !

— Allez, c'est reparti. Je peux le faire…

Son sourire tendre lui alla droit au cœur.

— Bien sûr que tu peux le faire. Tu es géniale.

Galvanisée par ses encouragements, elle oublia sa fatigue et recommença à pousser. L'expulsion lui parut un peu plus facile et, avant qu'elle ait pu dire « ouf », la tête de James franchit le passage.

— Une dernière poussée et il sera là, annonça Jamie.

— Espérons-le…

Samuel dormait à poings fermés sur le tapis à côté de son papa. D'ici quelques minutes, son frère le rejoindrait. La famille serait au complet, pour la vie…

Malgré son épuisement, cette pensée lui donna la force de pousser une dernière fois, avec toute l'énergie dont elle était capable.

— Oui, Freya ! Le voilà… Heure de la naissance, 21 h 45 ! s'exclama Jamie.

Comme pour Samuel, il lui posa James sur la poitrine. Envahie d'un immense soulagement, elle se remit à pleurer tout en serrant son bout de chou contre son cœur.

L'expulsion des placentas se déroula sans encombre. Après avoir tout nettoyé, Jamie s'assit près d'elle sur un tabouret. Chacun tenait un bébé dans les bras.

— Regarde-les, chuchota-t-elle. Ils sont adorables.

— Avec une maman comme toi, il ne pouvait pas en être autrement ! répondit Jamie.

Elle le dévisagea. Maintenant que la tension était retombée, elle réalisait pleinement ce qui leur arrivait.

— J'ai l'impression de rêver…, dit-elle. Ce matin encore, je croyais ne jamais te revoir, et là…

— Et là je vais m'incruster dans ta vie. Si tu es d'accord, évidemment.

Comment aurait-elle pu refuser ? Cet homme était tout pour elle. Il lui avait redonné goût à la vie. Il ne l'avait pas lâchée et, grâce à lui, elle était redevenue une femme forte qui n'avait pas honte de marcher la tête haute.

— Puis-je te poser une question ? demanda-t-elle.

— Bien sûr, mon amour.

— Veux-tu m'épouser, Jamie ?

Un sourire radieux illumina son beau visage. Il se pencha vers elle jusqu'à ce que leurs têtes se frôlent.

— Oui, Freya ! Oui, oui, mille fois oui !

Par-dessus les têtes de leurs bébés endormis, ils échangèrent un tendre baiser, symbole de l'avenir qui s'ouvrait devant eux.

— Je t'aime, Jameel.

— Je t'aime, Freya. Nous deux, maintenant, c'est pour la vie !

Épilogue

Madijar était un pays sublime.

Les habitants de ce « royaume du désert » — comme on l'appelait parfois — avaient réservé un accueil très chaleureux à Freya, qui n'en revenait toujours pas.

Cette visite de deux semaines avec Jamie et les enfants s'annonçait sous les meilleurs auspices. Elle avait craint que les gens ne lui reprochent son mariage avec leur prince, mais c'était le contraire. Ils s'étaient massés le long de la route de l'aéroport pour les accueillir et les accompagner jusqu'au palais royal sous les vivats.

Depuis leur arrivée, le peuple de Madijar la traitait avec déférence, considération, respect.

Ce soir-là, une grande réception les attendait, mais Jamie et elle avaient réussi à grappiller quelques minutes pour admirer le coucher de soleil sur l'oasis depuis le grand balcon du palais.

— Comment te sens-tu ? demanda-t-il. Tu ne trouves pas que c'est un peu trop ?

Elle appuya la tête sur son épaule et lui sourit.

— Ne t'inquiète pas, ça va très bien. Les gens sont adorables.

— Je t'avais dit qu'ils craqueraient pour toi au premier regard. Comme leur prince ! ajouta-t-il d'un ton taquin.

— Mais à ce point-là… Je ne m'y attendais pas. Ta famille… notre famille a beaucoup de chance.

Jamie laissa glisser une main sur son ventre légèrement arrondi.

— Attends un peu qu'ils apprennent la nouvelle ! Quand va-t-on l'annoncer ?

Elle était de nouveau enceinte, d'un seul bébé, cette fois. Fille ou garçon, peu importait. L'essentiel était qu'il soit en bonne santé et que la famille s'agrandisse !

— Demain, si tu veux, répondit-elle. J'ai hâte que le monde entier le sache.

Jamie s'esclaffa.

— Qui l'eût cru ? Ma Freya, pressée de raconter sa vie !

Habituée aux taquineries de son époux, elle éclata de rire. Avec lui, tout était devenu simple, gai, lumineux.

— Tu m'as changée, répondit-elle. Et tu n'es peut-être pas au bout de tes surprises !

— J'ai hâte de voir ça, mon amour…

CHARLOTTE HAWKES

Une passion orageuse

Traduction française de
CÉCILE LOMBARD

Blanche

HARLEQUIN

Titre original :
TEMPTED BY DR. OFF-LIMITS

1.

— Hé, beauté, est-ce que ces jolies lèvres qui ont l'air si seules aimeraient rencontrer les miennes ?

Ella Caplin mit un certain temps à se rendre compte que cette accroche ringarde lui était destinée.

Quinze jours plus tôt, elle n'aurait pas hésité à remettre le coupable en place par une de ces répliques qui l'avaient rendue célèbre parmi ses collègues de l'armée, mais cette fois elle s'abstint. Au contraire, elle se fit toute petite, espérant que son absence de réaction découragerait le dragueur.

Quinze jours plus tôt, elle ne serait pas non plus restée plantée pendant deux heures sur ce tabouret de bar à réchauffer son verre. Mais, à ce moment-là, elle n'avait pas encore découvert son fiancé au lit avec non pas une mais deux bimbos. Deux ! Comme si la tromper avec une ne suffisait pas, si l'humiliation n'avait pas déjà été pleine et entière !

C'étaient des admiratrices du champion, des groupies du football qui avaient bien entendu vendu ensuite leurs photos sordides à la presse à scandale, comme elle l'avait expliqué dans un sursaut de dignité à son amie Felicity. Mais, en surprenant Stevie avec ces gamines, elle avait senti s'effondrer son assurance, la base même de la confiance en elle qu'elle avait reconstruite avec tant d'efforts.

D'un coup, elle avait le sentiment d'être redevenue aussi soumise et timorée qu'à l'adolescence, à l'époque où elle subissait les tracasseries de sa belle-mère quand son père avait le dos tourné et le harcèlement des élèves de sa classe quand ses professeurs adorés regardaient ailleurs…

Jusqu'à ce qu'elle commence à intéresser Stevie, une star montante du ballon rond à seize ans.

Là, tous ses tourmenteurs s'étaient mis en veilleuse ! Elle ne doutait pas qu'ils attendaient simplement que Stevie la laisse tomber pour recommencer, mais ils avaient fini par se lasser, car son histoire avec Stevie avait duré quinze ans. Ils étaient deux gamins d'un milieu défavorisé qui rêvaient ensemble de liberté. C'était le seul garçon qu'elle ait jamais embrassé, le seul homme avec qui elle ait couché. Sans son soutien à la fois moral et financier, son désir d'étudier la médecine serait demeuré à l'état de rêve.

En quinze ans, la presse n'avait jamais découvert qu'elle existait. Car s'ils étaient inséparables au lycée, pendant ses études à l'université et encore plus après l'obtention de ses diplômes, elle s'était efforcée de se tenir à l'écart de sa célébrité de footballeur professionnel. En fait, en tant que médecin urgentiste de l'armée, elle se félicitait qu'aucune photo d'elle à ses côtés n'ait jamais paru dans la double page que le journal sportif lui consacrait régulièrement…

— Bon sang, qu'est-ce qu'il faut faire pour mériter un peu d'égards, ici ?

Elle sursauta et tourna la tête : son dragueur de tout à l'heure, passablement éméché, frappait sur le comptoir pour attirer l'attention du barman.

À quoi bon lui rétorquer qu'elle avait vu des gens sobres patienter dix minutes avant d'être servis ? Dans l'état où il était, elle doutait qu'il obtienne encore à boire de quiconque. Et, puisqu'il semblait l'avoir oubliée, autant ne pas se rappeler à lui.

Elle jeta un regard autour d'elle, observant, incrédule, la boîte spécialisée dans les rythmes latinos et les serveuses en tenue sexy.

Elle n'était entrée ici ce soir que parce qu'elle serait bientôt à des milliers de kilomètres pour effectuer la seconde moitié de sa période d'affectation.

Après s'être terrée quinze jours dans sa chambre, à l'hôtel situé au bas de la rue, elle avait eu une sorte de révélation : pourquoi permettre à Stevie de faire la pluie et le beau temps dans sa vie ?

Dans la solitude qu'elle s'était imposée, elle avait découvert que, si elle avait subi un choc et une grande humiliation, elle n'était pas aussi désespérée qu'elle aurait pu l'être. En fait, elle se sentait en partie soulagée… C'est pourquoi, se souvenant qu'elle était forte, sereine et indépendante, elle avait décidé de sortir et d'étrenner ce pantalon de cuir qu'elle venait d'acheter pour se remonter le moral.

Cependant, elle ne se sentait pas à l'aise dans ce bar. Elle regrettait le désert brûlant qui était devenu son milieu familier. Il était temps qu'elle regagne sa chambre. Il fallait qu'elle profite du spa et du grand lit moelleux de l'hôtel tant qu'elle le pouvait, car elle se retrouverait bientôt dans un environnement plus rude. En train d'exercer le métier qu'elle aimait tant…

Cette pensée lui inspira un léger sourire.

— Ah ! Vous avez mis le temps, mais je vois que, en fin de compte vos lèvres sont d'accord pour rencontrer les miennes ?

Reprenant pied dans la réalité, elle avisa l'ivrogne penché sur elle dans l'intention de l'embrasser, une lueur lubrique dans le regard. À l'arrière-plan, un type qui devait être son acolyte souriait largement de la bonne fortune de son copain de beuverie.

Elle se recula en hâte.

— Absolument pas !

— Bien sûr que si, ma beauté ! Vous ne le savez pas encore, voilà tout.

Il lui agrippa la main d'une poigne ferme, et elle dut forcer pour se dégager.

— N'insistez pas ! lança-t-elle d'une voix coupante. Je suis très bien toute seule.

— Laissez-vous faire, enfin… Et si je vous offrais quelque chose à boire pour vous décontracter ?

Elle eut un mouvement de recul qui faillit la faire tomber du tabouret, puis elle se redressa pour le toiser.

— Écoutez, vous n'êtes pas le premier à qui je refuse un verre, ce soir. Les autres ont été courtois, ils n'ont pas insisté. Je vous suggère de faire de même !

Bien qu'elle n'ait jamais eu l'occasion de mettre en pratique l'entraînement complet reçu à l'armée, elle se savait capable de se défendre d'une agression physique. Ce qui ne l'empêchait pas d'avoir l'estomac noué, car elle aurait préféré ne pas avoir à étrenner ce talent ce soir.

— Allez, soyez gentille…

Promptement, elle referma la main sur celle qui la tenait et exerça une pression mesurée sur la première jointure du pouce. En voyant le type inspirer à fond, les yeux exorbités, elle éprouva une certaine fierté… Avant de se rendre compte que le regard de l'ivrogne s'était focalisé derrière elle, comme si ce qu'il voyait ne lui plaisait pas.

Ainsi, une bonne âme venait à son secours !

Mais, si Stevie avait réussi à la faire douter de sa féminité, il n'avait pas entamé son esprit d'indépendance ni sa capacité à se défendre seule !

Sans relâcher sa prise, elle amorça un mouvement pour se retourner et avertir son sauveur potentiel qu'elle maîtrisait la situation, mais, au moment où elle ouvrait la bouche, elle sentit un frisson la parcourir sous l'effet d'une voix d'or liquide, douce et grave à la fois.

— Tout va bien, mademoiselle ?

— Très bien, merci ! répondit-elle d'un ton léger.

L'ivrogne reprit son souffle à grand-peine.

— Casse-toi, mec, je l'ai vue le premier, grinça-t-il.

Bizarrement, elle sentit son rythme cardiaque s'accélérer. L'adrénaline, ou la présence de son héros ? Mystère.

Sans hésiter, elle opéra une torsion sur le poignet, et l'ivrogne jusque-là rougeaud devint gris. Quant à son comparse, celui qui s'amusait tant tout à l'heure, il ouvrait et fermait la bouche sans manifester l'intention d'intervenir.

— Vous voyez, je m'en sors parfaitement toute seule.

Ces messieurs allaient quitter l'établissement pour prendre un peu l'air. Ils en ont besoin. Pas vrai, les gars ?

— D'accord, on y va, balbutia le poivrot.

Son chevalier recula d'un pas, reconnaissant par là que son aide n'était pas nécessaire, mais il ne s'éloigna pas davantage. Ce qu'elle apprécia fort car, bien que l'ivrogne se soit écarté d'elle en se tenant la main, ses yeux luisaient, et il projetait en avant un menton pugnace. Ivre et humilié, il risquait de s'énerver.

— Vous avez un problème, messieurs ? lança l'inconnu.

Ce n'était pas une vraie question, mais pas non plus une menace. Le mépris qui irradiait de lui était presque tangible. De sa simple présence physique émanait une autorité incontestable. Il ne lâchait pas les deux importuns des yeux et, au profil bas de ceux-ci, elle devinait que croiser son regard devait être aussi dangereux que de regarder le soleil en face.

Il se tourna enfin vers elle.

— Vous m'avez impressionné, avec votre prise !

Sous ce compliment, elle sentit son corps brûler d'une chaleur torride, sans doute un peu excessive.

— Quand vous avez failli tomber du tabouret, je me suis figuré en super-héros. Laissez-moi au moins cet os à ronger, sinon j'aurai l'impression d'être totalement impuissant !

La nuance d'assurance qu'elle perçut dans la voix la fit sourire. Elle doutait qu'il se soit senti impuissant une seule fois dans sa vie. Dans tous les sens du terme…

Saisie d'un fou rire irrépressible, elle se couvrit la bouche pour le dissimuler. Puis, croisant ses jambes gainées de cuir, elle hocha la tête.

— Loin de moi cette idée ! Je vous en prie, allez-y.

Aussitôt, il se tourna vers les deux ivrognes.

La vue de son dos musclé et de ses cuisses moulées dans un jean noir lui donna la chair de poule : il était immense, solidement bâti, son T-shirt noir épousait les contours d'un torse sculpté…

Depuis quand lorgnait-elle les hommes ?

Elle s'obligea à focaliser son attention sur la scène qui se déroulait.

— Eh bien, messieurs ? Je pensais que vous sortiez ?

Ainsi, il leur offrait une dernière chance de battre en retraite sans perdre leur dignité…

Ce sens aigu de la diplomatie n'eut hélas aucun effet sur le duo. L'un des deux étira le cou, le regard mauvais, tout en tanguant dangereusement.

— Vous voulez vous battre, c'est ça ?

— Pas spécialement, non. En revanche, si c'est vraiment ainsi que vous tenez à terminer la soirée…

La réponse était neutre, mais prononcée cette fois sur un ton menaçant. Le temps sembla suspendu un instant, puis, à son grand soulagement, le crâneur se tourna vers son acolyte, marmonna quelques mots, et ils disparurent dans la foule.

Son héros resta immobile, les bras croisés, les biceps gonflés. Posé, maître de lui, mais prêt à l'action au cas où les deux pochards reviendraient à l'attaque.

Quand il fut évident que ceux-ci avaient renoncé, elle s'adressa à lui, affectant la nonchalance.

— Alors, vous vous sentez plus sûr de vous ?

— Beaucoup plus, merci.

Tout à fait détendu, il prit une pose comique et fit jouer ses muscles.

— Je me sens un homme, de nouveau.

Elle plongea les yeux dans les siens et resta prisonnière de son regard.

Et quel homme ! Robuste, en pleine possession de sa forme, comme Stevie à qui la pratique de son sport donnait un corps enviable. Pourtant, celui-ci avait quelque chose en plus. Un dangereux pouvoir qui semblait émaner de l'intérieur. Une autorité, une prestance… Il était fascinant. Durant sa carrière, elle avait connu des officiers au charisme impressionnant, mais cet homme les éclipsait tous.

Elle ne résista pas à l'envie de le détailler : traits virils, mâchoire carrée, nez aquilin, petites rides en étoile autour des yeux, qui lui ajoutaient du caractère… Pas une beauté classique, mais un visage remarquable, qui resterait à jamais gravé dans sa mémoire. Était-ce cette force intérieure qui faisait bouillonner son sang dans ses veines ?

D'ailleurs, il attirait l'attention de toutes les femmes, les regards qu'elle sentait braqués dans son dos le lui confirmaient.

Tandis qu'il la fixait de ses yeux d'un gris fumé, elle eut l'impression qu'un feu d'artifice s'allumait dans son ventre.

De l'excitation, ou de la nervosité ?

Elle passa la langue sur ses lèvres soudain sèches.

Une lueur brilla un instant dans le regard intense et impénétrable. Elle sentit son cœur s'emballer.

— Où avez-vous appris ce casse-doigts, au fait ? Vous ne seriez pas dans l'armée, par hasard ?

Une nuance dans son ton l'alerta.

Était-il de ceux qui détestent les militaires ou de ceux que les femmes en uniforme excitent ?

N'importe comment, ce soir, elle n'avait pas envie d'être le major Caplin, ni le Dr Caplin, pas même Gabriella Caplin. Juste Ella.

— J'ai suivi un cours d'autodéfense durant mes années d'université.

— Ah, d'accord.

Elle aurait juré qu'il était soulagé. Il était donc allergique à l'armée…

— Et vous êtes toujours aussi efficace quand vous voulez vous débarrasser d'un gêneur ?

Elle haussa les épaules.

— Je ne sais pas pourquoi j'ai réagi ainsi. Je suppose que c'est quand il a posé la main sur moi. Au départ, j'ai tenté de l'ignorer, espérant le décourager…

L'inconnu hocha la tête.

— Voyez-vous, c'est là que vous avez eu tort. Votre logique est celle d'une femme policée, mais un ivrogne se figure toujours que, si vous ne l'avez pas envoyé promener, c'est que sa proposition vous intéresse.

Elle ne put s'empêcher de rire, ce qui atténua un peu son malaise.

— Je comprends. Je m'en souviendrai la prochaine fois.

Il eut un sourire en coin.

— Au risque de recevoir un coup de genou dans ce que j'ai de plus précieux, puis-je vous offrir quelque chose à boire ?

Cette fois, elle était tentée, et pas seulement à cause de ce sourire diabolique qui la chamboulait à l'intérieur. Cet inconnu l'attirait.

Pourtant, elle hésita. Non pas parce que, juste avant cet épisode déplaisant, elle avait décidé de rentrer à son hôtel, mais parce que cet homme la privait de sa faculté de penser clairement. Elle était sortie pour se retrouver elle-même, pas pour trouver un partenaire. Si elle acceptait son invitation, en déduirait-il qu'elle l'autoriserait à plus ? C'était hors de question.

D'un autre côté, qu'est-ce qui l'avait poussée à venir passer la soirée dans cette boîte ? Le fait qu'elle n'avait pas fait de nouvelle rencontre depuis quinze ans !

— Je n'ai pas fini mon cocktail, répondit-elle pour temporiser.

— Il ne doit plus être très frais, vu la façon dont vous le réchauffez depuis une heure.

Ainsi, il l'observait depuis tout ce temps ! Devait-elle en être plutôt flattée, ou fâchée ? Elle tendait vers la première solution…

— Vous m'avez épiée ?

Il émit un rire de gorge qui eut un effet bizarre sur son estomac. Qu'avait donc ce type ?

— « Épier » me semble un terme un peu exagéré. Il se trouve que je suis venu chercher nos verres pile au moment où vous commandiez le vôtre.

— Vous n'êtes pas seul ?

Pourquoi se sentait-elle déçue ?

— Regardez là-bas.

Elle suivit la direction indiquée par son doigt et rougit en découvrant une tablée exclusivement masculine.

— Un enterrement de vie de garçon ?

— Ravi de voir que ça vous enchante à ce point.

Il se tourna vers le comptoir pour faire signe au barman.

— Je pense que je vais vous offrir ce verre, finalement.

Elle se demandait encore quelle attitude adopter quand le barman lui ôta de la main son verre tiède pour le remplacer par un nouveau.

— Déjà ? Comment faites-vous ça ? C'est de la magie !

— Il n'y a pas de mystère : nous avons un compte ouvert pour la soirée, et nos pourboires sont généreux.

— Vous venez souvent ici ?

Décidément, elle était douée pour les questions originales ! En dépit des qualités qu'elle se connaissait, elle se sentait godiche. Ses collègues la tenaient pour une fille sérieuse qui savait aussi s'amuser. Pourtant, si elle pouvait s'enorgueillir de son don de la repartie à un dollar, elle n'avait jamais maîtrisé l'art du flirt. Quand en aurait-elle eu besoin ?

Malgré tout, le regard approbateur de l'inconnu lui permit de ne pas se sentir trop maladroite.

— Pas vraiment, mais nous nous déplaçons chaque fois en meute.

Son sourire la bouleversa. Elle déglutit, s'efforçant de dissimuler son trouble.

— Vous fêtez quelque chose ?

— Disons que oui… Notre départ.

Avisant le grand verre de liquide brun pétillant qu'on lui avait servi, elle s'étonna.

— Vous ne buvez pas d'alcool ?

Il haussa les épaules.

— Jamais.

— Ah.

Un ancien alcoolique ? Ce serait une explication au fait qu'un type aussi remarquable soit encore célibataire. Et à cette réflexion amère, tout à l'heure, sur l'imprévisibilité du comportement des ivrognes…

— Ou quelquefois un verre de vin au restaurant, mais en général je suis le chauffeur désigné lors de ce genre de virées. C'est plus simple de compter sur un des participants que de trouver un taxi.

Avait-il lu dans ses pensées ? La gêne qui passa dans son regard ne lui échappa pas : s'il n'était pas alcoolique, peut-être en avait-il un dans son entourage…

Et après ? Ça ne la regardait pas.

Naturellement, elle avait l'habitude de déceler les non-dits chez les soldats qui minimisaient la gravité de leurs blessures par souci de rejoindre plus vite leur unité. Mais elle n'était pas à l'armée en ce moment. Si cet homme tenait à garder certaines choses pour lui, c'était son droit.

Elle sourit.

— Vous ne regagnez pas votre table ? Vos amis doivent vous attendre.

— Vous préférez que je vous laisse ?

Elle aurait dû répondre que ça lui était égal. Juste avant cet incident désagréable, n'était-elle pas décidée à rentrer à son hôtel, n'avait-elle pas rêvé d'un spa et d'un lit luxueux ?

— Non, restez, je vous prie. Je m'appelle Ella.

— Juste « Ella » ?

Il tendit le bras en souriant, lui caressa la joue du bout des doigts, puis elle sentit une paume ferme lui envelopper la main. L'air parut crépiter autour d'eux, et elle dut se forcer à ne pas bouger, ni pour retirer sa main, ni pour se pencher et presser les lèvres sur les siennes.

— D'accord. Si c'est juste Ella, moi c'est Fitz.

Elle émit un petit rire, se sentant tout à coup plus assurée. Ce mâle splendide convoité par la plupart des femmes présentes s'intéressait donc à elle ?

— *Touchée !*

— Donc, Ella, que faites-vous ici ce soir toute seule ? Mis à part votre démonstration d'autodéfense contre vos admirateurs indésirables, vous m'avez paru un peu

— pardonnez-moi si cela vous paraît insolent — mal à l'aise le reste de la soirée.

Elle eut un sourire piteux.

— C'était si évident ?

— Votre dos droit, votre verre intact, et les invitations que vous refusiez de la part d'hommes qui semblaient en pleine possession de leurs moyens…

Elle ne put s'empêcher de le taquiner.

— Que suggérez-vous ? Que je ne suis pas à ma place ?

— Plutôt que vous n'avez pas l'habitude de ce genre de boîtes.

Elle soupira.

À quoi bon feindre ? Si elle essayait plutôt d'être sincère ?

Elle ouvrait la bouche pour répondre quand un choc à l'autre bout de la salle attira son attention.

Il y eut une bousculade, et elle distingua un jeune homme allongé par terre, saisi de convulsions, tandis qu'une fille hurlante tentait de le maîtriser.

Sans hésiter, elle nota l'heure à sa montre et se précipita.

2.

Fitz n'en revenait pas : une seconde plus tôt, Ella était assise à côté de lui, et à présent elle traversait la salle à toute vitesse en se frayant un passage au milieu de la foule !

Sur une impulsion due sans doute à ses quinze ans d'armée, il la suivit.

Ce ne fut qu'en la voyant relever une fille qui sanglotait près d'un jeune homme gisant au sol qu'il comprit de quoi il s'agissait.

Un frisson glacé lui courut le long de l'échine, le paralysant. En dépit de ses efforts pour bloquer les souvenirs qui menaçaient de le submerger, les visions affluèrent.

Cela faisait longtemps qu'il n'avait pas vu un épileptique en crise : sa petite sœur en subissait depuis l'âge de un an. Pas très souvent, mais comment avait-il pu l'oublier ?

Des images surgirent, qu'il avait dû enterrer en même temps que la fillette de six ans dans ce petit cercueil posé près de celui de sa mère. Sa tête bourdonnait, il avait des sueurs froides.

Il tenta de se ressaisir pour se concentrer sur sa tâche : prêter main-forte à la jeune femme qu'il venait de rencontrer et qui maîtrisait la situation avec le calme et l'efficacité dont elle avait déjà fait preuve plus tôt.

— Lâchez-le ! ordonnait-elle d'une voix ferme.

La jeune fille secouait la tête avec frénésie et tentait de se dégager.

— Non ! Adam ! C'est mon frère, il va se blesser !

— Il y a longtemps qu'il est sujet à des crises d'épilepsie ?

— Pardon ? Il n'est pas épileptique ! Qu'est-ce qu'il lui arrive ?

— C'est sa première crise ?

Toujours incapable de bouger, Fitz revit sa mère en train de lui expliquer comment agir si sa sœur faisait une crise pendant qu'il était seul avec elle. Hélas, il n'avait jamais eu l'occasion de mettre ces instructions en pratique…

— Bien sûr que oui ! C'est mon frère, bon sang, je le sais ! Je vous l'ai déjà dit, il est en parfaite santé !

— Un autre membre de la famille, peut-être ?

La jeune fille semblait au bord de l'apoplexie.

— Non, personne ! Attention, il va se faire mal ! Mon Dieu, Adam, qu'est-ce que tu as ?

La musique s'était tue.

Mettant ce silence à profit, Ella prit la tête de la fille entre ses mains pour la forcer à la regarder.

— Comment vous appelez-vous ?

— Lisa.

— Eh bien, Lisa, tâchez de vous calmer. Je suis médecin, vous m'entendez ? Tout se passera bien si vous me faites confiance. Lâchez-le, il risque encore plus de se blesser si vous l'immobilisez.

Ce ton serein eut un effet apaisant sur Lisa, qui obéit enfin, et sur lui-même, qui parvint à évacuer ses souvenirs pour recouvrer son efficacité coutumière.

Ella jetait un regard circulaire à la foule.

— S'il vous plaît, pourriez-vous reculer pour lui laisser de l'air ?

Puis elle revint à Lisa.

— Voici ce que vous pouvez faire pour aider Adam : pousser cette table pour qu'il ne se cogne pas.

Fitz sentit ses jambes se remettre en mouvement et s'avança vers la jeune fille.

— Je vous donne un coup de main, Lisa. Déplaçons tout ce qu'il pourrait heurter. Ôtez les verres et les bouteilles, je me charge de la table. Parfait. Maintenant, les chaises.

Son corps et son esprit étaient de nouveau en harmonie.

Il observait les gestes d'Ella pour anticiper ce qu'elle souhaitait, il lui passa un pull de laine qu'elle accepta d'un hochement de tête avant de le glisser sous la tête d'Adam en guise d'oreiller. Puis il se plaça entre le jeune homme et la foule.

— Il n'y a rien à voir, dit-il du ton de l'autorité. Je vous suggère de retourner tout de suite à vos occupations.

À son grand soulagement, les badauds se dispersèrent tous sans protester, sauf certains, dont un qui sortait son téléphone de sa poche.

Il s'avança vers lui sans toutefois le toucher.

— J'ai dit « tout de suite » !

Décidément, songea-t-il en regardant l'homme s'éloigner, depuis qu'il connaissait Ella, il enchaînait incident sur incident. En principe, depuis qu'il était colonel, leurs soirées entre officiers étaient plutôt calmes. Qu'avait cette rousse flamboyante aux yeux verts pour bouleverser ainsi son univers ? Certes, son physique époustouflant l'avait captivé au premier regard, mais ce n'était sans doute pas la seule chose remarquable chez elle.

Ainsi, elle était médecin ?

Inutile d'analyser pourquoi il s'en sentait soulagé. Le comportement et l'assurance d'Ella lui avaient fait soupçonner qu'elle pouvait être elle aussi dans l'armée. D'autant qu'ils étaient près d'une caserne, raison pour laquelle les officiers connaissaient l'existence de ce club où ils venaient traditionnellement fêter leur départ pour une période de service. Malgré sa piste de danse, c'était plutôt un bar qu'une boîte de nuit et, comme leurs soldats préféraient les pubs ou les night-clubs du centre-ville, cela leur permettait de se réunir pour s'amuser sans souci de les croiser.

Si Ella avait été un médecin militaire, c'est-à-dire un officier comme lui, il s'en serait certainement détourné pour des motifs d'éthique personnelle. Il s'y tenait depuis l'épisode de Janine — le major Janine Billings… Mais cette femme splendide n'aurait-elle pas été capable de lui faire reconsidérer ses règles de conduite strictes ?

Toutefois, c'était encore mieux qu'elle exerce dans le civil.

— Fitz ?

La voix d'Ella rompit le cours de ses pensées.

— Pouvez-vous appeler une ambulance, je vous prie ? Précisez qu'il s'agit d'un ado de dix-sept ans qui souffre apparemment de la première crise d'épilepsie de sa vie.

Sans attendre sa réponse, elle baissa les yeux vers le garçon puis se tourna vers Lisa en souriant.

— Pouvez-vous prévenir vos parents ?

— Oh ! mon Dieu, non, ils nous tueront ! Moi, en tout cas, parce que Adam est mineur…

Il sortit son portable de sa poche.

— A-t-il consommé de l'alcool ? s'enquit Ella. Je me moque de votre âge, je veux seulement la vérité pour pouvoir le soigner du mieux possible.

— Oui, sanglota Lisa.

— Bon. Savez-vous s'il a beaucoup bu ?

— Pas mal. Et moi aussi. Oh ! C'est ma faute, n'est-ce pas ?

Lorsque Fitz obtint le service d'urgence au bout du fil, il s'éloigna pour réclamer une ambulance, indiquer le lieu exact et les détails. Puis, après un coup d'œil à Adam, il alla au comptoir demander qu'on lui prête une couverture. Quand il rejoignit Ella, Lisa semblait un peu moins paniquée, et son frère revenait lentement à lui.

— Mes parents vont me tuer !

— Chut, Adam, ne vous en faites pas, tout va bien se passer.

Ella regarda de nouveau sa montre.

— Vous avez eu une légère crise, mais vous êtes tiré d'affaire. Lisa est là.

Fitz s'approcha.

— L'ambulance arrive, murmura-t-il.

Il lui tendit la couverture.

— Tenez, il s'est mouillé, mieux vaut qu'il évite de

prendre froid. Je vais jusqu'à ma voiture, je dois avoir des vêtements de rechange dans mon sac de gym.

Après avoir couvert le garçon, Ella lui posa des questions pour juger de la clarté de ses réponses. Mais Fitz comprit vite que la nervosité de la sœur la dérangeait.

— Venez avec moi, Lisa, dit-il doucement. Nous trouverons un moyen, mais il faut avertir vos parents. Même s'ils ne sont pas contents, imaginez ce que ce serait s'ils étaient prévenus par l'hôpital !

Lisa s'écarta de son frère à contrecœur, les yeux toujours fixés sur lui.

— Ils seraient fous furieux, je suppose ?

— À mon avis, oui. Venez, nous allons les appeler ensemble pendant que mon amie reste auprès de votre frère en attendant l'ambulance.

Ella tourna la tête vers eux.

— Pour l'instant, dites-leur qu'Adam doit aller à l'hôpital pour passer un électroencéphalogramme et demandez-leur de rejoindre leurs enfants ici.

— D'accord. Lisa, vous ne croyez pas que nous devrions sortir pour être plus au calme ?

— Non ! Je ne pourrai jamais !

— Voyons, ils le sauront tôt ou tard ! Mieux vaut que ce soit tôt, n'est-ce pas ? Si vous préférez, je les appelle à votre place, mais il faut que quelqu'un le fasse, et tout de suite.

Après une hésitation, la jeune fille lui tendit son téléphone et le suivit à l'extérieur.

Une demi-heure plus tard, Ella et lui regardaient démarrer l'ambulance.

— Merci de votre coup de main, Fitz. Si vous n'aviez pas été là pour faire évacuer la foule autour de lui…

— Pas de problème. Je dois avouer que vous m'avez impressionné, une fois de plus.

Il sourit.

— On rentre finir ce verre ?

Son regard circonspect le surprit. Elle secoua la tête.

— Non, je dois vraiment m'en aller, à présent. Merci encore pour tout.

Mais ni l'un ni l'autre ne bougèrent. Les basses de la musique, qui avait repris, résonnaient dans la rue, emplissant l'atmosphère de sensualité,

— Bien. Expliquez-moi d'abord, parce que ça m'intrigue : comment Lisa pouvait-elle ignorer que son frère était épileptique ?

— Il ne l'est peut-être pas. Ce n'est pas rare d'avoir la seule crise au cours de l'existence à cet âge-là après avoir bu plus que de raison. L'EEG devrait aider à déterminer s'il existe ou non une activité électrique anormale dans le cerveau.

Il ne put s'empêcher d'admirer ses yeux splendides qui s'illuminaient quand elle parlait médecine. Elle avait l'air passionnée par son métier.

— Et vous, qu'en pensez-vous ?

— C'est difficile de poser un diagnostic avant de connaître les résultats mais, si j'en juge par ce qu'il a dit ensuite, il est probable qu'il ait déjà fait quelques crises légères qui sont passées inaperçues. Il travaille beaucoup en ce moment pour ses examens à l'école. Ce soir, l'association surmenage, manque de sommeil et alcool a pu déclencher une véritable crise. Mais ce n'est qu'une supposition… Vu vos réactions, je devine que ce n'était pas la première crise d'épilepsie à laquelle vous assistiez ?

Il haussa les épaules.

— Ma petite sœur était épileptique depuis l'âge de un an…

Les mots étaient sortis tout seuls. Il ne parlait jamais de sa sœur, sauf pour déclarer en une phrase convenue qu'il avait perdu sa mère et sa sœur quand il était jeune. La dernière fois qu'il avait évoqué sa famille, c'était dix ans plus tôt, avec Janine. Et encore, il n'était pas entré dans les détails : il s'était borné à répondre à ses questions lorsqu'elle avait été mise au courant du drame par le colonel Billings, son père, qui avait eu accès à son dossier militaire. Il n'avait pas précisé que son ivrogne de père battait sa mère et qu'il était soûl le soir de l'accident. Ni que les trois ans passés sans lui dans un appartement minuscule avaient été les plus heureux de sa vie, avant que ce salaud ne resurgisse de nulle part pour tout gâcher.

— « Était » ? souligna Ella. Elle ne l'est donc plus ? Je crois me souvenir que, chez quatre-vingt-dix pour cent des enfants épileptiques, la maladie disparaît vers l'âge de douze ans, même s'ils souffrent ensuite d'autres types de crises.

— Elle est morte.

Elle se rembrunit aussitôt.

— Oh ! Navrée. Que lui est-il arrivé ?

De nouveau, il sentit son vieux sentiment de culpabilité lui peser sur la poitrine à l'étouffer. Il se revit rentrant chez lui, l'auto disparue, le téléphone écrasé par terre, les meubles en pièces, la maison sens dessus dessous. Et, partout, l'odeur de l'alcool. Celle de l'homme qui n'était son père que de nom.

— Un accident de voiture. Elle avait six ans, presque sept. Ma mère a subi le même sort.

Il s'en voulait d'avoir répondu. Cette histoire lui était personnelle, et il ne connaissait pas Ella. Il croisa son regard, prêt à affronter la gêne et la pitié, mais il n'y lut qu'une calme empathie et… et de l'intérêt.

— Ça a dû être atroce pour vous. Vous êtes resté seul avec votre père ?

Il tentait désespérément de se taire. Mais les mots sortaient de sa bouche malgré lui, comme s'il n'attendait que ce moment — et cette femme — depuis la nuit de l'accident.

— C'était lui qui conduisait, il était en état d'ivresse. Je suis l'unique rescapé de la famille.

Et il refusait d'y repenser, ni maintenant ni jamais.

— C'est donc pour ça que vous vouliez me protéger de ces deux poivrots, murmura-t-elle. Quel âge aviez-vous ?

— Pardon ?

— Vous étiez très jeune, quand ce drame s'est produit ?

Il lui jeta un regard peu amène.

— Je trouve que vous posez beaucoup de questions pour une demoiselle en détresse.

— Oh ! je n'ai rien d'une demoiselle en détresse ! Dois-je vous rappeler que je sais me défendre ? En tout cas, sachez que j'ai quand même apprécié votre soutien.

Elle afficha un sourire qui lui tordit les entrailles, et auquel il réussit à répondre par une grimace.

— Je suis heureux d'avoir pu faire mes preuves.

— Donc, quel âge aviez-vous ?

Son regard ne cillait pas.

Impossible de détourner la conversation. Il aurait dû savoir qu'elle ne se laisserait pas distraire…

— Pour être précis, ça s'est passé la veille de mes dix-huit ans.

En principe, un âge dont on garde de bons souvenirs. Lui, il ne revoyait que sa mère et sa sœur gisant à la morgue de l'hôpital. Il s'était demandé, à propos des hématomes qui défiguraient sa mère, lesquels étaient dus au choc et lesquels avaient été causés par les poings de son père. Il ne le saurait jamais…

Il chercha sa respiration, et sa propre voix lui parut très lointaine.

— Écoutez, Ella, j'ai beaucoup de mal à reparler de tout ça.

Elle lui caressa la joue comme si elle était touchée, et il eut l'impression qu'elle l'était sincèrement.

— Ça vous ferait peut-être du bien de vous forcer.

— À quoi bon ?

Elle haussa les épaules comme pour s'excuser, mais cela ne l'empêcha pas de poursuivre.

— Bien entendu, ça ne me regarde pas, mais en tant que médecin je sais repérer les signes que laisse un traumatisme longtemps refoulé. Surtout chez les soldats qui se prennent pour des durs et qui préfèrent garder pour eux les incidents désagréables.

— Qu'est-ce qui vous fait penser que je suis militaire ?

— Ce pantalon de survêtement que vous avez passé à Adam pour qu'il se change. J'ai vu qu'il venait de l'armée. Et votre comportement en général. L'infanterie ?

À son attitude polie, dénuée de l'intérêt qu'elle avait manifesté plus tôt, il devina que cette découverte l'avait déçue. Quelle ironie ! D'habitude, les femmes étaient plutôt excitées de rencontrer un officier…

— Non, pas l'infanterie. Sinon, vous avez raison, je suis colonel.

Du génie, et seulement lieutenant-colonel, en réalité, mais pour elle cela ne ferait pas de différence. Pas plus que de savoir qu'il n'avait pris du galon que depuis peu et qu'il débutait en tant qu'officier de commandement de son régiment.

N'importe comment, une seule pensée l'obsédait en ce moment : alors qu'il souhaitait ardemment qu'elle reste, elle allait partir. Avait-elle eu un proche dans l'armée, qui avait été blessé, traumatisé, ou pire ?

— J'ai l'impression que ça vous déplaît que je sois militaire.

— Je ne dirais pas ça, non, mais… C'est compliqué.

— Trop compliqué pour que vous finissiez ce verre avec moi ? Après cette heure mouvementée, nous avons bien mérité de nous détendre un peu, non ? De nous divertir, de rire, de danser, peut-être ?

Elle inspira à fond, comme si elle tentait de se décider.

Il avait envie de profiter encore de sa compagnie. Un verre, une heure, peut-être le reste de la soirée, ce qu'elle avait à lui offrir. Il ne se rappelait pas avoir désiré la présence d'une femme avec autant d'intensité. Il se sentait un peu ridicule d'insister ainsi mais, peu importe, puisqu'elle paraissait sur le point de revenir sur sa décision !

— Je ne danse pas.

Donc, elle ne partait plus ! Au profond sillon creusé entre ses sourcils, il comprit que l'attirance qu'il éprouvait pour elle était réciproque, et il en fut transporté.

Il ne savait pas trop pourquoi : il avait vécu pas mal d'aventures d'un soir avec des femmes belles et intelligentes. Mais celle-ci était différente. Il lui semblait que, dans des zones oubliées de son corps et de son âme, un feu qu'il avait cru à jamais éteint se rallumait.

Imbécile ! Il avait envie d'elle, voilà tout. Ce fantasme devait avoir été provoqué par les circonstances inhabituelles de leur rencontre : ces souvenirs qui avaient resurgi sans crier gare…

Pas tout à fait sans crier gare, en fait, car c'était le jour anniversaire de la tragédie qui l'avait privé de famille : il y avait exactement dix-huit ans que sa mère et sa sœur l'avaient quitté.

Faire la fête ce soir ne lui disait rien, mais c'était la tradition de s'offrir une virée la veille de partir en service. S'il s'était défilé, ses collègues de l'Académie militaire lui auraient posé des questions auxquelles il préférait ne pas avoir à répondre. Alors, il avait fait un effort. Et, à la minute où il s'était approché du comptoir pour commander la première tournée, ses yeux s'étaient arrêtés sur cette magnifique rousse. L'or et le vermeil de sa chevelure tombant jusqu'à la taille évoquaient la splendeur de l'automne. Cette vision avait déclenché en lui quelque chose de primitif, qui l'avait en même temps retenu de l'aborder. Pour être sincère, ces deux ivrognes lui avaient fourni un prétexte idéal pour jouer les héros.

Ce soir, c'était sa dernière chance de relâcher la pression. Bientôt, il serait à des milliers de kilomètres dans un environnement hostile, même s'il partait cette fois dans une zone de paix, pour encadrer le travail d'ingénieurs lors d'une mission multidisciplinaire cruciale.

Il sourit.

— Vraiment, vous ne savez pas danser ? J'ai peine à le croire. Si vous voulez, je peux vous apprendre.

Elle fronça les sourcils, l'air perplexe.

— Vous en seriez capable ?

Il éprouva un violent pincement au plexus.

Nom d'une pipe, qu'elle était jolie ! Il avait tellement envie de la prendre dans ses bras et de l'embrasser !

Il prit une profonde inspiration et enfonça les mains dans les poches de son jean.

— Je ne suis pas un champion, mais j'arrive à bouger les pieds en rythme. Alors ?

3.

Ella se laissa tomber sur un siège.

— Ouf ! Cette pause est bienvenue, après… Combien ? Plus d'une heure sur la piste ! s'écria-t-elle en consultant sa montre.

— C'est aussi mon avis.

— Vous êtes trop modeste, Fitz. Vous êtes un excellent danseur !

Il était souple et adroit, et elle s'amusait beaucoup plus qu'elle n'aurait pu le supposer. Elle ne regrettait pas d'avoir accepté son invitation.

Elle était décidée à regagner son hôtel quand elle avait compris qu'il était dans l'armée. Non qu'il lui soit interdit de fréquenter des militaires, mais elle n'avait pas besoin de complications en ce moment. Pourtant, le récit succinct du drame qui avait frappé sa famille l'avait émue. Elle s'était sentie liée à lui de façon inexplicable. Vraiment attirée, et pas seulement d'un point de vue physique. Fitz s'était ouvert à elle, et cette sincérité l'incitait à considérer que tous les hommes n'étaient peut-être pas aussi traîtres que Stevie. Elle se sentait prête à lui accorder sa confiance en retour.

Il la gratifia d'un sourire.

— Que voulez-vous boire ? demanda sa voix grave, la tirant de ses pensées.

— De l'eau, s'il vous plaît. Ou alors, un jus d'orange bien glacé. Attendez, je vous accompagne.

— D'accord.

Tandis qu'il l'entraînait à sa suite vers le comptoir, elle

sentit son cœur battre la chamade, s'efforçant de ne pas épiloguer sur le fait qu'il n'avait pas lâché sa main.

— Vous êtes sûre de vouloir un jus d'orange ? Vous pourriez goûter ce « Poison du Diable » dont ils font la pub.

Il flaira d'un air méfiant un échantillon du breuvage, toussa et feignit de s'étouffer.

— Ça sent le kérosène en pire, en fait ! Vous risquez fort de vous abîmer l'estomac. Mais, si vous réussissez à en avaler un, vous avez droit à votre photo sur leur site Internet. Génial, non ?

Elle s'esclaffa, soudain aussi légère que si ces dernières semaines sordides n'avaient pas existé.

Elle commençait à se sentir de nouveau elle-même. Elle ne se rendait pas aussi ridicule qu'elle l'avait craint en flirtant, ce qui prouvait que, conformément à ses déductions, les tromperies de Stevie ne l'avaient pas anéantie. De plus, les imprévus de cette soirée lui avaient rappelé que les qualités dont elle était le plus fière — sa compétence en tant que médecin, son autonomie — n'étaient pas dues à son fiancé. Et, sans trop savoir ce qui provoquait son attirance pour Fitz, plus elle passait de temps avec lui, plus elle avait envie de continuer.

Depuis ses confidences, elle avait l'impression de le connaître depuis longtemps, et elle n'avait pas de mal à voir en lui le colonel solide, le leader dynamique qui soulève l'enthousiasme de ses subordonnés.

Il se tourna vers elle.

— Vous avez l'air plus détendue que tout à l'heure, Ella !

Son regard se fit plus pénétrant, et elle frissonna. Soudain, elle le désira si fort qu'elle en eut la respiration coupée.

Ils étaient si proches…

— Je le suis, répondit-elle avec peine, en s'efforçant d'ignorer la chair de poule qui lui couvrait la peau.

— Donc, qu'est-ce qui vous a amenée ici ce soir ?

— Pourquoi cette question, juste maintenant ?

Fitz eut ce sourire séducteur qui la bouleversait. Il soutint un instant son regard.

— Parce que j'ai une folle envie de vous embrasser… Mais je ne crois pas que ce soit ce que vous cherchiez en venant passer la soirée ici.

Direct et précis, ce qui n'avait rien de surprenant.

Elle avait l'impression que, depuis le moment où il s'était proposé pour la débarrasser des deux gêneurs, tous les événements de la soirée devaient aboutir à cette conclusion. À présent, c'était à elle de décider si elle se contenterait de ce bon moment passé avec lui ou si elle allait plus loin.

— Vous êtes perspicace, murmura-t-elle pour gagner du temps.

Il ne répliqua pas, ne la pressa pas non plus. Il attendait. Et elle était paralysée par le pouce qui traçait de petits cercles sur le dos de sa main, comme s'ils avaient tout leur temps.

De l'autre main, il saisit son verre sur le comptoir et le lui tendit. Puis il s'empara du sien.

— Venez, murmura-t-il en l'entraînant vers un coin calme.

Puis il se tourna vers elle et replongea les yeux dans les siens.

Elle se détourna et but une gorgée de jus d'orange, une seconde… Enfin, elle leva de nouveau le regard vers lui.

— J'avais un fiancé. Il y a quinze jours, j'ai découvert qu'il me trompait. Je me suis réfugiée à l'hôtel situé au bas de cette rue. Depuis… Je suppose que vous diriez que je lèche mes blessures, conclut-elle avec un sourire piteux.

Fitz se borna à froncer les sourcils.

— Vous le connaissiez depuis longtemps ?

— Quinze ans.

Il émit un sifflement.

— C'était une relation sérieuse, alors ! Ce doit être très dur pour vous…

Quand il se tut, elle remarqua son expression pensive, comme si quelque chose l'intriguait.

— Vous pensez que je n'ai pas l'air vraiment désespérée ?

— Je ne peux pas en juger.

Elle haussa les épaules.

— J'ai été humiliée, je me suis sentie trahie. Je suis restée effondrée dans cette chambre d'hôtel comme une idiote, comme si je ne savais plus qui j'étais. Et, enfin, j'ai eu une sorte de révélation : j'ai compris que c'était mon orgueil qui avait été le plus blessé, et je me suis demandé pourquoi je permettais aux actes d'un autre d'ébranler ma confiance en moi.

— Tout à fait logique, dit Fitz.

Pourtant, il n'avait pas l'air convaincu.

Elle eut un sourire triste.

— J'ai mesuré que nous avions évolué dans des sens différents. C'est un sportif, il passe la plupart de son temps à s'entraîner, à voyager, et ma carrière exige beaucoup de moi. À mon avis, quelque part, j'étais toujours accrochée à notre amour d'adolescents. Et, parce que nous ne nous voyions pas aussi souvent que d'autres couples, nous n'avions pas le temps de nous ennuyer ensemble, ce qui fait que je n'y avais jamais réfléchi avant.

Elle avait calculé que, entre les déplacements de Stevie et les siens, ils avaient dû passer ensemble durant les dix dernières années une trentaine de week-ends et une quinzaine de jours de congé.

— Nous nous rendions visite. Nous avions chacun notre logement, soi-disant par commodité car nous voyagions tous les deux à des endroits et des moments différents, mais c'était une excuse. Plus il gagnait d'argent, plus son appartement devenait clinquant, et moins je me sentais à l'aise dans ce décor que je n'aurais pas choisi. D'ailleurs, j'aurais dû interpréter comme un signe le fait qu'il ne m'ait pas donné de clé. J'ai fini par comprendre tardivement qu'il ne tenait pas à ce que j'arrive à l'improviste.

— Alors, comment avez-vous découvert qu'il vous trompait ?

— Par hasard. J'ai eu envie de le voir, et le concierge, qui me connaissait, m'a laissée monter. Je me demande s'il savait que ces filles étaient là-haut ou s'il pensait que j'étais au courant… C'est totalement idiot, non ?

— Si vous parlez de votre ex, je suis d'accord !

L'expression orageuse de Fitz lui mit du baume au cœur. Ainsi, il était furieux qu'on lui ait fait du mal ?

— Remarquez, ce n'était pas entièrement sa faute. Moi aussi, j'aimais avoir mon espace à moi. Je crois que, durant ces dix dernières années, nous avons dû être ensemble à peu près six mois en tout.

En prononçant ces mots, elle sentit son estomac se nouer.

Cela ne l'avait pas vraiment dérangée. Pas plus que Stevie, en tout cas. Mais, au début, combien de fois lui avait-il proposé une clé ? Et combien de fois l'avait-il suppliée de venir plus souvent, d'assister à ses matchs de championnat ? Elle avait toujours argué de ses occupations professionnelles pour y échapper. Et puis, d'un autre côté, où était-il, lui, quand elle avait obtenu son diplôme de médecine, et quand elle avait brillamment terminé sa formation à l'Académie militaire de Sandhurst ?

Avec ses coéquipiers, en train de fêter une victoire. Trop occupé pour assister aux deux jours les plus importants de sa vie.

En fait, ils avaient été des ados inséparables pendant trois ans avant de devenir des adultes qui ne souffraient pas plus que ça d'une séparation de trois mois. Du moins en ce qui la concernait. Pourtant, elle n'avait jamais songé à le tromper, même si les occasions ne lui avaient pas manqué.

Une vague de tristesse la submergea.

Stevie, lui, n'avait pas hésité. Il lui était fidèle au début, mais la gloire l'avait changé : selon lui, ces deux bimbos ne comptaient pas pour lui, ce n'étaient que des groupies avides de s'envoyer en l'air avec une vedette du football, et dont il avait repoussé les assauts aussi longtemps que possible.

Elle avait trouvé cette tentative d'explication minable, puis elle avait pris le temps d'y réfléchir dans sa chambre, et elle avait compris ce qu'il voulait dire : elle ne pouvait pas lui en vouloir de se sentir seul et d'avoir besoin de réconfort physique quand sa carrière l'éloignait de lui. Et cette culpabilité s'était plantée dans son dos telle une lame affilée.

Elle secoua la tête et avala une autre gorgée.

— Mais pourquoi un hôtel ? Pourquoi n'êtes-vous pas rentrée simplement chez vous ?

— Je ne voulais pas qu'il me retrouve…

En clair, elle craignait qu'il ne vienne pleurer et la supplier de lui revenir.

— Écoutez, je ne tiens pas à m'appesantir sur le sujet. Revenons-en à votre question : je suis sortie ce soir pour me prouver que j'étais capable de m'amuser toute seule. Oh ! j'étais loin d'envisager toutes ces péripéties, mais au bout du compte je me suis sentie de nouveau moi-même. Et, à mon avis, notre rencontre y est pour quelque chose.

Elle lui adressa un sourire volontairement insolent.

Il se mit à rire, ce dont elle fut heureuse.

— Parfait. Que voulez-vous faire, maintenant ? Boire un autre verre, danser encore un peu ? Je peux aussi vous raccompagner jusqu'à votre hôtel si vous estimez que vous en avez assez.

Pas une once de sous-entendu dans sa voix.

Ça ne l'étonna pas, car Fitz n'était pas du genre à se montrer collant. De toute la soirée, elle ne s'était sentie obligée de rien. Il était visiblement bien dans sa peau, ce qui le rendait attirant. Le plus curieux, c'est que plus il lui lâchait la bride, plus elle avait envie de sa compagnie.

— Je pense que je vais faire ce dont j'ai envie.

Avant d'y réfléchir à deux fois, elle se haussa sur la pointe des pieds et l'embrassa.

Elle se reprocha vaguement de ne pas avoir posé son verre d'abord, mais l'énergie qui circula entre eux lui fit oublier tout le reste.

Fitz ne se limita pas à lui rendre son baiser, il se fit si exigeant qu'elle sentit son corps s'enflammer. Il lui prit la tête entre les mains et enfouit les doigts dans ses cheveux, comme s'il en mourait d'envie depuis le début de la soirée. Sa langue fouillait sa bouche, l'explorait avec ardeur, et les derniers doutes qu'elle pouvait avoir sur sa féminité s'envolèrent. Elle se sentait belle et désirable comme jamais auparavant. Comme s'il la révélait à elle-même.

Elle se colla à lui, enfonça les doigts dans son épaule et fit tanguer son corps contre le sien à un rythme qui n'avait que très vaguement à voir avec celui de la musique. Un rythme aussi ancien que la vie, et qu'elle n'avait jamais expérimenté de sa vie. Elle venait de comprendre le sens de l'expression « avoir quelqu'un dans la peau ».

Son corps entier pulsait, la tête lui tournait, sa cage thoracique lui semblait serrée dans un étau, et malgré tout elle tentait de se rapprocher encore de Fitz, de se fondre en lui. Les bras qui l'enlaçaient étaient la plus somptueuse des prisons. Elle sentait chaque pouce de son corps contre le sien. Mais ce n'était pas encore assez. Le désir la brûlait.

Elle n'avait jamais connu d'aventure d'une nuit…

Un frisson d'appréhension lui parcourut l'échine, vite remplacé par l'excitation : ce serait sa première, et elle savait quelque part qu'elle n'en voudrait jamais d'autre. Aucun des officiers avec qui elle avait travaillé n'était aussi beau, n'avait autant de charisme. Aucun n'aurait mérité qu'elle le prie de la raccompagner jusqu'à son hôtel.

— Pouvons-nous sortir d'ici, Fitz ? Aller dans un endroit plus tranquille ?

Lorsqu'il s'écarta, elle éprouva aussitôt un sentiment de manque.

Une main sur son épaule et l'autre sur sa hanche, il scruta son visage.

— Tu es certaine que c'est ce que tu veux ?

Elle ouvrit la bouche pour le lui assurer, mais une pensée soudaine la fit hésiter : elle lui avait caché qu'elle était médecin militaire. Ne devait-elle pas être totalement franche avec lui ?

Si elle le lui avouait, la conversation prendrait un tour professionnel, et le moment serait gâché… En outre, aucune règle ne l'y obligeait : ils étaient tous deux célibataires et officiers dans deux corps d'armée différents. Bien entendu, Fitz avait parlé de son départ imminent, mais elle-même était affectée en zone de paix, dans un endroit éloigné de tout. Sans doute partait-il ailleurs. Et si par hasard il se rendait dans le même pays qu'elle, il serait probablement basé au camp Razorwire, plus important, où elle avait passé les trois premiers mois de sa période de service, mais où elle ne mettrait pas les pieds cette fois. Elle serait en poste à près de trois cents kilomètres de là, dans un hôpital civil en partie détruit par les combats, à environ une heure d'hélicoptère. Son travail consisterait à superviser la reconstruction du bâtiment avec l'équipe d'un hôpital de campagne et à enseigner les dernières techniques chirurgicales aux soignants locaux. Donc, elle ne risquait pas de rencontrer Fitz dans le cadre de son travail, et rien ne la forçait à tout lui dire. Ce soir, elle pouvait être juste Ella avec la conscience tranquille.

— Oui, absolument certaine. Et toi, le veux-tu ?

— Oui, je te veux, bon sang ! Mais tu ne me semblais pas très décidée. Il fallait que je sois certain.

Ces mots attisèrent la flamme qui brûlait en elle, elle se sentit fiévreuse, le ventre en feu. Après avoir fait l'amour avec lui, il n'y aurait plus de retour en arrière, elle le savait. Elle serait à jamais différente, et la notion même de sexe aurait changé pour elle.

Elle passa le doigt sur l'arête de sa mâchoire virile.

— Mon hésitation concernait autre chose, je t'assure.

— C'est bon, je te crois.

Cette fois, son baiser fut encore plus passionné, avide. Lorsqu'il la caressait, ses mains laissaient des étincelles sur leur passage. Elle frissonnait si violemment que cela sembla le décider.

— Viens, sortons d'ici.

4.

Enlacé à Ella dont les talons résonnaient près de lui, Fitz s'efforçait de régler son pas sur le sien pour chasser le doute qui le taraudait.

Non qu'il n'ait pas envie d'elle, bon sang, il en avait mal partout ! Mais elle ne ressemblait pas à ses conquêtes habituelles. Au début, il n'y avait pas fait attention, il s'était simplement senti attiré par son physique éblouissant. Mais plus tard, il ne saurait pas préciser à quel moment, elle avait touché en lui une fibre plus profonde, comme si elle avait ému son âme. C'était ce lien invisible, cette complicité, qui l'avait en quelque sorte forcé à lui dévoiler une vérité enfouie depuis longtemps.

Or, il ne pouvait pas la laisser continuer à pénétrer ainsi dans son intimité. Il était partant pour une relation physique, mais il n'avait que faire des émotions. S'il allait plus loin, il la détruirait. Comme sa mère, sa sœur, et plus tard Janine. Toutes trois anéanties, en morceaux…

Il s'était juré qu'il ne s'approcherait plus d'une femme, et il y était parvenu pendant dix ans avec succès. Sa carrière occupait la plupart de son temps, et quelques aventures sans lendemain lui avaient permis de ne pas se sentir trop solitaire.

En outre, à l'armée, mieux vaut sacrifier toute relation personnelle. Il n'est pas aisé de passer au grade supérieur. Il avait l'intention de devenir colonel, puis général de brigade, et enfin général. Là, les places sont rares. Il lui faudrait allier concentration, rapidité et compétence. Il lui était par conséquent quasi impossible d'avoir une vie privée qui le distrairait de sa tâche.

Et voilà que, tout à coup, il se surprenait à se demander ce qu'aurait été sa vie s'il avait fait d'autres choix !

Il ne pouvait pas se le permettre, parce qu'il n'en existait pas. Selon Janine, il était détraqué. Et, selon le colonel Billings, il détruisait les autres.

— Fitz ? Que se passe-t-il ?

Ella se trouvait face à lui. Il avait dû ralentir le pas.

Il se força à croiser son regard.

Ce fut une erreur de plonger les yeux dans ces profondeurs d'émeraude qui le fixaient avec intelligence.

— Ella, tu sais que je ne peux t'accorder que cette nuit ?

— Oui, bien entendu.

Il perçut le léger tremblement de sa voix et dut s'obliger à poursuivre, bien qu'il soit conscient de chercher des prétextes.

— Tu comprends vraiment ce que ça signifie ?

Elle détourna le regard.

— Tu me prends pour une idiote ?

— Tu es restée quinze ans avec le même homme. Cette fois, il ne s'agit pas d'une relation durable.

— Tu me crois trop gentille ? On m'a déjà fait ce reproche, vois-tu.

Il ne put s'empêcher de caresser le velours soyeux de sa joue.

— Il y a deux sortes de gentillesse, Ella. Une négative et une positive. J'ignore encore de laquelle tu fais preuve.

Il ne reconnaissait pas sa propre voix, rauque et charnelle.

Elle déglutit.

— Embrasse-moi, Fitz. Peut-être que ça t'aidera à le découvrir ?

Il lui prit le menton et posa les lèvres sur les siennes.

Seconde erreur.

Ses yeux luisants de désir attisèrent le brasier qui flambait en lui. Il n'avait jamais désiré une femme avec autant de férocité. Pas même Janine.

Ella avait le goût du péché. Sans le vouloir, il avait déjà mémorisé tous les détails de son corps, de sa chevelure flamboyante retombant sur ses reins à ses courbes si féminines gainées de cuir.

— Alors, suis-je trop gentille, ou gentille tout court ? demanda-t-elle, haletante. Qu'as-tu découvert ?

Ce qu'il avait découvert, c'est qu'elle avait ouvert une brèche dans sa part d'ombre. Et qu'il devrait partir en courant parce que son envie d'elle était incontrôlable.

— Rien, grogna-t-il.

— Laisse-moi t'aider. Ce soir, je suis une méchante fille, et je te veux. Et tu as dit que, toi aussi, tu me voulais.

Voilà l'effet qu'il lui faisait : destructeur. Il ferait mieux de s'en souvenir, sous peine de s'engager en terrain miné. S'il entrait dans sa chambre ce soir, il devrait se limiter au sexe pour le sexe, comme avec ses autres conquêtes. Sans écouter son âme une seule seconde.

Il lui prit la tête entre les mains et l'embrassa encore avec avidité, pour se prouver qu'il pouvait séparer le désir physique des sentiments. Jusqu'à ce qu'il voie des étincelles et que son corps lui fasse mal, jusqu'à ce qu'il sente le sol raffermi sous ses pieds.

Alors, il lui saisit la main et l'entraîna. Dans l'ascenseur, il l'attira à lui pour sentir son dos contre son ventre et lui embrasser la nuque après avoir écarté ses cheveux de flamme.

La porte de la chambre, munie d'un groom, sembla mettre une éternité à se refermer.

Quand Ella entendit le déclic final, elle s'immobilisa, le cœur battant la chamade.

Elle se trouvait avec un inconnu, certes attentionné et responsable, mais qu'elle n'avait rencontré que ce soir. Pouvait-elle vraiment se laisser aller ?

Fitz s'écarta d'elle.

— Tu peux encore changer d'avis, grogna-t-il.

Elle éprouva de nouveau cette sensation de manque. Sous l'effet de cette voix rauque et profonde, son pouls s'accéléra, elle fondit. Elle ne s'était jamais sentie autant désirée. Le savoir prêt à la laisser tranquille lui rendit son assurance.

— Je n'en ai pas l'intention, murmura-t-elle.

Elle passa les mains sur ses épaules et frémit en sentant ses muscles jouer sous le coton fin du T-shirt.

— Il faut que tu sois certaine, Ella. À partir de maintenant, je ne réponds plus de rien.

Elle eut un petit rire à la pensée de provoquer chez cet homme un tel désir. Cependant, elle ne doutait pas que, au contraire de ce qu'il affirmait, il pourrait se maîtriser à n'importe quel moment.

S'efforçant de dissimuler un tremblement d'anticipation, elle glissa la main sur son torse, son ventre, et enfin son érection. Fitz broncha sous le contact, un son sourd s'échappa de sa gorge, et elle sentit à nouveau son ventre s'embraser.

C'en était presque effrayant…

Comme s'il lisait dans son esprit, il posa la bouche sur la sienne pour un nouveau baiser exigeant et dominateur.

Debout dans l'entrée, dos au mur, elle s'agrippa à ses épaules telle une noyée et s'abandonna.

La langue de Fitz rencontrait la sienne en une danse lente et sensuelle, explorant, goûtant, faisant des détours à un rythme délicieusement paresseux, passant du coin de sa bouche à sa mâchoire avant de plonger vers son cou. Elle trembla pendant qu'il descendait vers sa clavicule et le creux sensible au centre.

Il prenait son temps, ce qui la rassurait et à la fois la rendait folle. Elle avait l'impression qu'ils s'étaient engagés dans ces préliminaires dès le premier instant de leur rencontre.

Elle n'avait jamais connu cela avec Stevie. Ni au début, sans doute parce qu'ils étaient aussi novices l'un que l'autre, ni à la fin, quand il s'était habitué à ce que les gens se pâment devant lui et fassent ses quatre volontés.

Jamais elle n'aurait imaginé que ce puisse être si bon. Et ce n'était que le commencement.

À présent, Fitz l'embrassait plus bas… Elle ne savait pas comment c'était arrivé, mais ils étaient nus jusqu'à la taille, et elle sentait sa bouche experte descendre lentement entre ses seins. Il les prit en conque, un dans chaque main, comme pour les soupeser, puis il caressa un mamelon du pouce tout en titillant l'autre de sa langue.

Elle cria de plaisir, de désir, d'excitation. Un point pulsa entre ses cuisses, et elle eut envie qu'il la pénètre, qu'il emplisse le vide de son corps et en même temps celui qui s'était creusé dans son âme.

À travers la brume qui lui brouillait le cerveau, elle perçut vaguement la voix de sa raison : il ne s'agissait que de sexe. Après l'humiliation infligée par Stevie, elle voulait juste se prouver qu'elle était toujours désirable…

Mais elle n'était plus en état de réfléchir, elle obéissait à son corps, aux caresses de Fitz et aux sensations inouïes que celles-ci lui procuraient. Elle n'avait même pas l'idée de l'entraîner vers le lit. Si elle bougeait, elle romprait le contact, ce qui serait insupportable.

Du bout des doigts, elle caressait cet homme magnifique, s'émerveillant de ses réactions, il en faisait autant avec elle. Peau contre peau, il rendait hommage à son corps de ses mains de magicien, attisait la flamme en elle jusqu'à ce qu'elle n'en puisse plus d'attendre. Alors, comme s'il l'avait senti, Fitz déboucla la ceinture de son pantalon taille basse, défit la fermeture Éclair et descendit le cuir sur ses hanches.

Elle s'en débarrassa ainsi que de ses talons aiguilles, impatiente de reprendre les choses où ils les avaient laissées.

Mais, sans se presser, toujours maître de lui, il se limita à frôler l'arrière de son mollet jusqu'au creux sensible du genou, puis l'intérieur de sa cuisse.

— Tu prends plaisir à me torturer ?

Il eut un sourire malicieux.

— Avoue que c'est réciproque.

Sa voix enrouée de désir l'affola.

— Fitz…

— Hum ? Tu voulais dire quelque chose ?

Il le faisait exprès pour l'exciter davantage. À présent, ses doigts étaient tout près de l'endroit où elle voulait qu'il la caresse. Elle anticipa leur contact… et s'aperçut qu'il s'était immobilisé.

Il attendait qu'elle le supplie, elle en était sûre.

— Fitz, s'il te plaît ! J'ai envie de toi.

Elle se déplaça un peu pour lui faciliter la tâche, sans trop savoir comment. Elle n'était pas habituée à tous ces préliminaires et, bien qu'elle les préfère à la routine mécanique de ses ébats avec Stevie, elle ne les maîtrisait pas vraiment.

— Tu veux que je te touche ? demanda-t-il d'un ton caressant. Comme ça ?

Sans crier gare, il glissa un doigt sur le point sensible, juste un bref frottement sur la dentelle de son string, mais qui éveilla dans son ventre les sirènes du plaisir. Elle se tortilla, cherchant le contact de nouveau, mais il avait plaqué la main sur ses fesses pour l'approcher de lui.

— Ou comme ça ? murmura-t-il.

Avant qu'elle ait compris ce qu'il faisait, elle sentit son souffle sur sa chair, puis sa bouche…

Elle le repoussa de toutes ses forces.

— Non ! Pas ça.

— Pardon ?

Elle osait à peine le regarder. Et, quand elle le fit enfin, elle vit ses sourcils froncés, son air incrédule, voire inquiet. Comme si elle était une sorte de… monstre.

Elle releva le menton, ignorant la brûlure de ses joues.

— Pas ça, répéta-t-elle. Pouvons-nous, euh… passer à autre chose ?

— Mais pourquoi ?

Son ton ferme indiquait qu'il n'admettrait pas de faux-fuyants.

Des visions de Stevie lui revinrent. Elle pouvait compter sur les doigts d'une seule main les fois où il l'avait sucée, toujours en hâte, comme pour se débarrasser d'une corvée, et dans l'espoir qu'elle lui rendrait la pareille. Cela avait fini par lui faire détester cet acte. La sensation de sa main qui lui appuyait sur la tête pour la maintenir même quand elle aurait voulu la relever, sa façon de se pâmer avec excès pour justifier de n'avoir pas eu le temps de se retirer avant la fin. Et, quand elle avait tenté de lui faire comprendre que ça ne lui plaisait pas, il avait joué la carte de la culpabilité, se plaignant qu'elle privilégie sa carrière et lui rappelant qu'elle n'aurait jamais été médecin sans lui. Elle avait donc obtempéré, tout en décidant que c'était trop pénible de subir le stade précédent.

Comment expliquer tout cela à Fitz ? Elle n'avait pas envie de gâcher leur nuit.

Elle se lécha les lèvres, mal à l'aise.

— Je n'aime pas ça, c'est tout. Si nous en revenions à ce que nous faisions avant ?

— Tu *n'aimes pas* ça ? demanda-t-il d'un ton sceptique.

Elle soupira. Impossible de lui mentir, il était trop perspicace. Elle devait lui en dire un peu plus, assez de vérité pour qu'il la croie et pas assez pour s'humilier.

Elle inspira à fond.

— Avant, je n'aimais pas ça. Ce n'était pas très agréable.

Constatant que le regard de Fitz s'était adouci, elle se détendit un peu.

— Je vois, murmura-t-il. Mais avec moi ce ne sera pas pareil. Je te le promets.

Il passa la jambe d'Ella par-dessus son épaule et repoussa la dentelle d'un côté, puis il se mit à la lécher jusqu'à ce que des sensations incroyables l'envahissent tout entière. Il maintint le rythme comme s'il la connaissait bien, comme s'il avait envie de la faire jouir, comme s'il… Comme s'il se souciait d'elle.

Bien qu'une petite voix lui soufflât qu'elle le payerait tôt ou tard, elle fut incapable de le repousser. Elle oublia ses peurs et s'abandonna à sa caresse experte. Enfin, elle cria son plaisir, qui se répandit en vagues de feu dans tout son être, et elle enfonça les doigts dans les cheveux de Fitz en hurlant son nom.

Il se redressa en continuant de la caresser doucement, comme pour lui signifier que ce n'était pas terminé.

Lorsqu'elle reprit ses esprits, la réalité la frappa de plein fouet : il allait exiger qu'elle lui rende la faveur. Non qu'une part d'elle n'en ait pas envie, mais elle voulait profiter encore un peu de ce moment parfait, de cet homme parfait, généreux, sans défauts. Elle ne supportait pas de le voir se changer en Stevie sous ses yeux.

Pourtant, elle lui devait quelque chose.

Il lui jeta un regard espiègle.

— Alors, tu n'as pas aimé ?

Sa voix était tendre, il ne donnait pas l'impression d'attendre son dû.

Elle se sentit rougir jusqu'aux cheveux.

— Ça n'avait rien à voir avec ce que j'ai connu.

Raison de plus pour lui donner sa récompense. Aucun homme ne ferait ce qu'il lui avait fait sans rien attendre en retour…

Avec un sourire forcé, elle baissa la tête. Quand il l'embrassa sur la nuque, elle ignora les ondes de plaisir qui l'envahissaient de nouveau. Les mains plaquées contre son torse, elle le repoussa et tomba à genoux, cherchant des doigts la boucle de sa ceinture.

— Que fais-tu ?

Curieusement, sa voix était dure.

Elle s'efforça de parler d'un ton léger.

— Je te rends la pareille.

— Non.

À sa grande surprise, il lui enserra les poignets pour la relever et la forcer à croiser son regard, qu'elle trouva sombre, intimidant.

— Mais… c'est normal, c'est ton tour, maintenant !

— Ce n'est pas ainsi que ça fonctionne, Ella. J'ignore comment ton fiancé se comportait, mais ce n'est pas ainsi que ça doit se passer.

Elle lui jeta un regard incrédule. Après qui était-il en colère, au juste ? Il lui jeta un regard furieux qui semblait pénétrer jusqu'à son âme, et elle fut incapable de détourner les yeux. L'instant sembla durer une éternité.

— Le sexe ne doit jamais être une corvée, Ella. On fait les choses parce qu'on a envie de les faire, pas parce qu'on estime qu'on les *doit* à l'autre.

Elle déglutit.

— Tu… Tu ne veux pas, donc ?

— Pas si tu n'en as pas envie.

— Une partie de moi voudrait bien…, murmura-t-elle, presque sur un ton d'excuse.

Elle baissa les yeux, trop timide pour poursuivre en le regardant.

— Parce que c'est toi.

Bizarrement, elle était sincère.

Fitz lui passa un doigt sous le menton pour l'obliger à le regarder en face. Maintenant, il souriait.

— Dans ce cas, j'espère que tu trouveras un jour l'homme qui te fera te sentir *totalement* à l'aise.

Ces mots l'affligèrent plus qu'elle ne l'aurait cru : il lui répétait qu'il n'était pas cet homme, qu'ils n'avaient qu'une nuit à passer ensemble. Comment avait-elle pu oublier qu'elle ne le reverrait plus ?

Elle se promit de garder cela à l'esprit, de ne plus se figurer qu'il aurait pu être l'homme de sa vie s'ils avaient disposé d'un peu plus de temps — quelques mois, un an…

Non, c'était impossible.

— Ella ? Pour l'instant, je propose que nous passions au lit. Viens, continuons à nous donner du plaisir.

— D'accord.

Il la prit par la main et l'entraîna vers le lit avec un

sourire malicieux, l'aida à s'étendre, puis se pencha pour l'embrasser.

Elle lui rendit son baiser, et son désir se ralluma aussitôt. Il lui ôta son string et se débarrassa de ses vêtements à lui.

Elle en profita pour admirer sa beauté virile, qui l'émouvait tout entière. Elle lisait dans son regard la même faim que la sienne : il la détaillait comme s'il voulait mémoriser chaque ligne de son corps.

— Tu es splendide.

Sa voix rauque résonna au centre d'elle-même, à l'endroit si sensible après ses caresses. Comme si elle avait retrouvé d'un coup toute sa féminité et sa confiance en elle.

S'ils n'avaient que cette nuit, elle s'arrangerait pour ne pas en perdre une miette. Elle profiterait au maximum de la moindre seconde passée avec lui, et elle en chérirait le souvenir toute sa vie. Elle n'avait plus un instant à perdre.

Elle se souleva sur un coude et tendit le bras pour qu'il la rejoigne.

5.

Fitz absorba cette vision d'Ella nue, allongée sur le lit, tentante et délectable.

— Tu es splendide, murmura-t-il malgré lui.

Elle était étonnante, si chatte, si sexy, si vivante... Et elle tendait le bras vers lui comme si elle ne pouvait plus attendre. Dommage qu'une fille pareille ait si peu d'expérience dans le domaine de l'amour physique. Son ex-fiancé devait être un fieffé imbécile.

Il sentit monter la rage en lui, en même temps qu'un ridicule sentiment de triomphe : il était fier d'être celui qui l'avait révélée à elle-même et lui avait fait oublier son humiliation.

— Ella, nous avons toute la nuit...

Il voulait prendre son temps, lui montrer ce que signifiait « faire l'amour », même s'ils n'avaient que quelques heures à passer ensemble. Pourtant, lui non plus ne pouvait guère attendre davantage. Son érection était presque douloureuse. D'aussi loin qu'il se souvienne, il n'avait jamais désiré une femme avec tant d'intensité.

Ella lui caressa le torse, les flancs, le dos, puis, les yeux dans les siens, fit courir le bout de ses ongles sur sa peau.

— Puisque nous avons toute la nuit, nous irons moins vite la prochaine fois, murmura-t-elle contre ses lèvres, une lueur de malice dans le regard.

Elle n'eut pas besoin d'insister. Il se munit du préservatif qu'il avait failli oublier dans la poche de son jean. Pour la première fois depuis...

Depuis Janine, qui s'était trouvée enceinte de lui et qui avait perdu son bébé à trois mois de grossesse à cause de sa négligence : il ne s'était pas occupé d'elle comme il l'aurait dû. Comme avec sa mère et sa petite sœur, il n'avait pas été à la hauteur…

Pourquoi ces souvenirs indésirables revenaient-ils au mauvais moment, alors que, pour l'instant, aucune de ses précédentes conquêtes ne les avait ravivés ?

Rageur, il secoua la tête. Cette nuit, il faisait l'amour à une femme belle et intelligente, qu'il désirait comme un fou et qui semblait lui rendre la pareille.

Il recouvrit le corps d'Ella du sien, se nicha dans sa chaleur humide puis, cédant à son ardent désir, se glissa en elle.

Aussitôt, son corps fut parcouru de sensations incroyables, et il eut de la peine à maintenir un va-et-vient assez lent pour lui laisser le temps, s'assurer qu'elle était prête. Les yeux fixés sur elle, il attendit qu'elle épouse son rythme, qu'elle vienne à sa rencontre.

Elle rejeta la tête en arrière et commença à onduler des hanches pour mieux le sentir, gémissant doucement. Puis elle accéléra elle-même le mouvement.

Couvrant de baisers son cou exposé, il buvait le nectar qu'il s'était refusé si longtemps. Quand il l'entendit crier son nom, une étrange sensation d'euphorie le submergea. Une sensation de possession, comme s'il l'avait faite *sienne*.

C'était de la folie pure ! Il aurait dû entendre les alarmes qui sonnaient dans son cerveau. Tout à l'heure dans la rue, il s'était juré qu'il contrôlerait la situation… Et voilà qu'il était en train de se figurer qu'elle lui appartenait et qu'il se prenait à avoir envie de la revoir et de recommencer jour après jour !

Or, c'était impossible ! Il n'avait rien à lui offrir à part de la souffrance et de la trahison.

Il n'aurait pas dû lui proposer de la raccompagner à son hôtel. Mais il avait été attiré par elle d'une manière inexorable, tel un papillon de nuit par la lumière, comme si son aura, son énergie, pouvait éclairer l'obscurité qu'il portait en lui.

Elle cria son nom une seconde fois, et il se perdit de nouveau dans ses sensations. Lorsque son corps se raidit et qu'elle explosa en frissonnant, il s'abandonna tout entier au plaisir qu'elle lui procurait et la rejoignit dans la vague qui l'emportait.

Si ce n'était que le début, il ne pouvait que souhaiter que cette nuit n'ait pas de fin. Car, pour ce temps bref, il pouvait feindre d'être un autre, un être capable de rendre heureuse une femme comme Ella, au lit mais aussi dans la vie. Avec elle, il se sentait davantage qu'un bon soldat, un bon colonel, un bon ingénieur. Il était un homme à part entière. Et, pour une fois, il avait envie d'y croire.

Il s'arrangerait avec sa culpabilité plus tard.

Fitz consulta l'écran de son téléphone.

5 heures.

Il devrait vraiment rentrer à la caserne. Il n'était pas de service, mais il débutait dans son rôle de commandement, et sa présence remonterait le moral de ses hommes, surtout de ceux qui partaient pour la première fois.

Il tenta de sortir du lit discrètement mais, quand il se tourna, Ella accompagna son mouvement comme si elle cherchait sa chaleur, et il se trouva incapable de s'écarter d'elle. Il l'embrassa, et le contact de sa peau soyeuse réveilla aussitôt son désir.

— Il faut que je m'en aille, chuchota-t-il.

Elle s'étira avec langueur puis ouvrit les paupières.

— Déjà ?

— Oui, c'est déjà le matin.

Il la vit consulter l'heure à la pendule et sourire.

— Ce n'est que l'aube ! Tu dois vraiment partir tout de suite ?

— J'ai le temps de prendre le petit déjeuner avec toi, s'entendit-il dire malgré lui.

— C'est vrai ?

Non, ce n'était pas vrai.

— Oui. Je t'emmène dans un salon de thé sympathique près d'ici, où on sert un excellent café. Ça ne sera sans doute pas ouvert, mais je connais bien le patron.

Elle se glissa hors du lit et chercha ses vêtements sans aucune gêne, comme si c'était normal de se retrouver dans une chambre avec lui.

Cette assurance et cette certitude lui plurent.

Tandis qu'ils marchaient main dans la main dans les rues encore désertes à cette heure matinale, il tenta de faire taire la petite voix qui lui conseillait de partir sans attendre. Mais il l'entendait toujours quand le vieil homme leur ouvrit la porte de l'établissement. Et pendant qu'il écoutait Ella bavarder de sa voix douce, tandis que la lumière du soleil levant dansait sur ses traits animés et jetait des reflets d'or sur sa chevelure luxuriante dans laquelle il mourait d'envie de plonger les mains.

Soudain, elle se tut et l'observa d'un air intrigué. Il la vit sourire.

Quelle idée subite lui avait traversé l'esprit ?

— Je n'aurais pas imaginé que le matin d'après serait ainsi.

Elle baissa la tête et regarda fixement les miettes de son croissant.

— Et que croyais-tu ?

— Je me figurais que tu filerais dans la nuit comme un voleur, puisque tu m'avais répété que tu ne voulais pas de relation durable.

— C'est vrai, dit-il en buvant une gorgée de café.

— Et pourtant tu es là, avec moi.

Elle leva enfin les yeux vers lui.

— Fitz… Il me semble que tu n'es pas aussi détaché que tu ne voudrais le paraître.

Au lieu de s'inquiéter de cette remarque, comme il l'aurait dû, il se sentit envahi d'une immense tristesse.

— Tu ne me connais pas.

— Alors, raconte-moi.

Au lieu de la faire taire d'une phrase lapidaire, il repensa à la confiance et à la générosité qu'elle lui avait témoignées cette nuit, et les mots affluèrent des coins sombres de sa mémoire.

— Mon père était militaire, comme moi. Il était caporal à dix-neuf ans et voulait devenir sergent. C'est à ce moment-là qu'il a connu ma mère. Elle est tombée enceinte quelques mois plus tard, et il l'a épousée tout en lui en voulant de l'avoir piégé. Il buvait beaucoup, et il a commencé à la battre quand il rentrait ivre. Naturellement, je ne l'ai su que bien plus tard… Ma mère était si terrifiée à l'idée qu'il puisse me faire du mal, à moi ou, plus tard, à ma sœur, qu'elle se laissait frapper en silence.

— Fitz ! Quelle horreur !

Devinant qu'elle était plus choquée qu'elle ne le laissait voir, il tenta de fermer la vanne de ses souvenirs, mais son cœur cognait contre ses côtes comme s'il voulait s'échapper de sa poitrine, et les mots continuaient à se bousculer. Impossible de s'arrêter.

— Maman et moi, nous étions soulagés chaque fois qu'il passait la porte avec son sac sur le dos et quittait la maison pour six mois. Quand il était loin, nous avions la paix.

— Tu étais très proche de ta mère, donc ?

— Si on veut… En fait, elle était aussi malheureuse que lui. Je crois qu'elle ne tenait pas à l'épouser, elle non plus. Je n'ai jamais manqué de rien, je suis certain qu'elle m'aimait à sa façon, mais elle n'était pas vraiment la maman gâteau des séries américaines.

— Tout est relatif, murmura Ella. Moi qui ai été réellement aimée par ma mère jusqu'à ce que je la perde, je savais par comparaison que ma belle-mère me menait la vie dure.

Il haussa les épaules.

— C'est peut-être pire. Les mots peuvent faire plus mal que les poings.

Elle eut un sourire sans joie.

— C'était une hypocrite. Elle feignait la bonne humeur en présence de mon père mais, dès qu'il tournait le dos, elle commençait à me harceler. Si j'avais été un peu plus jeune et si je n'avais pas eu Stevie, je l'aurais peut-être laissée gagner la partie. Je me rends compte que j'ai eu de la chance, et je me sens d'autant plus coupable de ne pas avoir vraiment aimé Stevie.

— Il ne méritait pas ton amour.

— Peut-être, mais au moins ma franchise.

— Les mots peuvent être des outils utiles, mais aussi des armes puissantes, selon qui les utilise.

Elle lui jeta un regard songeur.

— Ou alors ils ne signifient rien. Stevie répétait à tout le monde qu'il m'aimait alors qu'il me trompait sans arrêt. Je préfère les actes.

Il hocha la tête sans répondre.

Il était d'accord, et pourtant il avait échoué dans toutes les actions qu'il avait entreprises. Il avait aspiré à se démarquer de son père, et il s'était retrouvé à se comporter de la même manière, comme s'il ne pouvait échapper à sa nature…

— Que s'est-il passé ensuite, Fitz ?

Il sentit sa main sur son bras et s'efforça de desserrer sa mâchoire crispée.

— Quand j'avais quinze ans et ma sœur deux, il a été blessé et a dû rester longtemps à la maison. C'est là que les choses ont achevé de se détériorer. Une nuit, ou plutôt à l'aube, il est rentré totalement ivre. J'ignore ce qu'il a trouvé à reprocher à ma mère, mais il est devenu enragé. Je me rappelle qu'elle tentait d'étouffer ses cris pour ne pas nous réveiller, ma sœur et moi, mais j'entendais tout depuis le début… J'ai craqué. Je me suis précipité dans leur chambre et j'ai flanqué un coup de poing à mon père en menaçant de le tuer s'il touchait encore à ma mère. Je revois encore son nez qui saignait et son air stupéfait.

— Il t'a frappé ?

— Il n'a pas osé, il a dû sentir que je ne me laisserais pas intimider. Mais il est parti pour de bon. Il n'est jamais revenu vivre avec nous. Il n'y a pas eu de divorce officiel parce qu'il était la plupart du temps en mission à l'étranger… Il rentrait quelquefois en ville, mais nous avions déménagé pour plus de sûreté, et il ne connaissait pas notre adresse.

— Donc tu ne l'as plus vraiment revu ?

— Sa famille ne l'avait jamais intéressé, de toute façon. Il ne tenait pas à s'encombrer d'enfants. Il n'a réapparu qu'une fois, après nous avoir retrouvés…

— Et qu'est-il arrivé, cette fois-là ?

Une main glacée lui enserra le cœur. La suite était moins facile à raconter.

— Eh bien, ma mère et ma sœur ont été tuées.

— Dans un accident, la veille de tes dix-huit ans, murmura-t-elle.

Tout à coup, la culpabilité, la colère et le chagrin jusque-là sous-jacents l'assaillirent. Son cœur se trouva comme pris dans un étau, et il lui fallut du temps pour récupérer son souffle.

— C'est ça. Ella… C'est très dur pour moi, je n'en ai jamais parlé à personne. Hier soir, c'était le dix-huitième anniversaire de leur mort. En mesurant que j'avais vécu autant de temps sans elles qu'avec, j'ai été effondré.

— C'est bien normal !

— Aussi, le mieux serait de clore le chapitre et de profiter de notre dernière heure ensemble.

— Tu as raison.

Ils retournèrent à l'hôtel et, laissant de côté les sombres souvenirs, il lui fit l'amour encore une fois. À son réveil, il contempla un moment la chevelure de feu étalée sur l'oreiller, regrettant de devoir partir, se glissa hors du lit et s'habilla sans bruit. Il ouvrit la porte doucement et passa le seuil, puis, saisi d'un regret, rentra noter son numéro de téléphone sur le bloc posé sur le bureau.

La nuit qui venait de s'écouler avait été un rêve, il ne s'était jamais senti aussi bien, aussi à l'aise. Mais ce n'était qu'une illusion. Il avait rencontré Ella dans un bar, il avait été pour elle une occasion d'atténuer l'humiliation infligée par son fiancé, et elle avait été pour lui un ultime plaisir qu'il s'accordait avant son départ. Ce qui importait, ce qui le caractérisait, c'était sa carrière.

Du moins, en majeure partie.

Il fixa le numéro qu'il venait d'inscrire et haussa les épaules.

Quelle idée ! Il ne reverrait jamais Ella, pas plus que toutes les autres depuis Janine, qu'il n'avait pas réussi à aimer. Inutile de la faire souffrir, elle était trop adorable pour ça. C'était égoïste de sa part et dangereux pour elle de provoquer d'autres rencontres. D'ailleurs, il n'aurait jamais dû accepter de prendre ce petit déjeuner avec elle…

Avec précaution pour ne pas l'éveiller, il détacha la feuille du bloc, la froissa en une petite boule qu'il jeta dans la corbeille à papier. Puis, à contrecœur, il quitta la chambre sans se retourner.

Le bruit de la porte qui se refermait réveilla Ella. Elle se redressa, le drap sur la poitrine, et observa la chambre vide, qui lui parut froide et solitaire. Comme elle.

Elle sortit du lit en réfléchissant à cette situation toute nouvelle pour elle : cette nuit merveilleuse, inoubliable, avait été unique et devait le rester. Pas d'attaches, pas de regrets.

Pour éviter d'y penser, il lui fallait se concentrer sur les côtés pratiques : se brosser les dents, prendre une douche, se sécher les cheveux. Mais rien n'était plus pareil. Y compris elle-même. Elle s'assit devant la coiffeuse et scruta son reflet dans le miroir, presque déçue de ne pas remarquer de changements sur son visage.

Elle s'attendait à tout moment à ce que Fitz entre dans la pièce. Comment avait-il pu partir ainsi ?

Elle se passa la brosse dans les cheveux et les sécha, s'efforçant de ne pas évoquer avec trop de précision les doigts de Fitz dans sa chevelure tandis qu'il lui disait son admiration.

Soudain, un détail attira son attention : le bloc et le stylo du bureau avaient été déplacés ! Son cœur battit plus vite, et elle se leva pour regarder au fond de la corbeille, qui ne contenait qu'une petite boule de papier froissé.

Sur une impulsion, elle se baissa pour la ramasser puis se rassit, le dos très droit, les doigts tremblants, incapable de faire un geste.

Ce papier n'avait peut-être aucune importance, ou alors elle risquait de découvrir quelque chose qui gâcherait cette nuit incroyable. Elle ferait sans doute aussi bien de le remettre où elle l'avait trouvé sans l'avoir lu ?

Mais elle en fut incapable. Elle défroissa la feuille avec méthode et déchiffra le numéro de téléphone.

Puis, comme si son esprit se remettait à fonctionner, elle en refit une boule, qu'elle renvoya dans la corbeille où Fitz l'avait jetée.

C'était la preuve que son attirance pour elle allait au-delà d'une simple envie physique. Il avait été tenté de lui laisser ses coordonnées, mais, après réflexion, il avait préféré reconnaître cette nuit pour ce qu'elle était : un moment parfait qui n'aurait pas de suite.

Autant l'admettre, elle-même n'était pas dans la vraie vie la femme insouciante et effrontée qu'elle avait incarnée. Telle une actrice dans un film, elle avait joué un rôle. Elle était un médecin de l'armée britannique, sérieux et concentré. La nuit dernière avait été bâtie sur des leurres, et elle savait pertinemment qu'elle avait une part de responsabilité dans l'affaire.

D'autre part, pourquoi se morfondre ? Ce qui était fait était fait. Fitz l'avait aidée à tourner la page, à se libérer d'une relation morte en réalité depuis des années, mais elle n'était pas prête à commencer une nouvelle histoire.

Il avait eu raison de jeter son numéro de téléphone. À quoi bon poursuivre une chimère ? Inutile de chercher à étirer dans le temps ce moment parfait en soi, il se trouvait à présent derrière elle. Cela gâcherait son souvenir.

En fait, « Ella » n'existait plus. Elle était sur le point de redevenir le major Gabriella Caplin, médecin urgentiste de l'armée.

6.

— Voici Ari, huit ans, fracture ouverte du tibia et du péroné.

L'enfant serrait la main de sa mère. Ella lui sourit tout en écoutant avec attention les explications de l'infirmière.

— C'est la première fois qu'il vient ici. Il est soigné depuis un mois à l'hôpital principal, de l'autre côté de la frontière.

Un établissement situé à plusieurs heures d'un trajet périlleux ! Pas étonnant que les gens de la région amènent tout de même leurs malades et leurs blessés ici malgré l'état déplorable des bâtiments. L'une de ses missions, outre former les médecins locaux à qui elle pourrait ensuite confier les patients, consistait à superviser la reconstruction sous le contrôle de l'officier de commandement, le colonel Duggan.

— Ils ont tenté de stopper l'infection avant tout, mais…

Ella opina.

— En effet, tant que la plaie sera infectée, les os ne se ressouderont pas. Il nous faut un kit de broches et de plaques pour enfants. Je ne pense pas que Razorwire en ait en stock, je vais demander à notre équipe logistique d'en apporter quelques-uns. Entre-temps, nous devons maîtriser cette infection.

— Impossible de nettoyer la plaie sans anesthésie, docteur. Et nous sommes dépourvus de tout…

— Normal, les os bougent tant qu'ils ne sont pas maintenus, et la douleur doit être intolérable. Laissons la jambe dans le plâtre pour l'instant. Nettoyons autant qu'Ari peut le supporter, et toujours sous calmants.

— Ce sera fait selon vos instructions.

— Une fois la plaie guérie, et dès que le matériel sera arrivé, nous opérerons. Bien, qui est le suivant ?

— Un garçonnet de cinq ans, Zav, atteint d'une forme grave de thalassémie, qui doit être transfusé toutes les cinq semaines. Sa famille, qui vient d'un village situé à l'est, demande qu'il soit transfusé chez nous pour éviter le voyage jusqu'à l'hôpital principal.

— D'accord.

La thalassémie, un défaut sanguin héréditaire causé par des mutations de l'ADN des cellules, était hélas fréquente sous ces latitudes, et trop peu souvent soignée. Aucune information n'était donnée au plan national, et les parents, voyant leur enfant fatigué et anémié, étaient incapables d'identifier la maladie. Seuls les cas les plus sérieux recevaient des soins. Pauvre petit Zav ! Son espérance de vie était de vingt ans au mieux.

— Je suppose que les déformations des os et les retards de croissance sont communs dans la région ?

— En effet, docteur. Nous rencontrons beaucoup de structures osseuses anormales du visage et du crâne, de fractures, sans compter les surcharges de fer et les problèmes cardiaques, arythmie ou insuffisance. Mais cette thalassémie si répandue est préoccupante.

Ella se rembrunit.

Elle n'avait pas grand-chose à proposer. Les traitements les plus courants étaient les transfusions de sang et des greffes de moelle épinière, en général prélevée sur un frère ou une sœur. Ailleurs, les parents porteurs de cette maladie génétique auraient eu recours à la procréation assistée à l'aide d'embryons pré-testés, mais dans ce pays-ci c'était impensable.

— Hum. Qui avons-nous dans le lit du fond ?

— Un bébé de deux mois. Une bronchiolite.

Encore une affection répandue ici, qui touchait des centaines de nourrissons à chaque saison.

Elle se laissa aller à rêver un instant de matériel d'accouchement, d'une salle de soins néonatals pourvue de couveuses et de kits pédiatriques. Mais l'hôpital, où l'eau était comptée et l'électricité intermittente, ne disposait pour l'instant d'aucun équipement. Dans ces conditions, enseigner aux professionnels locaux à être à la fois médecins, infirmiers et chirurgiens promettait d'être difficile…

En traversant les salles ou ce qui en tenait lieu, elle réfléchit aux endroits à restaurer en priorité.

Le major Carl Howes, qui dirigeait l'escadron du génie chargé des travaux, avait l'intention de commencer par l'infrastructure principale. Le programme établi pour les agrandissements avait été bouleversé par la découverte tardive d'une nappe phréatique sous la zone prévue. Carl avait prié son colonel, dont c'était la spécialité, de venir sur le terrain étudier avec lui les solutions possibles. Elle espérait que ce colonel était aussi expert qu'on l'affirmait. Elle le saurait bientôt, car il devait participer à la réunion interarmes organisée à sa demande, et qui avait lieu dans deux heures.

Elle consulta sa montre.

Le colonel Duggan devait être arrivé de Razorwire. Pas question de le faire attendre, elle terminerait sa visite plus tard. Après s'être protégé la tête du soleil, elle sortit pour aller à sa rencontre.

Depuis l'hélicoptère qui l'amenait du camp Razorwire, Fitz scrutait attentivement le vaste désert qui s'étendait au-dessous de lui. Il ne s'agissait pas d'une zone de guerre, mais il avait besoin de se concentrer sur son travail.

En fait, il n'était pas mécontent d'avoir un défi à relever : cette nappe phréatique imprévue posait un problème important, et c'était tant mieux, cela lui permettrait de s'occuper l'esprit et le distrairait de la beauté aux cheveux de flamme qui hantait ses rêves depuis huit jours, qu'il soit endormi ou éveillé. Impossible de se sortir Ella de la tête et, chaque fois qu'il tentait de comprendre ce qu'elle avait de si spécial, le mystère paraissait s'épaissir davantage.

La veille au soir, en regardant un groupe de bidasses jouer aux cartes, il s'était dit que sa vie et sa carrière étaient un jeu en ordre parfait avant qu'Ella ne le bouscule d'une pichenette. Il lui avait fallu une semaine pour le remettre en ordre et que le paquet rentre à nouveau dans son étui. Il ne laisserait personne le déranger une nouvelle fois.

Du moins, pas durant sa mission. Plus tard, peut-être, quand il rentrerait à Londres, s'il était toujours obsédé par une rousse aux yeux verts, il appellerait l'hôtel où ils avaient passé la nuit pour tenter d'obtenir son nom.

Lorsque l'appareil atterrit enfin, il en descendit et salua le major Howes qui l'attendait.

— Votre voyage s'est bien passé, colonel ?

— Très bien. Merci, major. Content de vous revoir. Nous nous sommes manqués, à Razorwire.

Le convoi commandé par le major Howes avait quitté le camp quelques jours avant son arrivée. Il aurait préféré voyager avec eux pour se faire une idée plus précise du terrain, mais il avait eu d'autres obligations.

— C'est vrai, colonel, mais je savais que vous me rejoindriez vite sur le site de l'hôpital. Je vous fais visiter dès que vous êtes prêt.

— Pourquoi pas tout de suite ?

Ils s'écartèrent du passage pour laisser les soldats décharger plusieurs tonnes de fournitures et de matériel. Deux officiers se joignirent à eux, et Carl demanda à un caporal de porter ses bagages personnels dans son bureau.

— Et vous, Carl, comment s'est passé votre voyage en jeep ?

— Pas trop mal. Six heures, c'est un peu long, mais on est toujours obligé de contourner la vallée, et vous connaissez l'état des routes dans ce secteur…

— On a de la chance quand elles sont pavées, oui.

Parlez-moi de ce que vous vouliez me montrer. Vous avez mentionné une nappe aquifère ?

— Oui. Vous êtes spécialiste en la matière, n'est-ce pas ? Elle se situe exactement sous l'endroit où nous avons prévu d'installer le local des générateurs. J'ai une ou deux solutions à proposer. J'en ai discuté avec l'officier de liaison médicale, mais j'aimerais que vous donniez également votre avis.

— D'accord. À quelle heure avez-vous prévu la réunion ?

— Dans une heure et demie.

— Compris. Allons-y, ne nous mettons pas en retard.

Il suivit Carl pour la visite de l'hôpital, tentant de s'orienter parmi les salles à moitié détruites.

— Parlez-moi du colonel Duggan. Je crois qu'il a bonne réputation en tant que chirurgien, mais j'espère qu'il ne vous met pas de bâtons dans les roues en ce qui concerne la reconstruction ?

— Non, pas du tout. En effet, il est très compétent dans sa partie et s'occupe surtout d'enseigner son art aux médecins locaux à l'hôpital de campagne de Razorwire. Ici, il a délégué le travail administratif et opérationnel au major Caplin, une urgentiste qui, outre son expérience en zone de guerre, a déjà supervisé la construction d'hôpitaux communautaires au Royaume-Uni.

Fitz hocha la tête.

Rien d'étonnant dans l'armée britannique, où la hiérarchie est plutôt souple. Un général peut prendre l'avis d'un lieutenant, voire d'un sergent si celui-ci possède une expérience spécifique que lui-même n'a pas.

— Normal, si c'est un domaine qu'elle connaît mieux que lui. J'espère seulement qu'elle ne s'entêtera pas à installer le local des générateurs au-dessus de la nappe sans réfléchir à d'autres possibilités.

Il était prêt à écouter ce major Caplin mais, si elle avait des exigences irréalisables, il jouerait de son galon.

— Non, elle n'est pas du genre à s'obstiner. Elle est dure et volontaire, mais elle a bon caractère, et il est facile de travailler avec elle. Elle est également très compétente en tant qu'urgentiste, et ravissante, ce qui ne gâche rien.

Il scruta le visage de Carl Howes, amusé.

— J'avais oublié que vous étiez un don Juan.

Son ami lui rendit son sourire.

— Je ne m'intéresse qu'aux célibataires. Et encore, jamais en zone de guerre. Je m'efforce d'être discret, et je n'enfreins pas le règlement. Je tiens à ma carrière, merci bien ! Pour le reste, rien ne m'oblige à l'abstinence totale qui est la vôtre.

Soit Carl avait oublié son histoire avec Janine, soit il faisait semblant, songea Fitz. Le général Billings, qui était colonel à l'époque, était passé par là pour faire table rase.

Mieux valait ne pas répliquer.

— Et si vous me présentiez ce colonel et son major, à présent ?

— D'accord.

Absorbé dans ses pensées, il tourna le coin du bâtiment à la suite de Carl.

En apercevant les deux personnes qui les attendaient, il n'en crut pas ses yeux : ce major qui se tenait à côté du colonel, c'était Ella ! En dépit de l'uniforme, il la reconnaissait sans hésitation.

Que faisait-elle ici ?

Il en perdit la respiration et fut saisi de vertige. Même poser un pied devant l'autre paraissait au-dessus de ses forces.

C'était impossible ! Après tout le mal qu'il s'était donné pour oublier la nuit qu'ils avaient passée ensemble !

Il inspira à fond et tenta de se ressaisir.

Carl s'avança et fit les présentations.

— Colonel Fitzwilliam, voici le colonel Philip Duggan et le major Gabriella Caplin.

Il regarda fixement le colonel pour ne pas voir Ella.

— Appelez-moi Fitz, dit-il en lui tendant la main.

— Moi, c'est Phil.

La poignée de main ferme et l'accueil chaleureux du colonel lui confirmèrent que c'était un homme sympathique.

Du coin de l'œil, il ne pouvait que remarquer la pâleur effrayante d'Ella et sa posture raidie. À l'évidence, si elle avait pu s'enfuir, elle l'aurait fait.

Bien que la devinant aussi abasourdie qu'il l'était, il sentit monter en lui une colère irrépressible contre lui-même : la présence de cette femme était une menace pour sa concentration et son sérieux. Mais pouvait-il se plaindre ? Il s'était mis en danger tout seul, il l'y avait autorisée…

Enfin, il fut bien forcé de se tourner vers elle.

— Major.

Son propre cœur cognait si fort qu'il avait l'impression que tout le monde l'entendait. Par chance, le protocole leur permettait de conserver une certaine contenance.

Sans broncher, Ella saisit la main qu'il lui tendait.

— Colonel.

Il faillit sursauter sous l'effet du courant électrique qui le traversait, et il la vit prendre une profonde inspiration et haleter légèrement.

Ainsi, leur attirance mutuelle n'avait pas disparu. Peut-être était-elle même plus forte que la semaine précédente.

Dissimuler que ce n'était pas la première fois qu'ils se voyaient pouvait avoir des conséquences fâcheuses. Il devait intervenir avant qu'elle n'ait l'idée saugrenue de feindre de ne pas le connaître — sans entrer dans les détails, bien entendu.

— Nous nous sommes déjà rencontrés, je crois. N'est-ce pas, major ?

Elle acquiesça vaguement de la tête, mais il ne vit pas son expression car il s'était déjà tourné vers le colonel.

Si son attitude professionnelle pouvait lui faire oublier à quel point sa présence le troublait… Au moins jusqu'à ce que sa rage s'apaise.

— Le major Howes m'a informé que nous avions un imprévu. Une nappe aquifère jusque-là passée inaperçue ?

— Oui. Située exactement sous l'endroit prévu pour le local des générateurs.

Il fronça les sourcils.

— Ce ne devrait pas être un trop gros problème. Nous pouvons l'enjamber ou la rabattre…

Phil leva la main en souriant.

— Je vous arrête tout de suite, Fitz. Je ne suis expert qu'en chirurgie vasculaire, et j'exerce surtout à Razorwire. J'ai donc chargé le major Caplin du commandement administratif et opérationnel de ce site. C'est elle qui a l'expérience de la construction. Naturellement, vu qu'elle me tient informé quotidiennement, je ne refuse pas d'en discuter avec vous, mais ce serait plus simple de lui parler directement.

Juste ce qu'il lui fallait !

Il serra les dents.

— Bien, je comprends.

— Donc, si vous voulez bien m'excuser, j'ai un cours dans une demi-heure. Nous nous retrouverons à la réunion, où nous pourrons passer tout cela en revue.

— Merci, Phil.

Comment lui en vouloir ? À sa place, il aurait fait la même chose. À Razorwire, n'avait-il pas laissé la charge de la liaison avec la brigade à son second ? D'autre part, Carl avait raison, ce serait agréable de travailler avec le colonel Duggan, même par l'intermédiaire du major à qui il avait délégué ses pouvoirs.

Si seulement ce n'était pas le major Caplin… Si ce n'était pas Ella. Comment collaborer avec cette femme dont le rire résonnait encore dans sa tête et dont il se rappelait le goût juste en fermant les yeux ?

— À tout à l'heure, Fitz.

La voix de Phil le rappela à la réalité et il se força à sourire.

— D'accord.

Il resta seul avec Carl et Ella, que son vieil ami regardait avec un soupçon de concupiscence qu'il était le seul à pouvoir déceler.

Il éprouva un pincement douloureux au plexus.

De la jalousie ?

Non, impossible ! Après Janine, il s'était juré de ne plus jamais mélanger le travail et les sentiments. Il excluait toute aventure avec une collègue. Bien entendu, rien n'interdisait qu'il en ait eu une avec Ella, mais son règlement personnel excluait également toute relation à long terme.

Ce n'était pas pour lui, il était trop égoïste et insensible, détraqué. Détraqué au point d'avoir été trop occupé à fêter ses dix-huit ans avec ses copains pour prendre le temps d'écouter le message de sa mère sur son répondeur. S'il avait sacrifié trente secondes, il aurait entendu sa voix épouvantée, désespérée, alors qu'elle s'efforçait de protéger sa sœur…

Il avait leur mort sur la conscience. Et l'unique fois où il s'était cru capable d'être meilleur, de se racheter en étant là pour Janine, il avait encore échoué. Il avait aussi la mort de ce bébé sur la conscience. Impossible d'échapper à sa nature. Un bon soldat, un bon chef, oui. Pour tout le reste, il était déplorable, voire destructeur.

C'est pourquoi le seul moyen de ne pas créer de problèmes, c'était de séparer sa vie privée de sa carrière, de se limiter à des aventures sans lendemain ou à de brèves liaisons avec des partenaires dont il ignorait tout. Maintenant qu'il savait qui était Ella, il devait absolument oublier ce qui s'était passé entre eux.

Avec cette femme qui se tenait raide à côté de lui, il s'était senti plus à l'aise et plus décontracté qu'avec aucune autre, il avait vécu l'espace d'une nuit un bonheur insouciant. Mais c'était désormais hors de question, il devait couper les ponts. Sa résolution était prise.

Mais il savait Ella douée pour faire tomber les barrières. Elle s'était glissée sous sa peau à son insu. Il la sentait encore dans ses bras, goûtait ses lèvres et entendait ses cris de plaisir… Jamais il ne s'était senti aussi déboussolé.

Il ne fut pas surpris quand elle croisa son regard avec une détermination toute professionnelle.

— Selon le major Howes, il serait possible de ponter la nappe car le sol de chaque côté est ferme et résistant. Il a tout de même tenu à avoir l'avis d'un spécialiste. J'ignorais que c'était vous, colonel.

Carl n'entendait probablement dans le ton d'Ella que du respect. Mais, naturellement, il ne la connaissait pas aussi bien que lui…

— Carl a raison, on peut enjamber certaines nappes. Toutefois, je devrai étudier celle-ci en particulier. Vérifier la pression, par exemple. Même un terrain résistant, s'il est constitué de limon surconsolidé, peut être emporté lorsque nous y enfoncerons des pieux.

— Je vois. Il me semble que le major Howes a évoqué un risque de soulèvement hydraulique.

Ainsi, elle retenait chaque détail des explications qu'on lui fournissait ! Il n'en était pas surpris… Et, de même qu'il avait trouvé facile de la seconder au moment de cette crise d'épilepsie dans le bar, il trouvait facile de se mettre au travail avec elle.

— C'est exact. Si nous excavons dans le « couvercle », c'est-à-dire la couche d'argile surmontant la nappe aquifère, la pression peut augmenter à l'intérieur et causer une rupture à la base de l'excavation. Dans ce cas, tout le site serait inondé. Et, même s'il n'y a pas de forte explosion, la nappe risque de se percer, ce qui aboutirait au même résultat.

Elle fronça les sourcils.

— C'est un risque à ne pas courir.

— Nous pouvons y parer en creusant une série de puits filtrants au fond desquels nous installerons des pompes, pour rabattre la nappe et soulager la pression. Il y a aussi moyen d'élargir les semelles du bâtiment pour éviter d'employer des pieux.

— Et si nous déplacions carrément le local ?

— Cela dépend de l'extension de la nappe. Le major

Howes et moi sommes d'accord pour envisager cette hypothèse en priorité.

— Dans ce cas, j'aimerais discuter de la possibilité de construire à l'autre bout du site, pour éviter tout risque de contamination de la réserve d'eau souterraine. Dans cette région où les pluies sont rares, on utilise en majorité l'eau d'infiltration à la base des collines ou d'exfiltration de lit de rivière. Et, comme la population augmente de façon exponentielle, les ressources hydrauliques diminuent de jour en jour.

Il voyait exactement où elle voulait en venir.

— Vous voudriez donc pouvoir utiliser l'eau de l'aquifère. Peut-être en creusant des puits ?

— Au contraire de vous, je ne suis pas spécialiste, mais j'ai tendance à penser qu'elle fournirait un supplément d'eau potable à cette population où les épidémies de choléra et autres maladies transmises par l'eau sont fréquentes. Qu'en pensez-vous, colonel ?

— Je suis tout à fait de votre avis.

Il observa par-dessus son épaule les cartes géologiques de base que Carl avait établies.

— Mais, si nous construisons à l'autre bout du site, c'est tout l'hôpital qui doit être redessiné. Or le bâtiment existant, même dégradé comme il l'est, est actuellement le seul recours pour les gens d'ici.

Il inspira malgré lui une bouffée d'un parfum citronné et en eut le souffle coupé.

— Je sais, colonel, répondit-elle d'un ton sec. Nous devons à tout prix le conserver et tenir compte de cet impératif pour toute modification que nous entreprendrons.

Visiblement, elle était aussi troublée que lui par leur proximité.

Il se tourna vers Carl.

— Qu'en pensez-vous, major ?

— J'y travaille, monsieur. Je pense en particulier au local technique qui abritera le chauffage, la ventilation et l'air conditionné. Puisque le refroidissement se fera à partir de là, nous devrons déplacer les générateurs vers l'unité la plus proche.

Ella désigna un autre point sur la carte.

— Et si nous placions la réserve de gaz médicaux ici ?

Il se rapprocha pour mieux voir, si près que ses doigts frôlèrent les siens.

— De cette façon, le local technique pourrait venir ici, et les générateurs là.

Il décela un léger tremblement dans sa voix, et ses entrailles se nouèrent aussitôt.

— Qu'est-ce qui est prévu à l'intérieur, derrière ce mur ?

— Les soins intensifs.

— Dans ce cas, c'est impossible. Du reste, si le local des générateurs doit être mitoyen d'un bâtiment, il faut l'équiper de murs de déflagration.

Il baissa la tête pour observer le terrain.

— Pouvons-nous marcher un peu ? J'ai étudié les plans au camp, et j'ai déjà eu un aperçu depuis l'hélicoptère, mais je voudrais me rendre compte de visu.

— Oui, colonel.

Carl et Ella avaient répondu à l'unisson…

Se souvenant à quel point il était aisé de collaborer avec Ella, il se rassurait davantage à chaque pas.

Le temps que sa mission l'obligerait à rester ici, ne pourrait-il pas la revoir, passer du temps avec elle ?

Agacé d'en revenir à son obsession, il se secoua.

Tout en marchant, il compara les plans et la géographie du site : un hôpital de soixante lits dans un endroit où l'électricité n'arrivait que par intermittence nécessitait des générateurs de secours ainsi qu'un bon accès au local qui les abritait, en vue de faciliter leur alimentation en carburant. Il fit le tour du terrain en réfléchissant.

— Si je comprends bien, derrière ce mur, il y aurait les futures salles d'opération ?

— C'est ça, une de chaque côté du couloir.

Totalement concentré à présent, il étudia de nouveau le dessin, puis regarda vers l'autre bout du site.

— Donc, si nous agrandissions cette partie de l'hôpital pour les loger là-bas, nous devons aussi prévoir les salles de réveil à proximité ?

— Exact. Et, comme vous l'avez suggéré, il faut soit éloigner le local des générateurs du bâtiment, soit l'équiper de murs de déflagration.

— Ça pourrait fonctionner. Je dois d'abord tout examiner en détail, j'avoue que je ne visualise pas encore bien la disposition interne.

Au cours de sa carrière, il avait construit des ponts, des terminaux ferroviaires, des locaux d'énergie, et aussi démoli ou miné quelques constructions, mais c'était son premier hôpital.

— J'admire votre franchise, colonel, dit Ella en souriant.

Il éprouva un violent pincement au cœur et ne put détacher le regard de ces lèvres pulpeuses.

Ce sourire lui avait tant manqué ! C'était ridicule, rien ni personne ne lui manquait d'habitude. Encore moins des sourires.

La dernière fois qu'il avait cru pouvoir se comporter en homme normal, il avait provoqué une immense souffrance. Il revoyait encore l'expression égarée et douloureuse de Janine, le reproche dans son regard quand elle avait jeté qu'elle aurait mieux fait de ne jamais le rencontrer. Il était détraqué, ses tentatives pour se reconstruire n'avaient fait que causer du mal autour de lui.

Puisqu'il ne restait que quelques jours, ça ne devrait pas être si difficile de se tenir à l'écart d'Ella…

— Colonel ?

La voix de Carl l'interrompit dans ses pensées.

— Nous n'avons plus que quarante minutes avant la réunion.

Il ouvrit de grands yeux. Cela faisait donc si longtemps qu'ils marchaient ?

— D'accord. Merci, major.

— Si vous n'avez plus besoin de moi, je vais préparer la salle.

— Bonne idée.

Resté seul avec Ella, il remarqua qu'elle avait l'air mal à l'aise.

Le moment était venu d'appliquer la résolution qu'il avait prise : garder ses distances, s'éloigner de son côté pendant qu'elle s'éloignait du sien.

Mais il ne bougea pas. Et elle non plus.

Tous deux savaient ce qui allait se produire. C'était inévitable. Cette nuit avait bien eu lieu, il se refusait à le nier. Pire, il avait envie qu'elle lui en parle, qu'elle lui confirme qu'elle aussi l'avait trouvée inoubliable.

Du coup, sa rage augmenta, et dès que Carl eut disparu de leur vue il attaqua.

— Tu ne m'avais pas dit que tu étais dans l'armée ! aboya-t-il.

— Non, c'est vrai. Simplement que j'étais médecin, sans préciser où.

— Je ne t'ai pourtant pas caché que j'étais colonel ! Et toi, tu…

Il s'arrêta net.

Pourquoi la blâmer ? Elle n'était coupable de rien. C'était à lui-même qu'il en voulait. Il avait tant de mal à se retenir de la prendre dans ses bras pour l'embrasser… Jamais il n'avait désiré une femme à ce point. C'était absurde.

— Bien sûr, je comprends que la situation soit gênante. Mais je ne pensais pas que c'était important, puisque nous ne devions plus nous revoir après la nuit que nous avons passée ensemble.

À l'évocation de ce moment, il sentit son ventre s'enflammer.

— « Gênante » ? Le mot est faible !

Sa propre voix lui parut dure, et il vit Ella broncher comme s'il l'avait giflée. Mais il était forcé d'employer ce ton sous peine de céder à l'envie de l'embrasser.

— Peut-être, mais tu te comportes comme si c'était une véritable catastrophe, alors que nous n'avons enfreint aucune règle ! Je te rappelle que tu n'es pas mon supérieur hiérarchique. Rien ne nous interdisait de coucher ensemble.

— Chut ! Pas ici ! siffla-t-il en regardant autour de lui comme si on les épiait.

Il n'y avait personne, mais mieux valait être prudent.

Il retourna vers le bâtiment à grandes enjambées. Il ne s'arrêta que pour jeter un ordre par-dessus son épaule.

— Mon bureau !

7.

Ella suivit Fitz de loin, le cœur battant la chamade.

Pas de doute, il était furieux. Au point qu'elle se sentait coupable.

Mais de quoi ? Était-ce sa faute si les événements avaient pris cette tournure imprévisible ? Il était tellement injuste…

La déception causée par cette découverte lui brûla la poitrine. Ses merveilleux souvenirs de leur nuit parfaite étaient gâchés à jamais.

Mais aussi, quelle idiote de l'avoir mis sur un piédestal et d'adorer l'image illusoire d'un homme généreux, qui anticipait ses désirs pour lui donner chaque fois davantage !

En un temps aussi bref, il avait restauré sa confiance en elle, et elle avait cru qu'elle lui serait à jamais reconnaissante. Mais, maintenant qu'elle l'avait vu sous son vrai jour, elle avait perdu ses illusions et le regrettait amèrement…

Absorbée dans ses pensées, elle ne remarqua pas qu'il s'arrêtait sans crier gare et ne put s'empêcher de le heurter.

— Mon bureau ?

C'était une question : il était agacé de ne pas connaître les lieux. Curieusement, elle s'en trouva un peu rassérénée. Et indignée, à présent !

Elle aurait peut-être dû lui dire qu'elle était médecin de l'armée, mais comment aurait-elle pu deviner que ce serait précisément lui qui commanderait l'escadron du génie chargé de la reconstruction de l'hôpital ? Il n'avait pas le droit d'être aussi arrogant ! Comme s'il se sentait déshonoré d'avoir couché avec elle…

Cependant, pas question de lui montrer à quel point elle était blessée par son attitude. D'abord, elle allait se comporter en professionnelle et le guider jusqu'à son bureau. Ensuite, elle s'éloignerait le plus possible et tâcherait de se ressaisir.

— Par ici, *colonel*, dit-elle en appuyant sur le grade.

Elle le précéda dans le labyrinthe de couloirs endommagés qui se ressemblaient tous. En fin de compte, ce serait amusant de le voir se perdre sans cesse les premiers jours...

Enfin, elle s'arrêta devant une porte.

— Voici votre bureau, colonel. Les escaliers sont par là, et vos quartiers sont au premier étage, troisième porte. En réalité, c'est une cellule exiguë, et qui aurait également besoin de travaux de réfection.

Elle réprima un soupir.

Au moins, Fitz disposait d'un box privé. Elle-même partageait une chambre avec deux autres femmes majors, qu'elle ne connaissait pas assez pour se sentir détendue en leur compagnie.

Fitz alla tout droit s'asseoir à la table de travail.

— Entrez et fermez la porte derrière vous, je ne tiens pas à ce qu'on entende notre conversation.

Son ton sec et froid la blessa davantage que ses paroles. Elle releva le menton, décidée à ne pas perdre une once de sa confiance en elle retrouvée.

— Avons-nous vraiment quelque chose à nous dire, *colonel* ? À mon avis, nous ferions mieux d'oublier que nous nous sommes déjà rencontrés. De toute façon, votre séjour ici sera bref, vous regagnerez vite Razorwire...

— C'est pour cela que tu as eu cette brillante idée de feindre de ne pas me connaître, *Ella* ?

S'il l'appelait par son diminutif et la tutoyait de nouveau, c'est qu'il tenait à mettre les choses à plat.

— Pour moi, c'était la meilleure solution. Je dois avouer que je n'ai pas l'habitude de ce genre de situation.

— Moi non plus, mais d'autres officiers nous ont vus ensemble au bar, ce soir-là. Mieux vaut coller le plus possible à la vérité que de risquer des soupçons de la part de certains, qui pourraient se douter que nous avons quelque chose à cacher.

Encore des mots qui faisaient mal. Mais le fait que Fitz affirme que la situation était nouvelle pour lui la soulagea un peu : ainsi, il n'avait pas couché avec beaucoup d'autres femmes officiers.

Elle fit la moue.

— Fitz, penses-tu que ce soit la peine de continuer ? Nous savons tous les deux ce que tu vas dire.

— Ah ? Et quoi donc ?

Ils s'étaient pourtant mis d'accord cette nuit-là… Mais cela ne facilitait pas les choses.

— Que nous avions décidé de ne plus jamais nous revoir. Ni toi ni moi ne pouvions prévoir…

— Tu en es certaine ? Tu n'avais vraiment aucune idée de qui j'étais ? Je t'ai bien dit que j'étais colonel dans le génie et que je partais pour une période d'affectation ? Tu aurais pu faire le lien.

Déformer les faits à ce point ! Mais elle n'allait pas se laisser faire !

Elle se redressa.

— En réalité, tu m'as juste expliqué que tes collègues et toi fêtiez votre départ. Et, si je n'avais pas deviné que tu étais militaire d'après le survêtement que tu m'apportais, je suppose que tu ne m'aurais rien dit. De plus, tu n'as pas mentionné le génie. Tu devrais tâcher de mieux te rappeler.

Fitz lui jeta un regard noir.

— Bon. Tu veux que je sois précis ? Quand je t'ai confirmé que j'étais dans l'armée, tu as délibérément omis de me dire que c'était aussi ton cas. Et, à partir de là, ça tombait sous le sens que je partais en mission. Tu as manqué l'occasion de me dire que tu quittais le Royaume-Uni pour le même motif.

Elle déglutit avec effort.

Présenté ainsi, ça paraissait très mal. Mais, si elle était

prête à reconnaître qu'elle avait menti par omission, il était hors de question qu'elle se laisse accuser injustement.

— D'accord. Sachant que tu étais colonel et que tu partais en mission, je n'ai rien dit, et je le regrette. Mais comment aurais-je pu me douter que nous allions nous retrouver ici ? J'ignorais tout de ta destination. Nous aurions pu nous rendre dans deux pays distincts…

— Razorwire est un camp important où arrive pratiquement tout le monde. Tu ne pouvais pas ignorer que c'était une éventualité.

— Mais nous ne sommes pas à Razorwire, ici ! La probabilité était tellement réduite…

— Peu importe, tu m'as menti.

— Pas comme tu le crois, ni pour les raisons que tu imagines.

Autant lui expliquer ces raisons : s'ils devaient collaborer pour ce projet de reconstruction, mieux valait rétablir un semblant de confiance mutuelle.

— Fitz, essaye de comprendre. Si je t'avais dit que j'étais médecin militaire, nous aurions aussitôt aiguillé la conversation sur l'armée et commencé à comparer nos missions. Ce soir-là, je ne voulais pas être le major Gabriella Caplin, ni même avoir un nom de famille. Comme tu le sais, je venais de quitter mon fiancé dans des circonstances assez humiliantes… J'avais envie, le temps d'une nuit, d'être « juste Ella » et de faire quelque chose que je n'aurais jamais fait en tant que major Caplin.

Le silence qui lui répondit était si épais qu'elle suffoqua.

— Je te le répète, tu as l'air de considérer ça comme une catastrophe, mais il ne s'est en réalité rien passé de grave ni d'anormal. Nous n'avons rien fait d'interdit.

— Je suis colonel ! aboya Fitz.

Elle réprima un sursaut.

Qu'est-ce qui le rendait aussi furieux ?

— Tu n'es pas mon supérieur hiérarchique, je te le rappelle. Je suis sous les ordres du colonel Duggan qui dirige cet hôpital, et tu commandes l'escadron du génie chargé de la reconstruction. Tu n'as pas à intervenir dans mon travail.

— Nous avons enfreint une règle.

Elle crut comprendre et sentit monter la nausée. Mais il fallait qu'elle pose la question.

— Laquelle ? Tu es marié ?

— Bien sûr que non ! hurla-t-il aussitôt.

Elle s'agrippa au dossier du fauteuil, si soulagée que ses jambes en tremblaient. Après la trahison de Stevie, elle n'aurait pas supporté d'avoir joué le rôle de « l'autre femme ». Elle avait beau voir le pouls qui battait sous la mâchoire crispée de Fitz, impossible de se taire.

— Alors, quelle est cette règle que nous n'avons pas respectée ?

— La mienne : ne pas mélanger vie professionnelle et vie privée.

Elle eut envie de demander pour quelles raisons, mais mieux valait éviter de l'exaspérer. En vérité, elle connaissait pas mal d'officiers qui laissaient leur vie privée à l'entrée de la caserne… Ce qui était compréhensible quand il s'agissait d'une zone de guerre. Mais ici, sur cette mission, il n'avait pas besoin d'être aussi rigide. Il n'avait personne à protéger, à part lui-même.

Elle ne savait plus que dire. Elle espéra une réaction quelconque, mais Fitz se bornait à la fixer d'un œil noir.

Il lui en voulait de ne pas obéir à la même règle que lui…

Pouvait-elle s'en aller, à présent ?

Elle se dirigea vers la porte, fit demi-tour et s'approcha de nouveau du bureau métallique.

— Tu ne me connais pas, tu n'as pas le droit de me juger.

— Je ne te juge pas, j'essaye de te protéger.

— De qui ? De toi ?

Le regard désespéré qu'il lui lança lui glaça le cœur.

— Fitz, pourquoi penses-tu que j'aie besoin d'être protégée de toi ?

Il pinça les lèvres, et elle craignit qu'il ne réponde pas. Mais il se mit à parler.

— Tu es belle, vibrante, pleine de joie de vivre. J'ai peur de te détruire. Je détruis tout ce que j'approche.

— D'où tiens-tu cette idée ? demanda-t-elle, ébahie.

Fitz secoua la tête, mais il poursuivit comme malgré lui.

— Parce que c'est déjà arrivé. Plusieurs fois. Parce que je suis le fils de mon père.

Un silence plana.

Il devait parler de l'accident. Il se sentait coupable de la mort de sa mère et de sa sœur et se punissait d'avoir survécu. Elle aurait dû reconnaître plus tôt cette culpabilité… Elle-même ressentait de la culpabilité vis-à-vis de Stevie, qui lui avait permis de devenir médecin. C'était d'ailleurs pourquoi elle avait ignoré les signes qui indiquaient depuis longtemps qu'il ne lui était pas fidèle. Sans doute ce sentiment empêchait-il Fitz de s'ouvrir aux autres et d'accepter d'être heureux, comme s'il ne le méritait pas.

— Ton père était alcoolique, et tu allais avoir dix-huit ans. Tu n'es pas responsable.

Il eut un rire sans joie.

— Comment le sais-tu ?

— Alors, raconte-moi, dit-elle avec sollicitude, comme on regarde un collègue qui a des ennuis.

Elle le vit débattre intérieurement, hésiter. Puis il lui jeta un regard méprisant.

— À toi ? Il n'y a jamais eu que du sexe entre nous !

Ces mots lui firent l'effet d'un coup de poignard. La douleur fut si forte qu'elle lui coupa la respiration.

Ainsi, sa conquête d'un soir avait le pouvoir de la faire souffrir davantage que Stevie !

Elle tenta de dissimuler, mais elle se sentait trop faible.

— Comment pouvez-vous être si cruels avec les femmes, vous les hommes ?

— Ella…

Il s'approcha d'un pas, et elle recula en secouant la tête, incapable de parler.

Pourquoi souffrait-elle autant ? Ce devait être l'évocation de Stevie. Fitz ne pourrait pas l'atteindre autant, elle devait faire un transfert… Elle haïssait son ex, et elle se haïssait de ne pouvoir rester calme et insensible, d'avoir montré à Fitz sa vulnérabilité.

Elle s'efforça de recouvrer sa dignité.

— En réalité, ce n'est pas à cause de toi que je suis si affectée.

— Je le sais.

Un ton détaché, creux, comme s'il la croyait.

Elle leva la tête vers le plafond de béton gris et réfléchit un instant.

Elle était la seule à connaître cette facette de lui, cette faiblesse que personne ne soupçonnait. Et c'était cette vulnérabilité qui l'avait fait se sentir proche de lui… En dépit de ce qu'il venait de lui jeter à la figure, ils avaient connu cette nuit-là plus qu'une attirance physique, une complicité qui les avait poussés à se raconter des événements marquants de leurs passés respectifs. Fitz ne pouvait pas nier ce lien uniquement pour des raisons pratiques.

Elle replongea le regard dans le sien.

— Tu n'as pas le droit de me traiter en ennemie. Je n'avais rien prémédité.

Il se redressa.

— Je sais ça aussi. Et je ne te vois pas comme une ennemie. Je ne voulais pas te blesser, c'est à moi-même que je parlais. Ça ne me plaît pas que ma vie privée interfère avec ma carrière, c'est tout.

— À mon avis, tu refuses plutôt qu'on en sache trop sur ton compte, et surtout ce que tu m'as confié ce soir-là.

— Peut-être.

— Et, à présent, ça te déstabilise que je sois au courant, n'est-ce pas ?

— Ella…

Son ton contenait un avertissement, mais elle était lancée.

— Soit tu as du mal à te remettre dans ta peau de colonel en ma présence, soit… bien que ça ne t'arrange pas, tu me désires toujours.

Elle s'étonna elle-même de son audace. Elle le regarda avancer sur elle, se demandant s'il allait la jeter dehors.

— Je pense que tu connais la réponse, Ella.

Sa voix à présent rauque lui envoya des frissons dans tout le corps. Brusquement, elle eut envie de lui.

— Oui. Que pouvons-nous faire pour y remédier ?

8.

Fitz luttait comme un damné. Il aurait dû s'écarter d'Ella tout de suite, mais il était rivé au sol. Sa voix rauque le caressait, le remuait tout entier. Il était fou de désir. Elle l'attirait autant que la première nuit…

Il savait pourtant qu'il avait été victime d'une illusion : ce soir-là, les fantômes étaient revenus le visiter et il avait cherché une diversion. S'il n'avait pas rencontré Ella, il serait probablement parti avec une autre. La complicité qu'il avait perçue entre eux n'était pas réelle.

Et pourtant elle était là, devant lui, en chair et en os.

— Tu as voulu me laisser ton numéro de téléphone, lança-t-elle comme si elle jetait un atout sur la table. J'ai trouvé le papier froissé dans la corbeille.

Que répondre ?

— C'était une erreur, nous ne devions plus nous revoir.

— Alors, ordonne-moi de me taire, si c'est ce que tu préfères, murmura-t-elle. Je sors d'ici, et nous n'en reparlerons plus jamais.

Il ne parvint même pas à ouvrir la bouche.

Tout à l'heure, il s'était senti lâche en la voyant choquée par ses paroles cruelles. À présent, il était heureux de la voir apaisée.

En fin de compte, leur nuit ensemble n'avait peut-être pas été insignifiante… Mais quel sens lui donner ? Quel avenir pouvait-il offrir à une femme ? Même s'il le souhaitait, il s'en savait incapable. Pas avec ce monstrueux égoïsme qu'il tenait de son père.

— Que veux-tu de moi, Ella ?

Elle déglutit.

— Encore une nuit.

Il réprima un soupir de soulagement.

Donc, pas une liaison, pas un avenir, seulement une demande à court terme que tout son corps aspirait à accepter.

Jamais il n'avait désiré une autre femme aussi fort. Il avait bâti sa vie sur des règles rigides à tous les plans, et en ce moment il n'était capable d'obéir à aucune.

Il le fallait, pourtant. Il devait mettre un terme à cette histoire… Hélas, ses pieds semblaient cloués au sol.

Ella eut un demi-sourire, et il comprit que la donne avait changé.

Elle alla fermer la porte à clé, pivota sur elle-même et s'approcha. Ils se tinrent face à face, immobiles, haletants, les yeux dans les yeux. Enfin, elle plaqua la main sur son torse à l'emplacement du cœur.

Il s'en émut, même si une part de lui-même avait envie de tenter l'aventure et de voir si elle pourrait l'aider à guérir de son désespoir… Mais mieux valait la repousser pour la protéger.

— Attention, major !

Elle retira sa main en clignant des paupières.

— Ah non, Fitz, ce n'est pas juste ! Tu respectes le règlement quand ça t'arrange. J'étais prête à te laisser devant la porte de ton bureau, c'est toi qui m'as ordonné d'entrer pour me reparler de ce qui s'est passé entre nous. Tu m'as traitée en femme, pas en soldat. Si tu veux me rejeter, n'utilise pas ce genre de prétexte. Dis-moi simplement que tu ne veux plus me voir !

Il percevait le tremblement de sa voix malgré ses efforts pour le dissimuler mais, à l'évidence, elle n'avait pas l'intention de céder.

L'air autour d'eux était chargé d'électricité. Il sentait la tension lui nouer les entrailles, le sang battre à ses tempes. Il avait l'impression que plus rien n'existait : il ne voyait qu'elle, n'entendait qu'elle, ne sentait qu'elle. Plus il résistait, plus ses lèvres pleines devenaient tentantes. Elle restait muette, et il savait que la suite dépendait de lui.

— Ella… Même si je t'embrasse, ça ne changera rien.

Elle pencha un peu la tête de côté.

— C'est ta dernière chance, Fitz.

Il avait encore la possibilité de se détourner et de quitter la pièce. Il devait la repousser avant qu'il ne soit trop tard…

Au lieu de cela, il lui enlaça la taille, prit sa bouche, et se perdit dans les sensations qui l'envahissaient.

Ella était une oasis dans le désert. Son corps épousait le sien à la perfection, il sentait ses dents agacer sa lèvre inférieure, et ses légers soupirs exacerbaient son désir.

Ne se contenant plus, il se fit plus pressant. Quand ses lèvres s'ouvrirent sous la pression de sa langue elle émit un gémissement, et il oublia tout le reste. Leur baiser parut durer une éternité. Il le fit cesser pour l'embrasser sous la mâchoire, puis dans le creux au bas du cou. Ses frissons de plaisir le rendaient fou. Chaque fois qu'il revenait à ses lèvres généreuses, sa bouche le cherchait, et sa langue se joignait à la sienne avec fougue.

Alors qu'il s'abandonnait à ces sensations, son émotion croissait, et il se sentait fondre. Il succomba à son envie de délivrer sa chevelure d'or et de vermeil du calot réglementaire pour enfoncer les mains dans son épaisseur soyeuse. Il inhala son parfum fleuri, se souvint de la sensation de ses cheveux sur sa peau nue, et sentit son corps se raidir.

Au sourire qu'il devina sur les lèvres collées aux siennes, il sut que son érection n'avait pas échappé à Ella. Elle se frotta contre lui.

— Gabriella, grogna-t-il.

Mais il continua de l'embrasser avec tendresse ou avidité tour à tour, comme si ce baiser ne devait jamais cesser.

Elle était à présent assise sur le bureau, les jambes écartées et sa chemise d'uniforme ouverte sur sa poitrine dénudée. Comment était-ce arrivé ?

Peu importe, ses mains caressaient les seins parfaits dont il rêvait depuis une semaine…

Il devait cesser tout de suite !

Il observa le bureau métallique, qui n'était engageant ni pour lui ni pour elle, bien qu'en ce moment cela ait peu d'importance.

— Alors, que proposes-tu ? Qu'on s'envoie en l'air ici, maintenant ? Qu'est-ce que tu préfères, le carrelage défoncé ou le métal rouillé du bureau ?

N'importe quelle autre se serait offensée de ce ton brusque, mais Ella se contenta de rire.

— Voilà donc à quoi ressemble le véritable Fitz ! J'aime cette facette de toi. On ne la soupçonne pas sous ton masque.

— Ella…

— Je veux la même chose que toi. Une nuit de plus.

Ce n'était pas recommandé, mais ils n'enfreignaient aucun règlement. Et en étant très discrets…

Dans un effort dont il ne se croyait pas capable, il la repoussa.

— Hors de question.

Elle le regarda, les yeux luisants de désir.

— J'en prends la responsabilité, Fitz.

— Ce n'est pas si simple.

— Ah ? De qui essayes-tu de te protéger ?

— J'essaye de te protéger, toi.

— Encore ! Mais pourquoi ?

Il aurait préféré ne pas répondre, ne pas reparler du passé, mais les mots affluèrent malgré lui.

— Cet accident de voiture, c'était ma faute.

— Je croyais que tu n'y étais pas ?

— C'est vrai, mais justement j'aurais dû être là. Je faisais la fête avec mes copains. Maman avait été quelque temps serveuse au pub local, et on l'appelait pour qu'elle donne un coup de main quand il manquait un barman.

À l'époque, il lui en voulait de prendre sur le temps précieux qu'ils avaient à partager, sans comprendre que c'était l'occasion d'augmenter un peu leurs maigres revenus.

Il se força à poursuivre.

— Ça ne me plaisait pas qu'elle accepte ces remplacements. D'autant que ça m'obligeait à rester à la maison le soir pour garder ma sœur : pas de sortie avec les copains. J'étais furieux.

— Et, la nuit de l'accident, tu étais sorti, c'est ça ? Mais comment aurais-tu pu te douter ?

— Maman m'a appelé plusieurs fois pour me prévenir que mon père nous avait retrouvés, qu'il était totalement ivre et qu'elle avait peur.

— Oh ! Fitz…

Il l'ignora, décidé à poursuivre jusqu'au bout.

— Quand j'ai vu que j'avais des appels manqués d'elle, ça m'a agacé, et j'ai éteint mon portable. Je n'ai écouté les messages que bien plus tard. Je me suis précipité à la maison mais, bien entendu, elle était vide…

— Mon Dieu, Fitz, tu as dû être… Je n'arrive même pas à l'imaginer. Mais tu n'es pas responsable. Tu ne pouvais pas prévoir que ton père allait réapparaître ce soir-là !

— J'aurais dû écouter tout de suite mon répondeur, au lieu de couper mon téléphone comme si ma mère me dérangeait.

— Tu avais dix-huit ans et envie de fêter ton anniversaire, c'est compréhensible !

Pourquoi s'obstinait-elle à lui trouver des excuses ? Il n'était pas défendable.

— Tu ne comprends pas. Je les ai abandonnées, je ne les ai pas secourues. J'ai été aussi égoïste que *lui*.

Ella avait beau le regarder avec tendresse et empathie, il savait qu'il aurait dû rentrer pour les défendre. Même chose avec Janine : s'il avait été plus attentif, elle n'aurait pas perdu le bébé qu'elle attendait. Il s'était efforcé de se convaincre qu'il était capable de sentiments, mais il avait échoué. Janine était douce et gentille, elle l'aimait, et il n'avait pas été à la hauteur. Elle avait vu juste : il aurait mieux valu qu'elle ne le rencontre pas…

Et il aurait mieux valu aussi qu'Ella ne le rencontre pas.

Il faillit le lui dire, mais il se ravisa : elle risquait de lui répondre que ça lui était égal. Elle le regardait comme s'il était bon, et il avait tant envie d'être celui qu'elle croyait ! Il sentait son cœur sur le point de fondre.

Et s'il se mettait à éprouver des sentiments ? C'était terrifiant, toute cette peur qu'il refoulait depuis tant d'années.

— Rends-toi à l'évidence, Ella, je ne suis pas celui que tu voudrais que je sois. Tu m'as idéalisé. Entre nous, il n'y a rien d'autre que du sexe.

La crispation soudaine de son visage lui fit mal, mais c'était la seule façon de la protéger. Bien sûr, c'était atroce de la dévaloriser ainsi après la trahison de son ex, de jouer sur son insécurité…

— Tu mens, murmura-t-elle.

Il avait tant envie de le lui confirmer ! Elle le connaissait mieux qu'elle ne le croyait. Mieux que personne, en fait.

Mais sa souffrance serait passagère, et moins horrible que celle qu'il lui infligerait s'il acceptait de passer un moment avec elle pour l'abandonner ensuite comme à son habitude.

Mal à l'aise à la pensée qu'elle avait tout fait pour éviter cette discussion et que c'était lui qui avait insisté, il se dirigea vers la porte.

— Je n'ai plus le temps d'écouter tes jérémiades, nous avons une réunion, lança-t-il d'un ton rogue sans la regarder, de peur de faiblir dans sa décision.

Mais il n'avait pas le choix. Il risquait de lui révéler encore davantage de ses blessures anciennes, de lui dévoiler ce coin noir de son âme dans le vain espoir qu'elle l'éclaire de sa bonté.

Et ce serait un beau gâchis.

9.

— Voyez-vous l'ulcère sur l'antre gastrique, Amir ?

— Oui, docteur.

Ella se tourna vers son étudiant.

— Que proposez-vous ?

— Ablation de la partie ulcérée, murmura le jeune médecin. La fermeture devrait être réalisée assez aisément, sans déformation significative de l'organe.

— Bien. Et si l'ulcère avait été situé le long de la courbe la plus petite ?

— Ce serait plus problématique. Il y aurait davantage de risques d'hémorragie à cause des nombreux vaisseaux sanguins reliés à l'artère gastrique gauche.

— Autre chose ?

Amir hésita, soit à cause de la barrière de la langue, soit à cause d'une lacune dans ses connaissances, chose fréquente chez les médecins du lieu. Toutefois, elle était impressionnée par leur avidité d'apprendre. À l'évidence, Phil alliait à son expérience de dizaines d'années de chirurgie un excellent sens de la pédagogie.

Cela la stimulait d'habitude, mais pas aujourd'hui. Depuis deux jours, elle avait envie de se terrer dans sa chambre en priant pour que Fitz ne s'éternise pas sur le site.

Elle avait réussi à l'éviter depuis cette scène affreuse dans son bureau. Quelle humiliation ! Elle avait failli se mettre en colère, puis avait décidé de se résigner…

Elle se secoua et revint à Amir.

— Exact. L'incision est plus difficile à réaliser de ce

côté et risque davantage d'aboutir à une déformation de l'estomac en forme de J, c'est-à-dire une torsion sur son axe de plus de cent quatre-vingts degrés, dite obstruction luminale ou volvulus gastrique…

— Hum. Avec perte de sang intermittente, obstruction de matériaux transitant dans l'estomac et parfois mort des tissus.

Elle sourit.

— Bien, Amir. Nous reverrons ce chapitre qui vous sera certainement utile par la suite. Voyons maintenant ce que nous pouvons faire pour ce patient.

Elle travaillait avec méthode, s'assurant qu'Amir suivait toutes les étapes, jusqu'à ce qu'elle se redresse, satisfaite.

— Major, avez-vous demandé au colonel Duggan si vous pourriez continuer à enseigner ici à la fin de votre période, comment dites-vous ça… *enchaîner* sur une seconde ?

Elle vit le visage plein d'espoir de son étudiant et ne put s'empêcher de sourire, contente qu'il apprécie ses cours.

Une fois ses trois mois ici écoulés, elle devrait partir, mais il y aurait cette année deux autres relèves de médecins, et elle espérait revenir pour la dernière.

— Je lui en ai touché un mot la dernière fois que je l'ai vu. Selon lui, j'ai des chances de revenir avant la fin de l'année. Mais c'est sans garantie, bien sûr.

— J'en suis heureux. Vous êtes si bon professeur, vous êtes si dévouée à votre métier !

— Merci. Bien, vous connaissez la technique de la suture, que je vous ai montrée hier. C'est à vous de fermer, maintenant.

Amir hocha la tête, l'air ravi, et se pencha sur la table d'opération.

Ainsi, il la jugeait dévouée… Et si elle l'était un peu trop ?

Mais comment se forger une carrière, sinon ? Fitz avait dû y sacrifier beaucoup, lui aussi. Était-ce ce qui lui faisait refuser toute intimité avec elle ? Elle ne le reconnaissait plus. Elle ne voyait plus deux facettes d'un même homme, mais deux hommes différents, l'un adorable, l'autre cruel. Lequel était le vrai ?

Carl, ami de longue date de Fitz, l'appréciait et le respectait — ainsi que les hommes de son régiment qui travaillaient sur le site. Elle avait vu leur moral remonter depuis son arrivée. Et, cependant, aucun ne l'avait connu comme elle durant leur nuit à l'hôtel.

S'il n'y avait eu que du sexe entre eux comme il le prétendait, il ne lui aurait jamais confié ces moments de sa vie privée qu'il avait jusque-là tenus secrets… Mais quelle importance, puisqu'elle n'aurait plus l'occasion d'en savoir davantage ? Il le lui avait bien fait comprendre, les confidences, c'était terminé.

De toute façon, elle n'était ni capable de se contenter d'une relation physique, ni prête pour une autre liaison. Sa carrière seule importait. Quand sa vie privée partait à vau-l'eau, elle était toujours médecin militaire. Évidemment, elle aurait bien aimé connaître Fitz un peu mieux, mais, comme il l'avait admis lui-même, il n'était sans doute pas l'homme qu'elle imaginait.

Elle chassa ces pensées amères pour examiner les sutures d'Amir, qui avait presque terminé.

Oui, l'essentiel, c'était son métier.

Tandis que le génie reconstruisait, prévoyant de nouvelles extensions qui seraient ensuite occupées par des organisations humanitaires internationales, elle dirigeait tout ce qui était d'ordre médical : elle assurait le commandement d'un hôpital qui recevait plusieurs nouveaux patients par jour. La population locale, démoralisée par le long et pénible trajet jusqu'à l'hôpital général, était impatiente que l'établissement se remette à fonctionner normalement. Plus l'hôpital serait facile d'accès, plus il serait aisé pour les femmes de convaincre leur mari de les y amener elles et leurs enfants. Car, dans ce pays, c'était aux hommes que revenait la décision de faire soigner leur famille.

Comme les chirurgiens et les médecins étaient rares — et bien entendu les spécialistes inexistants —, le défi était passionnant pour elle : elle avait sans cesse l'occasion de tester et de rafraîchir ses connaissances, passant de la pédiatrie à la gériatrie, de la médecine d'urgence à l'obstétrique, qu'elle était amenée à pratiquer très souvent. Les femmes étaient hélas nombreuses à mourir en couches sous ces latitudes. C'était donc une opportunité unique pour sa carrière, et elle ne laisserait pas le colonel Fitzwilliam la gâcher.

Qu'avait-il dit, déjà ? Qu'il détruisait tous ceux qu'il approchait et qu'il la détruirait elle aussi ? Elle commençait à croire qu'il n'avait pas tort…

Elle se concentra sur le travail de son étudiant, le commentant si nécessaire tout en restant en retrait.

Les sutures d'Amir étaient propres et nettes, il saisissait vite grâce à son attention sans faille. Il serait certainement d'ici peu un bon élément pour l'hôpital, où elle savait qu'il aspirait à obtenir un poste.

— Parfait. Vous savez que nous allons organiser une campagne de vaccination contre la polio et la varicelle dans les villages. Que penseriez-vous de prendre la tête d'une équipe mobile, seul cette fois ?

— Ça me plairait beaucoup !

L'infirmière bénévole leva la tête.

— Attention, docteur, il paraît qu'on prévoit une tempête de sable de façon imminente. On ne peut pas en être sûr, mais…

Ella sourit pour la rassurer.

— On n'est jamais trop prudent. Peu importe, on remettra à plus tard. Amir, vous rassemblez tout de même votre équipe. Vous partirez dès que vous le pourrez.

— Merci, docteur.

— Major ?

Elle tourna la tête vers l'écran de protection derrière lequel se distinguait la silhouette d'un soldat de liaison, qui avait sans doute attendu le bon moment pour attirer son attention.

Elle soupira.

Pour l'instant, un simple écran isolait la salle d'opération. Dans quelques mois, ce serait différent. Ils pourraient opérer dans un environnement stérile moderne.

Elle passa de l'autre côté.

— Oui, caporal ?

— Le colonel Fitzwilliam aimerait savoir si vous êtes disponible pour discuter avec le major Howes et lui-même de certaines modifications des plans.

Son cœur se mit à cogner contre ses côtes.

Fitz avait eu la présence d'esprit d'inclure Carl dans son message, était-ce un bien ou un mal ? L'idée d'avoir un témoin la rassurait, mais cela la contraindrait davantage à adopter un comportement professionnel… Était-elle assez bonne actrice pour y parvenir ?

— Nous aurons bientôt terminé. Informez le colonel que je le rejoindrai dans une demi-heure.

— Bien, major.

Elle suivit le jeune homme du regard et resta immobile encore un moment après qu'il eut disparu. Ses mains étaient moites, son cœur battait à cent à l'heure… Et la chaleur qui régnait dans le bloc n'y était pour rien. Ce matin, elle avait pratiqué sans en souffrir deux césariennes, puis cette opération de l'estomac. C'était la mention de Fitz qui lui faisait cet effet… Ce qui n'augurait rien de bon pour leur relation de travail.

Enfin, elle regagna la salle d'opération pour assister Amir.

Au moment où celui-ci faisait le dernier nœud, elle sentit le plancher trembler sous ses pieds.

Les séismes n'étaient pas rares dans ce secteur, mais celui-ci devait être violent, même si l'épicentre était loin. On aurait dit que la terre reflétait son émoi…

Se moquant d'elle-même, elle attendit la fin du phénomène tout en agrippant le bord de la table d'opération pour que le patient ne soit pas projeté au sol.

*
* *

— Le colonel et moi, nous pensions que nous pourrions prolonger cette partie…

Carl tapota du bout de son stylo un point du plan.

— Et installer les soins intensifs à la place des salles d'opération. Dans ce cas, nous achèverions de démolir le bâtiment où ils étaient prévus initialement.

— Impossible.

Ella gardait les yeux fixés sur Carl depuis le début de l'entretien. Si elle regardait Fitz, elle craignait de s'effondrer.

Du coin de l'œil, elle s'aperçut qu'il avançait sa chaise.

— Et pourquoi donc, major ? L'unité de soins intensifs n'en serait pas moins reliée au bloc !

Le son de cette voix… Elle se raidit et lui fit face.

— Bien sûr, colonel. Mais, pour la salle d'op située de ce côté, cela représenterait un trop long détour en cas d'urgence. Je finirais par être obligée de passer par la salle des femmes avec un homme sur un brancard, ou vice versa.

— Hum, d'accord, je vois.

Elle perçut au ton de sa voix qu'il se détendait. Avait-il appréhendé cette réunion autant qu'elle ?

— Nous avons une autre possibilité.

La vue de sa main qui glissait sur les plans la fit frissonner.

— Si nous déplacions le bloc, nous pourrions installer le local des réserves de gaz à cet endroit. Les soins intensifs viendraient ici, tout près des deux salles d'op. Dans ce cas, les générateurs seraient ici, et nous pourrions même faire passer une canalisation dans la nappe phréatique pour nous assurer que l'eau reste aussi propre que possible jusqu'à ce que le centre de traitement des déchets soit construit.

Elle réfléchit.

Cela semblait intéressant, mais son sixième sens lui soufflait qu'une amélioration supplémentaire, qu'ils n'avaient pas envisagée en tant qu'ingénieurs, pouvait être apportée du point de vue médical.

— Alors, major, qu'en pensez-vous ?

— Cette solution paraît viable. Elle me convient mais, pour qu'elle fonctionne à plein, je verrais encore une ou deux modifications des plans intérieurs. De combien de temps puis-je disposer ?

— Combien de temps vous faut-il ?

La voix de Fitz était neutre.

— L'après-midi me suffira, si nous n'avons pas d'urgences.

Carl lui sourit.

— Pour le moment, nous nous concentrons sur la restauration de l'aile gauche du bâtiment existant, mais je souhaiterais commencer les fondations externes cette semaine. Je pars tout à l'heure dans le Nord avec un convoi logistique pour inspecter le chantier du terminal ferroviaire. Je ne reviendrai que demain. Je peux donc vous laisser les plans jusque-là et les étudier avec vous à mon retour.

Elle frémit. Si Carl s'absentait, cela signifiait qu'elle serait forcée de s'adresser à Fitz en cas de problème imprévu.

La peur lui noua l'estomac.

— Il se trouve que je dois moi aussi accompagner un convoi demain jusqu'aux villages les plus éloignés de l'hôpital…

Elle envoya une excuse silencieuse à Amir, qui était si heureux de s'être vu confier la responsabilité de cette mission.

— J'en aurai pour au moins deux jours. Si je voyais ça ce soir, je pourrais mettre mon second au courant et le prier d'en discuter avec vous ?

— Major Howes, intervint Fitz, pouvez-vous demander au sergent Bell de se mettre au travail sur la zone dont nous avons parlé ce matin ?

— Tout de suite, colonel.

Fitz attendit que Carl ait refermé la porte derrière lui pour la regarder.

— Que vas-tu faire si loin ?

Inutile de lui rappeler que cela n'était pas l'affaire d'un colonel du génie.

— Une campagne de vaccination polio et varicelle. Ça fait partie de mon travail. Les femmes n'ont aucun pouvoir de décision en la matière, et on ne peut pas obliger les hommes à amener les enfants à l'hôpital. Mieux vaut nous rendre auprès d'eux pour les convaincre. Quand les organisations humanitaires auront mis en place les groupes de grands-mères pour la santé, ce sera différent.

Il ouvrit de grands yeux.

— Quels « groupes de grands-mères » ?

— Les anciennes sont les seules à avoir de l'influence sur leurs fils et leurs gendres. On passe donc par elles après les avoir sensibilisées aux problèmes sanitaires.

— Je vois. Mais les ONG n'arriveront pas avant que nous ayons terminé la reconstruction. Crois-tu qu'aller sur place rende les hommes plus réceptifs ?

— Certainement. Ils manquent surtout d'information et de conseils. Comme la plupart n'ont ni les moyens ni l'envie de venir jusqu'ici, nous nous déplaçons. Nous en profitons pour leur exposer certains symptômes, afin qu'ils soient aptes à les reconnaître et nous amènent l'enfant si jamais ils les repèrent.

— Tu pars dans quelle direction ?

— Sud-ouest. Mais je ne vois pas…

— C'est vraiment nécessaire ? La région n'est pas sûre en ce moment. Il y a de violentes tempêtes de sable, des murs de plusieurs kilomètres de large et de dizaines de mètres de haut.

— Je sais. Je n'en suis pas à ma première mission, j'ai déjà vécu des tempêtes de sable.

Elle crut voir passer une brève lueur d'inquiétude dans le regard de Fitz.

— Bien. Dans ce cas, inutile que je te dise que ce n'est pas une bonne idée de t'éloigner d'ici avec ces conditions météo. Sur ces routes qui méritent à peine leur nom, le risque d'accident est encore plus important que d'habitude.

À ces mots, elle sentit son agacement s'envoler d'un coup et son cœur se serrer. Elle se souvint de son regard hanté lorsqu'il avait évoqué l'accident qui l'avait privé de sa famille.

Le risque n'était pas si important qu'il l'affirmait. Le

trafic était incessant, et les convois logistiques se croisaient sans cesse à l'entrée du site. Mais il craignait que le sien ne soit pris dans la tempête de sable !

Elle en fut touchée.

— C'est ce qui te fait le plus peur, n'est-ce pas ? murmura-t-elle.

Elle vit le sang se retirer du visage de Fitz, ses yeux lancèrent des éclairs, et un rictus lui déforma la bouche.

— Qu'est-ce qui te permet de dire ça ?

Une autre aurait peut-être été intimidée, mais pas elle.

— Tu te rappelles m'avoir raconté ce qui est arrivé à ta mère et à ta sœur ?

— Bien sûr, et alors ?

— Tu t'en sens responsable parce que tu n'étais pas avec elles ou parce que tu as survécu. Il me semble que, si tu t'inquiètes à mon sujet, c'est que cette fois encore la situation t'échappe.

Le silence s'installa, et l'espace exigu se fit encore plus étouffant.

Elle aurait juré que Fitz était soulagé, mais il éclata d'un rire tonitruant, déplaisant.

— C'est tout ce que tu as trouvé ?

— N'est-ce pas suffisant ? murmura-t-elle.

Il haussa les épaules et lui jeta un regard méprisant.

— Je me demande encore pourquoi je me suis confié à toi ce soir-là. Maintenant, si tu voulais bien cesser de me psychanalyser…

Ces mots lui firent l'effet d'une gifle.

Quelle idiote de s'être figuré qu'il se souciait d'elle ! Quand se mettrait-elle enfin dans la tête que, pour lui, la nuit qu'ils avaient passée ensemble n'avait eu aucune importance ?

10.

Fitz regretta aussitôt ses mots, mais c'était trop tard : vu l'expression d'Ella, son coup bas avait porté.

Il se détesta.

Il était censé la protéger de lui-même en la tenant à distance, mais s'il la détruisait déjà en le faisant…

— Navré. Ce que je viens de dire était… inutile.

Elle se redressa de toute sa hauteur, luttant visiblement pour se ressaisir.

— J'apprécie votre sollicitude, colonel, mais permettez-moi de vous faire remarquer que cette tournée n'est pas de votre ressort. Avec tout le respect que je vous dois, je vous rappelle que le côté médical de cette mission nous revient, au colonel Duggan et à moi. De nombreux convois empruntent constamment cette route, et la menace de tempête de sable n'est pas plus élevée en ce moment que d'habitude. De toute façon, si cela se produisait, nous suivrions le protocole en cherchant un abri ou en nous éloignant de la route jusqu'à ce que tout danger soit écarté.

Il l'avait vraiment blessée, pour qu'elle redevienne aussi professionnelle.

— Ella… J'ai tenté de te prévenir, déjà la première nuit, que je n'étais pas fréquentable.

Elle se borna à pincer la bouche.

— Colonel, les tempêtes de sable sont imprévisibles, et nous devrons partir à un moment ou à un autre. Et, pour préciser ma réponse à votre question, cette campagne de vaccination est plus que nécessaire, elle est vitale : les conditions sanitaires sont déplorables dans les villages, et les enfants ne sont pas protégés. Pour leur éviter de contracter la polio, je dois donc me déplacer, tempête de sable prévue ou pas.

Il faillit sourire.

Dès qu'Ella parlait de son travail, sa voix changeait, elle s'animait. C'était entre autres cette passion qui l'avait attiré au début. Et, même si elle ne le montrait pas, il savait qu'elle avait été touchée qu'il s'inquiète de sa sécurité.

— Ella, je te répète que je ne suis pas l'homme que tu imagines.

Elle haussa les épaules sans répondre, et il attendit qu'elle se décide à parler.

— Je ne crois pas une seconde que tu sois cruel, Fitz. Mais tu ne peux pas continuer à souffler le chaud et le froid, à me rappeler que nous avons été intimes pour me repousser aussitôt après.

— Je m'efforce d'agir au mieux.

— Tu élèves des barrières. Tu m'as confié des événements marquants de ta vie parce que tu croyais ne plus jamais me revoir. Et, comme tu m'as retrouvée ici, tu m'en veux de connaître tes secrets.

Comment faisait-elle pour le deviner aussi bien tout en refusant d'admettre sa part d'ombre ?

Il se leva d'un bond et contourna le bureau.

— Pourquoi tiens-tu autant à ma compagnie ? Je n'ai rien d'un homme responsable et attentionné.

— Va dire ça à ces hommes qui travaillent là-dehors ! Ils te respectent et t'aiment, c'est évident !

Ils étaient de nouveau si proches qu'il sentait la chaleur de son corps et son émotion. Il en eut le cœur serré, mais il ne fit pas un pas de plus.

— Ta réputation t'avait précédé quand je suis arrivée à Razorwire, et le haut commandement te tient en grande estime.

— Je n'ai pas honte du militaire que je suis, en effet. Je suis différent dans le cadre de ma carrière. Il m'est facile d'être un bon chef, je sais ce qu'on attend de moi. Mais en dehors, dès qu'il est question de sentiments authentiques, je change du tout au tout. Je suis un type détraqué, dangereux pour les autres.

Un peu plus, et leurs têtes se touchaient.

— Je ne te crois pas, murmura Ella. La première nuit, nous étions hors du cadre de l'armée, et tu t'es montré attentionné et sensible. Grâce à toi, je me suis sentie de nouveau désirable.

— Tu n'en serais pas si sûre si tu savais les horreurs que j'ai commises, les vies que j'ai détruites. Je suis incapable d'oublier mes erreurs.

— Tout le monde en fait, Fitz. Nous devons apprendre d'elles.

— Tu ferais mieux de t'en aller. Tout ce que j'ai appris de mes erreurs, c'est que je suis d'un égoïsme monstrueux, un type morbide et destructeur.

— Vraiment ? Je ne te reconnais pas dans cette description, et je suis sûre que ton vieil ami Carl serait aussi surpris que moi s'il t'entendait.

— Je te le répète, ici, je suis un autre.

— Permets-moi d'insister : ce n'est pas cette facette de toi que j'ai connue à Londres.

— Peut-être mais, si la relation que nous avons vécue cette nuit-là devait durer, tu t'apercevrais vite de ta méprise. C'est pourquoi je m'efforce de l'éviter.

— Dis-moi, si tu es tellement égoïste, pourquoi veux-tu à tout prix me protéger ?

Elle l'obligeait à voir les choses de son point de vue. Déconcerté, il se raidit.

— Parce que je ne t'ai pas tout dit. Il y a bien pire.

— Dans ce cas, je t'écoute.

Il brûlait de le faire, de lui livrer l'atroce vérité tout entière et de la laisser lui trouver des excuses comme d'habitude, mais un frisson glacé lui parcourut l'échine : si elle admettait qu'il était à l'image de son père, il ne le supporterait pas. Mieux valait qu'il se taise. Pour elle.

S'ils ne s'étaient pas retrouvés ici, ils n'auraient jamais tenté de se revoir. Bien entendu, il avait vaguement projeté d'appeler son hôtel une fois rentré à Londres pour obtenir son nom et de découvrir ensuite son adresse, mais sans se faire trop d'illusions. Et, naturellement, il avait menti en affirmant qu'il ne s'agissait que de sexe. Mais combien de temps aurait duré leur relation ? Comme avec Janine, il aurait fini par se sentir piégé, et Ella aurait inévitablement souffert de sa cruauté.

— Je dois vivre tous les jours avec les conséquences de mes choix, lâcha-t-il enfin. Mais je peux faire en sorte de ne blesser personne. De ne pas te détruire.

— Pourtant, tu as beaucoup de mal à me tenir à distance, n'est-ce pas ? Tu ne cesses de me repousser, mais tu me retiens en même temps. Quand tu sens que je m'approche trop, tu m'envoies à la figure qu'il n'y a que du sexe entre nous. Mais je dois tout de même compter pour toi, puisque tu t'inquiètes que je sois prise dans une hypothétique tempête de sable. À quoi rime ce jeu étrange ?

Il se glaça.

Elle avait raison, bon sang ! Il se sentait lié à elle depuis le début. Le premier jour, il l'avait forcée à entrer dans son bureau et l'avait embrassée, et aujourd'hui il s'était débarrassé de Carl pour rester seul avec elle, alors que rien ne l'aurait empêché de rentrer à Razorwire et de travailler sur les plans là-bas…

Plus il savait qu'elle l'évitait, plus elle lui manquait, plus elle prenait de place dans son cœur. Il la voulait, et pas seulement dans son lit : il brûlait de l'entendre rire, de la voir sourire, de sentir la chaleur de cette aura qui irradiait d'elle.

Il s'était discrètement renseigné auprès des autres officiers du site, autant ceux qui travaillaient avec elle depuis des années que ceux qui venaient de faire sa connaissance. Les réponses étaient immuables : elle inspirait le respect et l'admiration, et il avait deviné que, à l'instar de Carl, certains n'étaient pas insensibles à son charme.

Une idée lui trottait dans la tête depuis quelque temps : s'il était incapable de la tenir à distance, pourquoi n'essayerait-il pas de profiter de sa compagnie jusqu'à parvenir au point de saturation ? Elle deviendrait alors une femme comme les autres. Il cesserait de la trouver unique et serait délivré de ce sortilège. Quand il serait enfin débarrassé d'elle, il pourrait se consacrer tout entier à sa mission.

Et si les règles étaient bien établies, s'ils acceptaient tous les deux que leur relation ne soit que temporaire, il ne craindrait plus de la faire souffrir. C'était la première fois qu'il se souciait de cela… Mais Ella ne ressemblait pas à ses autres conquêtes, et il se sentait différent avec elle.

Il avait besoin de temps pour y réfléchir.

— Je reconnais que je suis assez déstabilisé. Tout ce que je peux te dire pour l'instant, c'est que je m'efforce de te protéger.

Il lui tourna le dos et alla se rasseoir derrière sa table de travail.

— La question suivante est personnelle : quand pars-tu ?

Il fut soulagé de la voir sourire.

— À l'aube. Ce n'est qu'à quelques heures de trajet, nous aurons presque la journée et toute celle d'après-demain pour travailler. Nous rentrerons le matin suivant.

— D'accord.

Demain, donc, il rentrerait à Razorwire pour deux jours, puis il reviendrait pour profiter de sa compagnie jusqu'à ce qu'il se sente capable de l'oublier.

Il avait la nuit pour en décider.

Sur la place devant l'hôpital, Fitz surveillait les derniers préparatifs du convoi.

— Qu'est-ce que c'est que cette plaisanterie ?

Bien qu'il tournât le dos à Ella et que celle-ci n'ait pas crié, il perçut son exclamation.

— Un problème ? s'enquit-il en se retournant.

Elle l'examina d'un air méfiant et désigna des véhicules prêts à partir.

— J'ai comme l'impression qu'un convoi du génie s'apprête à bouger en même temps que le mien.

— Oui. Et alors ?

— Puis-je vous demander dans quel but, colonel ?

— Tout à fait. J'ai pensé que ce serait bénéfique pour mes hommes de profiter de ce voyage. Une partie de notre mission consiste à creuser de nouveaux puits et à bâtir des écoles dans plusieurs villages de la région. Or, après ces années de conflit, les autochtones ont tendance à se méfier des étrangers en général, mais pas des équipes médicales.

— Donc, vous escomptez tirer avantage de notre bonne réputation ?

Il eut un large sourire.

— Et gagner la confiance des villageois pour pouvoir procéder à quelques forages de test sur place. Par ailleurs, bien qu'il s'agisse d'une simple précaution, si les deux convois se suivent, vous serez une cible moins évidente, et nous n'aurons besoin que d'une seule escorte armée.

— Hum, je vois.

À son air sceptique, il comprit qu'elle n'en croyait pas un mot. En fait, elle était toujours convaincue qu'il s'inquiétait pour elle.

Elle n'avait pas tort. L'idée de la laisser affronter seule une tempête de sable avait fait resurgir ses vieux démons. Il connaissait l'effet dévastateur que peut avoir ce phénomène atmosphérique sur un convoi. De plus, vu la façon dont il avait traité Ella, il avait l'impression qu'elle avait eu l'impulsion de s'éloigner du site — de lui — ces quelques jours. Et il refusait d'avoir un malheur supplémentaire sur la conscience.

— Euh… Je ne sais pas si vous aurez le temps de réaliser grand-chose. Installer la machine et forer ne se fait pas en une heure, et nous n'avons pas l'intention de nous attarder.

Elle essayait visiblement de le décourager. S'il pouvait lui expliquer… Mais il ne comprenait pas lui-même.

Il lui sourit.

— Ah bon ? Il me semble que tu emportes un camion de volailles envoyées par une ONG. Je suppose que ça fait partie du programme d'aide à l'alimentation durable, donner à chaque couple deux poules et de quoi construire un poulailler. Sans compter les vaccinations, il faut du temps pour distribuer tout ça, non ?

Elle haussa les épaules en rougissant.

— Hum… Oui.

— Donc, nous aurons tout le loisir de procéder à des tests dans chaque village.

— En effet, mais…

— De plus, tu dois le savoir mieux que moi, dans ce pays où l'hygiène est pratiquement inconnue par manque d'éducation, la plupart des autochtones ignorent la notion d'eau potable et boivent celle des rivières ou des mares. Creuser des puits est une mesure d'urgence en attendant qu'on ait construit des stations d'épuration et des égouts. Le nombre de cas de dysenterie, de choléra, de typhus et d'affections rénales sera diminué. Je continue ?

— Oui, évidemment, selon ce point de vue…

— C'est plutôt intéressant, non ?

— Je le reconnais.

Il réprima son sentiment de triomphe, conscient de son hypocrisie : c'était une idée géniale d'accompagner le convoi médical mais, ce qui l'enthousiasmait le plus, c'était d'être avec Ella.

— Dans quel véhicule comptes-tu monter ?

— Pardon ?

— Je te conseille mon 4×4, les suspensions sont meilleures que celles de l'ambulance. Mais je ne veux pas te forcer.

Elle redressa les épaules.

— Je ne voyage pas avec le génie.

« Avec toi », traduisit-il. C'était tout de même mieux que la tension atroce de la semaine précédente. Un pas, peut-être, vers un retour à l'échange drôle et détendu qu'ils avaient eu le premier soir au bar… Il allait s'en délecter.

Il eut un large sourire.

— Y a-t-il une priorité médicale ? s'enquit-il d'un ton poli.

Elle plissa les yeux, consciente qu'il la taquinait.

— Tu sais bien que non, mais…

— Parfait. Puisque nous n'avons pas entièrement conclu la discussion sur les plans du futur hôpital, j'estime que ces quelques heures de trajet dans un désert où il n'y a rien à voir sont l'occasion idéale pour la terminer.

11.

Ella n'en pouvait plus d'être si proche de Fitz dans ce 4×4 où les cahots les projetaient l'un contre l'autre, en outre sans possibilité de parler librement à cause du chauffeur.

Au début de leur voyage, il avait admis qu'il s'inquiétait pour elle et avait déclaré vouloir devenir son ami.

Après l'avoir humiliée, lui avoir montré qu'il pouvait la prendre et la laisser à son gré…

Donc, il n'était pas si insensible, en fin de compte. Il semblait même aussi tourmenté qu'elle. Mais où cela les mènerait-il ? Ils se connaissaient à peine. Leur mission terminée, sortiraient-ils ensemble ? Vivraient-ils une amitié amoureuse ? Peut-être souhaitait-il simplement faire plus ample connaissance avec elle durant ces deux jours hors du site ?

Elle ne savait pas trop ce qu'elle souhaitait elle-même. Bien entendu, elle était retombée sous le charme de Fitz et recommençait à rêver d'une relation plus suivie, mais elle n'avait aucune idée de la forme que cela prendrait.

Sentir sa cuisse contre la sienne et la chaleur qui l'envahissait, notable en dépit de la température ambiante, était un véritable supplice. Ainsi qu'entendre sa voix grave gronder à son oreille et résonner dans son corps, allumant un brasier au plus intime d'elle-même.

Encore deux heures et demie de torture…

Comment pouvait-elle le désirer encore au point que son corps en soit douloureux, après la façon dont il l'avait traitée toute cette semaine ?

Alors qu'elle ne songeait qu'aux possibilités offertes par ses dernières explications, elle se força à étudier les plans.

Elle réussit à résister à l'appel de ses sens pour discuter avec efficacité des modifications qu'il lui suggérait, et lui soumettre les améliorations auxquelles elle songeait. Curieusement, quand il s'agissait de travailler ensemble, ils formaient une excellente équipe, solide et unie. Professionnelle.

Mais, même si cette harmonie lui plaisait, ce n'était pas une raison pour recommencer à coucher avec lui…

Son bon sens et son corps semblaient en complet désaccord, et cette lutte intérieure l'épuisait. Quand le véhicule s'arrêta enfin devant le bâtiment administratif du premier village, elle se tortilla sur son siège, impatiente de se précipiter dehors. Elle ouvrit la portière et bondit sur le sol.

Ouf ! Enfin de l'espace !

Elle prit son sac, le jeta sur son épaule et se rua vers l'ambulance qui transportait le matériel destiné à la communauté.

C'était le but de sa présence ici : aider les gens, sauver des vies, éduquer à l'hygiène et aux précautions sanitaires. En bref, faire son travail de médecin militaire.

Voyant qu'on les attendait dans le hall pour les accueillir, elle se hâta de rejoindre l'interprète, qui discutait déjà avec Zi, une veuve de soixante-trois ans, bénévole depuis dix ans au-delà de la frontière, qui leur prêtait main-forte jusqu'à ce que les ONG prennent le relais. Ça ne se passait pas toujours aussi bien, mais aujourd'hui on semblait content de les voir… Tout en organisant la séance de vaccination, elle jeta un regard en arrière et observa que Fitz, qui maîtrisait assez bien la langue locale, bavardait de son côté avec des hommes souriants, qui paraissaient déjà conquis.

Si ça continuait ainsi, ils en auraient terminé plus tôt que prévu… Avait-elle vraiment décidé de ne plus le revoir ?

Depuis le hall où était reçue l'équipe médicale, elle le vit faire le tour de la bourgade avec ses nouveaux amis, sans doute pour déterminer les meilleurs emplacements pour les puits.

Elle sentait sa présence partout, comme si le village était trop petit pour le contenir. Leur récente conversation et le fait qu'il se soit amadoué lui avaient remonté le moral. On aurait dit que l'antagonisme de la semaine dernière était oublié, qu'ils avaient retrouvé la complicité du matin où ils avaient pris le petit déjeuner ensemble…

Elle se secoua et mit son stéthoscope autour du cou.

— Prêts, les gars ? On va commencer. Cherchez tout ce qui est susceptible de réclamer notre aide : diarrhée, plaies ouvertes, etc. La communauté nous a présenté cinq ou six anciennes respectées et écoutées de tous. Zi va leur parler dans la salle d'attente, de l'hygiène de base — lavage des mains et respect de l'eau potable. En attendant que les premières latrines soient installées, il faut leur apprendre à ne pas souiller le fleuve où les femmes puisent l'eau pour boire. Dans deux heures, nous rejoindrons Zi pour leur parler des précautions sanitaires — surtout concernant la propreté de l'eau et la stérilisation —, et également de la grossesse et de la préparation à l'accouchement. Bref, nous facilitons le travail des ONG qui commenceront à développer leur programme dans les semaines et les mois à venir.

Après un chorus d'acquiescements enthousiastes de la part des membres de l'équipe, elle les regarda se répartir dans les box pour vacciner les enfants.

Cette mission était vraiment passionnante. Elle était de plus en plus décidée à revenir avant la fin de l'année.

Elle passa le restant de la matinée dans une sorte de brume, assistée de l'infirmière-sergent Jools, une vieille connaissance : Jools, avec son esprit vif et son don pour mettre les femmes de bonne humeur, avait été l'une de ses plus proches alliées du temps où elle n'était que simple lieutenant. Une matinée de rires qui était la bienvenue…

Au moment de la première pause, deux heures plus tard, Jools s'étira en soupirant.

— Ella, on va faire un tour dehors pour nous dégourdir les jambes ?

— J'aimerais bien, mais je pense qu'il serait plus sage de rassembler le petit groupe chargé d'encourager les villageois à venir à la consultation. Zi fait bien son travail, et nous avons eu du monde, mais à mon avis pas mal de familles nous ont boudés.

Sa collègue eut un sourire narquois.

— Regarde un peu dans la salle d'attente !

— Tu crois ? Il me semble qu'elle est vide, je n'entends rien !

Elle souleva un coin du rideau et jeta un coup d'œil.

— Mais… je ne comprends pas. C'est bondé, et il n'y a pas un bruit !

La plupart des femmes étaient groupées en silence autour de Zi, qui les éduquait et qui amusait les enfants en même temps.

— Comment est-ce possible ? Zi n'est pas sortie du bâtiment depuis notre arrivée. Elles sont toutes là de leur plein gré ?

— Le colonel Fitzwilliam, dit Jools d'un air extatique, comme si ce nom suffisait à tout expliquer.

Ella serra les dents.

— Ah bon ?

Elle venait de s'obliger à grand-peine à cesser de s'intéresser à ses déplacements. Toujours suivi de près par une troupe d'hommes qui paraissaient fascinés, il avait mis de côté son propre travail, offert son soutien et ses bras pour aider à certaines tâches agricoles ou domestiques, et les cœurs et les esprits lui semblaient acquis.

Voilà d'où lui venait cette musculature impressionnante : il n'avait nul besoin de faire de la gymnastique, il s'exerçait sur le terrain. Elle se souvint avec une étonnante netteté de la rondeur de ses muscles sous ses mains, de ce qu'elle avait éprouvé quand il l'avait pénétrée, laissant son empreinte en elle à jamais…

Même à cette distance, il dominait tout le monde.

— Qu'a-t-il à voir avec la salle d'attente pleine ?

— Tu es peut-être insensible à son charme, mais ce n'est pas le cas de tout le monde ! Tu n'as pas vu comment il se démène depuis notre arrivée ? Quand je suis sortie chercher d'autres vaccins, l'unité mobile déchargeait le six-tonnes du génie du matériel destiné à la construction des poulaillers. Tu étais au courant ?

— Les ONG nous ont fourni des kits de base en même temps que les volailles. Il le savait, il m'en a parlé ce matin.

— Oui, mais il a apporté du bois plus résistant et des outils, et il a montré aux hommes comment et sur quel terrain les monter. Et en même temps, sans en avoir l'air, il a mentionné les avantages de la consultation.

— C'est donc à lui que nous devons tout ce monde ?

— Incroyable, non ? J'adorerais être à ta place pour travailler avec lui tous les jours. Et voyager serrée contre lui… Ce doit être génial.

Que répondre ? Impossible de la contredire.

— Ella, regarde, il est en train de nous en amener d'autres !

Fitz parlait à ses supporters, qui hochaient la tête en signe d'assentiment. L'interprète semblait totalement inutile. Aussitôt après, ils se dispersèrent pour se diriger vers des maisons.

— Veux-tu que j'aille chercher d'autres vaccins ? demanda Jools.

— Va vite ! Plus tôt nous aurons terminé ici, plus tôt nous partirons pour le prochain village.

Grâce à Fitz, ils pourraient peut-être vacciner plus d'enfants que prévu…

Elle en était presque agacée. Avait-il vraiment besoin de susciter son admiration ?

C'était décidé, elle passerait ces deux jours en sa compagnie, puisqu'elle n'avait pas le choix. Mais ensuite elle recommencerait à l'éviter. Cette histoire d'amitié entre eux ne faisait que compliquer les choses : il l'attirait encore plus depuis qu'il était aimable.

*
* *

Ces deux derniers jours, le ciel avait été d'un bleu immaculé. Grâce à Zi et Fitz, ils avaient été mieux accueillis, avaient vacciné davantage d'enfants, examiné plus de femmes enceintes et sensibilisé plus de monde qu'Ella ne l'escomptait. Elle avait même réussi à se convaincre qu'ils parviendraient à rentrer avant que le temps ne se gâte.

Hélas, le vent de sable s'était levé au moment où ils remballaient les derniers kits.

Tandis que la tempête faisait rage dehors, elle versa son pack de boisson dans son quart. Un chocolat au fort goût d'eau, mais c'était désaltérant.

Ici, c'était tout de même mieux que s'ils s'étaient trouvés entre deux villages au milieu de nulle part. Ils pouvaient s'abriter et attendre l'accalmie en paix…

Du moins, jusqu'à ce que Fitz passe la porte.

— Ah, tu es là ! Je me demandais où tu te cachais.

— Je ne me cache pas !

— Tout le monde est dans le bâtiment d'en face.

— J'y serais aussi si je n'avais pas été en train de ranger mon matériel dans l'ambulance quand la tempête est arrivée.

— Tu aurais eu tout le temps de traverser la place si tu l'avais voulu.

Impossible de le nier.

Elle baissa les yeux sans répondre et but une gorgée de chocolat.

— En réalité, tu essayes de m'éviter, reprit Fitz, qui lui avait tourné le dos pour déballer un petit réchaud à gaz et l'allumer.

— Oui. Tu ne comprends pas pourquoi ?

— Je croyais que nous avions décidé de prendre un nouveau départ, de ne plus nous disputer.

— Hum. Il se trouve que j'ai du mal à savoir comment me comporter avec toi. Je ne me suis jamais trouvée dans une telle situation.

— Moi non plus…

Elle regarda la flamme vacillante qui modifiait l'ambiance de la pièce mal éclairée et se trouva soudain transportée dans le bar où ils s'étaient rencontrés.

— Tiens, goûte plutôt ça. Ce n'est pas du chocolat d'hôtel cinq étoiles, mais c'est toujours mieux que la lavasse de ton pack.

Elle prit la tasse qu'il lui tendait et en but une gorgée, avec un petit pincement de joie : il se souvenait donc de la boisson qu'elle avait commandée au petit matin dans sa chambre ! Elle était touchée qu'il ait mémorisé ce détail intime.

Ils étaient à nouveau seuls, et elle se sentait bizarrement en sécurité. Comme la première nuit. Et il l'attirait toujours autant…

Elle plongea les yeux dans les siens et sentit son cœur battre plus vite : lui aussi, il la désirait.

— Je ne sais toujours pas ce que nous allons faire ensemble, avoua-t-elle.

Fitz soutint son regard sans broncher.

— Apprendre à nous connaître.

— Dans quel but ?

— Celui que nous déciderons.

— D'accord. On commence par quoi ?

— Parle-moi de Stevie. Et du mal que tu l'as laissé te faire.

— Coup bas, marmonna-t-elle.

— Ce n'était pas volontaire. Simplement, tu n'as pas l'air du genre à te laisser marcher sur les pieds, et le peu que tu m'as raconté ne va pas dans ce sens.

Elle rougit.

— Tu veux dire… sa trahison ?

— Oui. J'ai eu l'impression que tu n'étais pas si surprise que ça, comme si ce n'était pas la première fois qu'il te trompait.

Bon sang, il était donc si perspicace ?

— Tu dois penser que j'ai été idiote de ne pas le quitter avant…

— Je ne pense rien, je demande.

— Une subite envie de jouer au détective ?

— Elle n'est pas du tout subite, rétorqua Fitz avec agacement. Ça me démange de comprendre depuis le début.

Elle l'intéressait donc davantage qu'il ne le prétendait...

Elle inspira à fond.

— C'est la question à dix mille livres.

— Tu es restée avec lui pour son argent ?

— Tu peux le dire ainsi, si ça te fait plaisir.

Sa mâchoire était crispée, et il semblait furieux.

— Non, ça ne me fait pas plaisir. Explique-moi.

Elle poussa un soupir.

— À quoi ça servirait, à part à satisfaire ta curiosité ? Tu penses que ça changerait quelque chose entre nous ? De toute façon, il n'y a rien.

— S'il te plaît, Ella.

— Je résume, alors.

— Si tu préfères. Pour l'instant.

Autant ignorer ces derniers mots.

Elle pencha la tête de côté, les yeux sur sa tasse.

— Nous avons grandi dans le même quartier pauvre et, quand nous avons commencé à sortir ensemble, j'avais quatorze ans et lui quinze. J'ai eu la chance que mes parents s'entendent bien, ce qui était plutôt rare dans ce milieu : ils étaient gais, drôles, et ils s'embrassaient tous les jours.

— Ils ne se disputaient jamais ?

— Oh ! si, bien sûr ! Le manque d'argent crée toujours des tensions. Mais ils surmontaient toutes les crises. Ma mère était très belle, avec ses cheveux auburn et ses yeux verts étincelants...

— Comme toi, murmura-t-il.

— Non, ce n'est pas vrai. Je lui ressemble, mais je n'ai pas sa classe.

— Tu lui ressembles beaucoup, insista-t-il, les yeux dans les siens.

Elle réprima son envie de pleurer.

— Et ils dansaient. Bon sang, qu'ils aimaient ça ! Ils étaient époustouflants.

— Tiens, je croyais que tu ne savais pas danser ?

Elle rougit en se rappelant la sensation de ses bras autour d'elle, de ses doigts courant sur sa peau, de sa cuisse dure entre les siennes…

Elle déglutit.

— C'est vrai, je n'ai jamais appris. Mes parents faisaient des concours et, Stevie et moi, on allait les regarder. Nous n'avions pas vraiment de distractions, la plupart des gamins se cachaient derrière la gare pour se soûler au cidre ou se droguer…

— Et pas toi ?

— Non. Je rêvais de devenir médecin. J'ignore d'où cette idée m'est venue, mais ça m'a pris à l'âge de cinq ans, et je n'ai jamais changé d'avis. Stevie, lui, voulait être footballeur professionnel.

— Et le fait d'être différents des autres vous a rapprochés.

— Hum. Nous étions les moutons noirs. Après la mort de ma mère, mon père s'est remarié. Sans doute pour retrouver ce qu'il avait connu avec elle, mais ça n'a pas marché. Sa nouvelle femme était méchante, peut-être parce qu'elle était jalouse… Par exemple, elle me serinait que je perdais mon temps à poursuivre mes études puisque je n'aurais pas les moyens d'aller à l'université. Elle a voulu m'envoyer travailler comme tout le monde à l'usine du quartier, pour que je rapporte un salaire au lieu de me faire entretenir. Stevie était loyal, gentil et généreux. Il ne cessait de me soutenir, de m'inciter à me battre pour mon rêve.

— Donc, tu t'es engagée pour financer tes études ?

— Pas du tout. J'ignorais que l'armée accordait des bourses pour la fac de médecine. C'est Stevie, qui jouait déjà dans un club assez important, qui m'a aidée. Il m'a payé l'université, les livres, le logement, la nourriture, tout.

— À condition que tu fasses semblant de ne pas voir qu'il te trompait ?

— Non, il n'était pas comme ça à l'époque… Oh ! En

fait je n'en sais rien. En tout cas, il ne m'a jamais donné la clé de son nouvel appartement, et je ne suis jamais arrivée chez lui à l'improviste. Sauf la dernière fois, grâce au concierge qui m'a reconnue et laissée entrer.

— Donc, il te trompait.

— Oui, mais tu dois comprendre que nous venions de très bas, et qu'il a été catapulté d'un coup dans un univers où il était devenu une idole. Un joueur qui marque des buts et qui fait gagner son équipe est adulé par tout le monde. À dix-neuf ans, il avait déjà des fans, des groupies, des adorateurs… Et pas de vie de famille pour lui mettre du plomb dans la tête.

— Tu es en train de lui trouver des excuses ?

— Pas du tout. Je dis juste que je comprends comment il a pu en arriver là. Et je me demande si je n'aurais pas dû l'aider à garder les pieds sur terre… Pour être franche, je n'ai même pas essayé. Nous ne nous voyions plus que rarement, entre ses entraînements, ses déplacements et ses matchs, et ma carrière dans l'armée qui avait débuté. Il était souvent seul avec ces filles qui se jetaient à sa tête. Il a fini par craquer.

— Tu t'en doutais donc bien avant d'en avoir la preuve, et tu ne l'as pas quitté ?

— Je me sentais coupable. Pas assez pour faire l'effort de vivre avec lui, mais assez pour ne pas l'abandonner. Je pense que j'attendais que ce soit lui qui décide de rompre. Je lui étais tout de même redevable…

— Tu aurais trouvé un autre moyen de financer tes études.

— Peut-être, mais il a préféré que je ne prenne pas le risque.

— S'il était aussi génial, pourquoi ne l'aimais-tu pas ?

— Je n'ai jamais dit qu'il était génial. Il était d'humeur changeante, irascible, comme son père. Et je l'aimais au début d'un amour d'adolescente. En fait, à part nos rêves de sortir de ce milieu, nous n'avions pas grand-chose en commun. C'était un footballeur brillant, mais ses sujets de conversation étaient superficiels. Il ne parlait que de foot ou de cinéma.

— Mais, quand tu as su qu'il te trompait, tu t'es quand même sentie coupable ?

— La culpabilité ne disparaît pas comme ça. Tu ne peux pas comprendre.

— Oh ! que si ! marmonna Fitz.

— Tu penses à ta mère et à ta sœur, ou à Janine ?

— Ah, on t'a parlé d'elle…

L'ambiance de la pièce était à présent aussi épaisse que si la poussière du désert avait pénétré à l'intérieur.

— Pas beaucoup. Mais tu intéresses pas mal de femmes sur le site de l'hôpital, et tu sais ce que sont les rumeurs… Il paraît que c'était un officier logistique et que vous étiez fiancés ?

Il ne répondit pas tout de suite.

— C'est compliqué.

— Fais-moi confiance, Fitz, raconte-moi.

Le silence pesa, si fort qu'elle crut étouffer.

Soudain, des cris, un brouhaha… Et la porte de l'entrée claqua, si fort qu'ils se levèrent tous les deux d'un bond.

Un homme âgé, flanqué de quatre autres, portait une jeune femme enceinte et ensanglantée qui hurlait.

Un long fragment de métal dépassait de son flanc.

12.

Ella s'approcha du groupe pour encourager les hommes à porter la blessée jusqu'à un banc.

— Va chercher l'interprète, Fitz !

— Inutile.

Il s'adressa à eux tandis qu'elle tentait de saisir quelques bribes de la conversation. Il réussit à les calmer, puis leur demanda d'allonger la jeune femme pour qu'elle puisse l'examiner.

Elle remarqua le visage crispé de Fitz.

— Que s'est-il passé ?

— Elle est enceinte de sept mois. La tempête les a surpris sur la route principale. Ils se sont arrêtés prudemment sur le bord pour attendre une accalmie, mais un autre véhicule, dont le conducteur avait visiblement perdu le contrôle, les a heurtés de plein fouet et a envoyé leur voiture rouler dans l'oued.

Se souvenant du trajet aller, elle pinça la bouche.

Le ravin était assez profond, la voiture avait pu faire au moins deux tonneaux. La victime avait-elle attaché sa ceinture de sécurité ?

— Elle souffre, et elle a peur pour le bébé, rapporta Fitz, d'une voix altérée par la douleur.

Surprise, elle scruta son expression hantée et en eut le cœur brisé.

Il était trop pâle pour que ce soit dû à l'état de cette jeune femme… Mais elle n'avait pas le temps de s'attarder sur ses états d'âme.

— Peux-tu demander à l'un des hommes d'aller jusqu'au bâtiment principal prier Jools de nous rejoindre avec ma trousse médicale ?

— J'y vais moi-même, on ne va pas envoyer quelqu'un dehors par ce temps.

— Non ! J'ai besoin de toi pour traduire.

Il se dirigea vers la porte comme s'il n'avait pas entendu.

— *Fitz !* Colonel Fitzwilliam !

Il jeta un regard éperdu par-dessus son épaule puis se tourna vers elle tel un automate.

— Tu ne peux pas y aller, tu comprends ? Tu dois m'écouter, il s'agit d'une urgence médicale.

On l'aurait dit changé en statue de sel. Avait-il au moins enregistré ses paroles ? Enfin, il parut se ressaisir.

— Oui, major.

Il se tourna vers les hommes pour leur transmettre les instructions. Deux d'entre eux se portèrent aussitôt volontaires et sortirent. Manifestement, le plus gros de la tempête était passé, même si cela ne signifiait pas qu'ils étaient tirés d'affaire.

Soulagée, elle regarda la jeune blessée et se tapota la poitrine.

— Je m'appelle Gabriella.

La jeune femme comprit aussitôt.

— Roshan.

Même si ce n'était pas grand-chose, elle se félicita qu'on lui ait enseigné quelques rudiments de la langue.

— Colonel, pouvez-vous demander aux hommes de vous raconter l'accident en détail pendant que j'interroge Roshan de mon côté ?

Fitz obéit, mais il semblait toujours aussi choqué.

Qu'est-ce qui le mettait dans cet état ? Et pourquoi en était-elle si affectée ? Malgré la barrière qu'il avait érigée entre eux, serait-elle en train de tomber amoureuse de lui ?

En tout cas, elle aurait voulu l'aider, mais elle n'en avait pas le temps.

Repoussant ses préoccupations personnelles, elle

demanda à Roshan où elle avait mal et si elle avait perdu du sang. Elle procéda à un examen complet sans tenir compte du fragment de métal planté dans son abdomen, sachant que la blessure la plus évidente n'était pas forcément la plus grave.

Au moment où elle terminait, Jools entra, sa trousse à la main, accompagnée de l'interprète.

— Que comptes-tu faire ? demanda l'infirmière.

— Rien pour le moment. Impossible d'être sûre de quoi que ce soit simplement à l'examen. Elle respire, elle parle, elle effectue normalement certains gestes, mais je dois m'assurer qu'il n'y a pas de lésion au cou ou à l'épine dorsale.

— Ce n'est pas bon qu'elle reste allongée sur le dos, n'est-ce pas ?

— Non. Chez les femmes enceintes, surtout à ce stade, la compression utérine sur la veine cave inférieure et l'aorte peut aggraver le choc. Mais, avant de la tourner sur le côté gauche, il faut que j'évalue si le métal est enfoncé profondément.

— Bien. Bonne chance. J'y retourne, on a besoin de moi là-bas.

Quand Jools fut sortie, elle fit signe à Fitz, dont le visage s'était encore assombri. Elle le fixa en silence, attirée par les profondeurs obscures de son regard, puis se secoua.

— Fitz, peux-tu aller chercher dans l'ambulance un kit, un tensiomètre, des couvertures et un tissu quelconque qui puisse servir d'écran ? Merci.

Elle se retourna vers la jeune femme.

— Nous allons nous occuper de vous, Roshan.

Inutile de lui donner de faux espoirs. Bien qu'il n'y ait aucun signe d'hémorragie, ni de l'utérus ni de la plaie, elle ignorait ce qui se passait à l'intérieur de son corps. Le premier examen semblait rassurant, mais le métal pouvait avoir atteint directement le fœtus, déchiré le placenta, endommagé des organes ou provoqué une hémorragie interne.

Quand Fitz revint avec le matériel, elle avait mesuré le pouls, qui était régulier. La blessée n'était ni pâle ni moite, et sa façon de raconter son histoire indiquait qu'elle avait l'esprit clair.

— Et maintenant ?

Fitz venait de surgir juste derrière elle, la voix anormalement tendue.

— Il semblerait qu'elle ne soit pas en état de choc hypovolémique, et elle ne se plaint d'aucune douleur abdominale, même au niveau de la blessure. Je ne peux qu'espérer que la plaie soit moins profonde que je ne le redoutais, mais nous devons être prudents pour la déplacer.

— Tu veux la déplacer ?

— Oui, pour procéder à un second examen et vérifier que le bébé va bien. Il faut l'emmener à notre hôpital, celui de Razorwire est trop éloigné.

— Si l'enfant est vivant, tu devras faire une césarienne pour le sauver ?

— Pas nécessairement. De toute façon, nous ne disposons encore ni de couveuses, ni même de générateurs. Mais il est trop tôt pour se prononcer.

Elle sortit le moniteur fœtal de sa trousse et, les yeux rivés à l'écran, s'apprêta à écouter les battements du cœur du bébé.

Elle eut une heureuse surprise : le rythme cardiaque était un peu plus lent que la normale, mais vigoureux et régulier.

Elle cliqua pour imprimer le tracé et ôta les écouteurs pour que la maman puisse entendre.

Celle-ci éclata aussitôt en sanglots.

— Il vit ! s'écria Fitz.

— Oui. Apparemment, il n'est pas en danger.

— Donc tu laisses ce morceau de métal *in situ* ?

— Je préférerais, oui. Pour l'instant il ne semble pas causer de problème, et nous serons mieux équipés à l'hôpital si quelque chose tourne mal.

— Que faisons-nous, alors ?

— Nous nous assurons que tous les autres vont bien.

— C'est fait. Jools et ton équipe les ont emmenés dans le bâtiment d'en face, et tout est calme à présent. Les blessés seront examinés. Le seul véhicule endommagé est celui qui les a heurtés ; la passagère paraît indemne, mais son mari souffre d'une plaie à la tête que Jools voudrait que tu regardes.

— D'accord…

Elle lutta pour émerger de l'abîme obscur de ses yeux. Pour ne pas se noyer.

Cet homme ne lui proposerait jamais de passer sa vie avec lui. Non qu'il ne le veuille pas, mais il était persuadé d'en être incapable. Il avait beau prendre ses responsabilités dans sa vie professionnelle, il paraissait atteint pour le reste d'une obsession ridicule : la conviction qu'il détruisait les autres.

— Pourquoi étais-tu si troublé tout à l'heure, Fitz ?

— Pour rien.

— D'accord. Je ne dois pas insister, c'est ça ?

— Rien qui te concerne, en tout cas.

— Dès que ça te touche, je me sens concernée.

Elle venait de faire le rapprochement qui s'imposait : ainsi, Fitz culpabilisait aussi pour l'accident de Janine ! Pourtant, sa responsabilité n'était pas engagée puisqu'ils n'appartenaient pas au même corps, Janine faisant partie de l'unité logistique.

Le pire, c'était qu'il refuse de se confier à elle. Elle savait qu'elle n'avait aucun droit d'exiger qu'il lui accorde sa confiance, mais elle en souffrait. Et si elle était la seule à pouvoir lui offrir la planche de salut dont il avait besoin ?

Assis à sa table de travail, Fitz ruminait les événements de la journée.

Durant tout le trajet du retour, il avait hésité entre le soulagement et la frustration. Il était plus à son aise seul dans l'habitacle exigu du 4×4, puisque Ella surveillait

Roshan dans l'ambulance, mais en même temps il regrettait qu'elle ne l'accompagne pas, car elle était la seule à pouvoir calmer ses nerfs à vif.

Quand Ella avait mentionné Janine, il avait éprouvé un choc, et il avait été surpris de ne pas se mettre en colère. Au contraire, il avait ressenti un besoin impérieux de lui raconter l'histoire. À leur arrivée à l'hôpital, il avait été déçu de la voir disparaître avec sa patiente sans un regard pour lui. Pourtant, il lui était reconnaissant d'avoir sauvé à la fois la vie de la mère et celle de l'enfant qu'elle portait.

Un peu comme si cela rachetait la mort du bébé de Janine…

Un coup frappé à sa porte le tira de ses sombres pensées, et Ella entra. En dépit du sourire qu'elle arborait, il lut la tension sur son visage.

— J'ai pensé que ça te rassurerait d'apprendre que la mère et l'enfant se portent bien. J'ai fini par retirer le bout de métal, qui s'était miraculeusement enfoncé entre les organes sans en toucher aucun. L'opération s'est bien déroulée, et j'espère que Roshan pourra mener sa grossesse à terme.

— Quelles chances a-t-elle ?

— Si elle passe la nuit sans complications, je serai optimiste. Les générateurs arrivent dans quelques jours, et les couveuses suivent. Si elle tient le coup jusque-là, tout ira bien.

— Tu dois être épuisée. Merci d'être venue me donner des nouvelles.

— Pas seulement. Je croyais que tu avais quelque chose à me raconter ?

Il était partagé : avait-il envie d'en parler tout de suite, n'était-il pas préférable de remettre son récit à demain ?

— Et si tu prenais un peu de repos d'abord ? En tout, tu as dû dormir environ dix heures, ces derniers jours.

— C'est vrai…

Mais il la sentit hésiter, comme si elle allait ajouter

quelque chose. Finalement, elle baissa les yeux et se dirigea vers la porte.

Il devrait la remercier de ne pas insister…

— Au moment de l'accident, j'étais fiancé à Janine, annonça-t-il d'un trait.

Ella se figea, la main sur la poignée. Très lentement, elle retira ses doigts sans tourner la tête vers lui.

— Oh ! depuis très peu de temps ! Ce n'était pas exactement prévu, mais… il y avait un bébé en route.

Elle le regarda par-dessus son épaule.

— Je ne comprends pas.

Bien sûr. Lui non plus, il n'avait pas compris. Tout était arrivé si vite…

— Je l'avais rencontrée à Sandhurst. Elle était gentille et généreuse, le genre de fille qui aurait dû me plaire. Que j'aurais dû aimer. Elle avait le sens de l'armée, elle m'aimait, et je voulais lui rendre son amour.

Ella s'approcha de la table.

— Que veux-tu dire ?

— Que je n'y parvenais pas. Je l'aimais bien, mais je n'étais pas amoureux d'elle. Je suis assez particulier, Ella : je suis incapable de sentiments.

— Je ne te crois pas. Vous n'étiez pas faits l'un pour l'autre, c'est tout.

— Non, ce n'est pas ça… Je n'étais tout simplement pas présent quand nous étions ensemble. Je suis aussi égoïste que mon père.

Il vit la surprise et l'incrédulité passer sur son visage.

— Mais tu n'es pas ton père ! Comment peux-tu penser une chose pareille ?

Cette foi qu'elle lui témoignait faisait faiblir sa résolution d'aller jusqu'au bout, mais il devait poursuivre. Elle savait que son père était cruel et violent, elle comprenait qu'il se sente coupable de l'accident, et elle lui trouvait des excuses. Mais elle ignorait tout de son comportement avec Janine.

Il lui devait la vérité, cette vérité difficile et complexe.

— Ella, je ne mérite pas ton indulgence. Tu me crois bon, mais tu te trompes.

— Fitz…

Il se leva.

— Non. Tu me prends pour un type bien, comme mes collègues et mes hommes, mais tout le monde se trompe sur mon compte. Ici, je suis celui que j'aspirerais à être : j'aime ce que je suis, ce que je fais, l'influence que j'ai sur mes soldats. J'ai tout misé sur ma carrière.

— Je le sais bien…

— Mais dans le privé, coupa-t-il, je suis lamentable. J'ai pourtant essayé de m'améliorer…

— C'est faux. La première nuit, j'ai connu un type bien. Ce sont les démons de ton passé qui t'aveuglent. Tu t'es engagé quelques semaines après le drame, et l'armée t'a permis de vivre une nouvelle vie, de te réinventer. En un sens, c'était ce que tu pouvais faire de mieux. Mais tu as omis une étape essentielle : tu n'as pas pris le temps de faire ton deuil. C'est pourquoi, chaque fois que tu rentres chez toi, tu te retrouves au même point. Jusqu'à ce que tu lâches prise, tu ne tourneras pas la page.

Il aurait tellement voulu la croire… Mais il n'avait pas fini.

Il inspira à fond.

— Ella, laisse-moi parler, veux-tu ? Il faut vraiment que tu m'écoutes…

Au moment où il contournait la table pour s'approcher d'elle, on frappa à la porte.

— Entrez !

— Colonel, nous avons un message du major Howes. L'une de ses sections est en difficulté dans la vallée du Zenghar. Le tremblement de terre a compliqué les choses.

Il reprit aussitôt ses esprits. Pour que Carl fasse appel à lui en urgence, c'était sérieux.

— À cause du pont qui doit relier la voie ferrée à l'hôpital ?

— Oui, monsieur. Les secousses ont déstabilisé le

terrain et, selon le major, de nombreux autochtones vivent juste en dessous.

Il en eut froid dans le dos.

Les risques de glissements de terrain étaient déjà suffisamment importants dans la région en temps normal…

— Je vois. Si jamais le sol cède, il risque d'y avoir de gros dégâts, murmura-t-il comme pour lui-même.

— Exact, colonel.

— Appelez-moi la brigade, caporal.

— Ils sont déjà en ligne, monsieur. Dans la salle OPS.

Sans hésiter, il se rua derrière le jeune soldat, puis il se souvint qu'Ella était toujours dans la pièce.

Il se tourna d'un coup.

— Nous parlerons plus tard, Ella.

— Oui. Ne t'inquiète pas. Vas-y.

Il sortit sans un regard en arrière.

13.

— Parfait, nous avons bien travaillé.

Tout en se débarrassant de ses gants dans la salle d'opération, Ella félicita son équipe avec enthousiasme.

— Trois interventions à la file, qui se sont toutes déroulées mieux que nous ne l'avions prévu. Du bon boulot, les gars !

Le fait de travailler avec Fitz sur le site ces derniers temps lui avait ouvert les yeux. Dans un tel environnement, c'était inévitable de faire connaissance presque intimement : ils vivaient, mangeaient, travaillaient ensemble. Impossible de s'échapper une minute, de sortir pour se distraire. En y réfléchissant, elle avait dû passer plus de journées avec Fitz qu'avec Stevie ces cinq ou six dernières années… Et elle préférait de loin l'homme qu'il était à celui que Stevie était devenu. Elle avait envie de l'aider, de le convaincre qu'il avait besoin d'elle. Elle était certaine que le lien affectif qu'elle ressentait avec lui était réel.

Non, il n'y avait pas entre eux *que* du sexe !

Elle se lava les mains en écoutant bavarder ses collègues.

C'était agréable d'être de nouveau d'humeur légère après ces deux derniers jours. La tempête avait causé des dégâts dans les villages, et les blessés affluaient, mais il semblait que le rythme des entrées ralentissait…

Pourtant, quand elle pénétra dans la salle pour un tour d'horizon, le bourdonnement sourd et tendu des voix lui fit aussitôt comprendre que quelque chose clochait.

Elle avisa Jools, entourée d'un petit groupe.

— Que se passe-t-il ?

— Un glissement de terrain dans la vallée du Zenghar. Ce séisme que nous avons ressenti l'autre jour était plus proche que nous ne l'avions cru, et il a dû provoquer un affaissement du sol. Razorwire envoie nos équipes de sauveteurs, mais il y a déjà au moins soixante-trois morts.

Elle sentit un frisson glacé lui courir sur l'échine.

C'était là-bas que ce pont en construction posait problème…

— Le colonel Fitzwilliam est parti rejoindre le major Howes.

Jools hocha la tête et lui jeta un regard sombre.

— Oui. Les gars du génie ont été coincés, eux aussi. Il paraît qu'ils ont quelques blessés, on n'a pas plus de détails.

Ella traversa la pièce sur des jambes en coton, entra dans un box fermé par un rideau et s'écroula sur la chaise à l'abri des regards indiscrets, craignant que son cœur ne cesse de battre.

Le moment était mal choisi pour prendre conscience du sentiment qu'elle éprouvait pour Fitz. C'était comme si elle avait enfin trouvé la pièce manquante du puzzle de sa vie, et à présent la crainte qu'il ait été blessé — ou pire — venait de faire exploser cette pièce à l'intérieur d'elle, confirmant son hypothèse.

Quand était-elle tombée amoureuse de lui ?

Certainement dès le premier soir, quand il l'avait secondée avec compétence pour traiter cette crise d'épilepsie, et plus tard, lorsqu'il lui avait confié comment sa mère et sa sœur étaient mortes et qu'elle avait entrevu sa vulnérabilité. Dès le début, elle avait été fascinée par son assurance, sa détermination, son autorité, et en même temps émue par sa gentillesse et sa sensibilité.

Dire qu'elle avait failli le laisser échapper au prétexte que sa rupture était trop récente pour qu'elle sache où elle en était… En fait, parce qu'elle croyait ne pas mériter un véritable amour !

Il était temps de commencer à écouter son cœur.

Elle bondit de la chaise, souleva le rideau et sortit du box, si vite que Jools l'évita de justesse.

— Ella ? Où cours-tu ainsi ?

— Je vais parler au colonel Duggan, cria-t-elle par-dessus son épaule. Ils ont besoin de médecins sur place. Je serai plus utile là-bas.

— Super ! s'écria Jools en accélérant le pas pour la rattraper. Dis-lui qu'ils peuvent aussi compter sur moi !

— Ça ira, docteur, grommela Fitz en dégageant son bras. Ce n'était rien de grave.

— Colonel, vous avez besoin de soins, insista le jeune médecin penché sur lui. Vous avez beaucoup forcé, à retirer seul des décombres de nombreuses victimes. Votre organisme est à bout, et je crains des blessures internes.

Fitz s'assit sur le brancard de fortune.

Il devait admettre que ce gars-là était courageux. Il avait beau n'être que première classe, il savait que son métier lui donnait autorité sur un colonel.

Il réprima un sourire admiratif.

— Rappelez-moi de signaler à votre chef que vous méritez une promotion, *caporal*, bougonna-t-il.

— Merci, monsieur.

— Bien. Maintenant que vous m'avez recousu, laissez-moi rejoindre mes hommes.

— Colonel, vous comprenez que vous devez être évacué sur Razorwire ? Vous ne supporteriez pas un effort physique supplémentaire.

Fitz détourna les yeux vers l'hélicoptère qui atterrissait.

— Il y a des blessés plus atteints que moi à transporter en priorité. Je marche, je parle et je vais bien.

— Je vous répète que ce n'est pas prudent. Il vous faut faire des examens…

Il lui jeta un regard impérieux.

— Et moi, mon garçon, je vous répète que je me porte

comme un charme et que mes hommes m'attendent. Ils ont besoin de moi, vous m'entendez ? tonna-t-il.

— Oui, monsieur, balbutia le jeune médecin. Pourtant…

Mais Fitz n'écoutait plus : il fixait une silhouette féminine qui débarquait de l'hélicoptère.

Ella ? Impossible ! Ce ne pouvait pas être elle !

Il bondit du brancard et traversa le terrain en évitant les décombres.

— Qu'est-ce que tu viens faire ici, bon sang ?

— Contente de vous voir, colonel. Inutile d'aboyer.

Il se força à baisser la voix.

— Tu ne peux pas rester ici !

Brusquement, il était saisi d'une frayeur invraisemblable, qui chassait toutes ses autres préoccupations. Il se sentait proche de la panique, il était en train de perdre sa maîtrise de soi. Exactement comme quand il avait enfin écouté les messages terrifiés de sa mère…

Bon, il ne supportait pas l'idée que quelqu'un qui comptait pour lui soit blessé. Parce que, finalement, il devait admettre qu'Ella comptait pour lui, même s'il n'avait pas envie de creuser la question pour parvenir à l'inévitable conclusion.

Il n'aspirait qu'à une chose : la renvoyer d'où elle venait, là où la montagne ne risquait pas de s'écrouler encore à chaque seconde. Cette vallée était traîtresse, il pouvait y avoir une réplique du séisme à tout moment.

Mais Ella n'était pas sous ses ordres… Ce qui était plutôt un bien, en un sens, car sinon toute relation intime leur eût été interdite.

— Je suis médecin urgentiste, et nous sommes sur un site de catastrophe, répondit-elle. Où voudrais-tu que je sois ?

Elle semblait très calme, mais il perçut le tremblement de sa voix.

— Et tes patients de l'hôpital ?

— On me remplace auprès d'eux. Ma place est ici, c'est le colonel Duggan qui m'envoie.

— Mais c'est très dangereux ! s'exclama-t-il malgré lui.

— Et c'est notre travail.

Elle avait parlé d'une voix douce, en dépit de sa posture très droite et de sa mâchoire crispée.

Il reconnaissait la femme qu'il avait admirée le premier soir pour sa détermination. Ils restèrent silencieux quelques instants, et il eut l'impression que tout disparaissait autour d'eux, le chaos, le fracas, la poussière… Ils étaient seuls au monde.

À ce moment précis, il s'autorisa à admettre la vérité : il l'aimait.

Il fallait qu'il le lui dise, à cette femme belle et adorable, qui voyait toujours le bon côté des choses, avec sa volonté de fer et son esprit brillant. Elle était sa nourriture, son air. Après sa première nuit avec elle, il avait cru étouffer, jusqu'à ce qu'il la revoie. Jamais il n'avait ressenti un tel besoin d'être avec quelqu'un. Il ne se lasserait jamais d'elle, qui avait éclairé d'une vive lumière les profondes cavernes de son âme. L'idée de la perdre lui nouait les entrailles…

Cependant, le lieu et le moment étaient mal choisis pour lui avouer son amour. Elle avait raison, leur place à tous les deux était ici. Ils avaient préféré cette vie aventureuse qui les passionnait, et c'était ce qui importait pour l'instant. Le rôle d'Ella en tant que médecin d'urgence était vital.

Tout à coup, il reprit conscience du bruit et du chaos qui les entourait.

Il inspira à fond et mit sa peur et ses doutes de côté.

— D'accord. Mais, tant que nous ne serons pas rentrés à l'hôpital, je suis responsable de ce site, et tu es sous mon commandement. Compris ?

Ella baissa la tête en signe de soumission, bien qu'un léger sourire flottât sur ses lèvres.

— Parfaitement, colonel. De combien de tentes disposez-vous ?

— Trois, pour le moment.

— Bien. Où voulez-vous m'envoyer ?

Il jeta un coup d'œil circulaire pour évaluer l'espace.

À quelques centaines de mètres de l'hélicoptère se trouvait une zone sûre où l'on pouvait transporter les blessés pour effectuer le triage, déterminer s'ils devaient être évacués ou pouvaient être soignés sur place.

Il la lui désigna.

— Installe-toi là-bas.

— D'accord.

Elle ramassa son sac et alla aider à décharger le matériel.

Il la suivit du regard, envahi par un sentiment de fierté.

Visiblement, elle était appréciée et respectée de tous… Et elle avait réussi à réunir les fragments de son cœur en miettes, avec tant d'habileté qu'il avait peine à se souvenir à quel point il avait été brisé.

Jusque-là, il n'avait parlé de l'accident qui avait frappé sa famille qu'à trois personnes : au thérapeute qu'on l'avait forcé à voir la première semaine, au psychologue de l'armée quand il s'était engagé, et à Janine, qui l'avait questionné après que le colonel Billings l'eut informée du drame figurant dans son dossier. Toutefois, à aucun il n'avait donné de détails.

Tous trois lui avaient répété qu'il n'était pas responsable, sans résultat. Ella était la seule à lui avoir fait comprendre qu'il n'aurait rien pu faire. Qu'il ne pouvait pas savoir que son père resurgirait du néant au bout de trois ans et que, même s'il s'était précipité chez lui au premier appel, il n'aurait pas pu changer le cours des événements. Elle lui avait permis d'admettre que le seul être à blâmer était son père, et qu'il était temps pour lui d'aller de l'avant.

Pendant près de vingt ans, il s'était voué corps et âme à sa carrière pour ne pas penser au naufrage qu'était sa vie privée. Mais le mur qu'il avait érigé avait beau être solide, Ella y avait ouvert en quelques mois des brèches assez larges pour qu'il soit sûr à présent de pouvoir le franchir sans dommage. Il pouvait enfin regarder l'avenir d'un point de vue nouveau. Un avenir incertain, mais où il serait avec elle.

Il lui suffisait de l'en convaincre.

Oh ! Il était capable d'attendre… Un jour, une semaine, un mois, jusqu'à ce qu'ils aient l'occasion de se retrouver en tête à tête. Elle méritait de savoir qu'elle était spéciale et unique, qu'il n'envisageait pas le reste de son existence sans elle et que ce qu'ils vivraient ensemble ne serait pas temporaire.

Ella se retourna sans crier gare, comme si elle avait lu dans ses pensées. Cette sorte de lien instinctif qui se tissait entre eux depuis ce premier soir…

— Qu'y a-t-il, colonel ?

Il n'entendait pas sa voix, mais il lut sur ses lèvres. Il ne put s'empêcher de répondre, même si ses paroles étaient destinées à se perdre au milieu du chaos.

— Rien, dit-il en souriant. Ou, plutôt, tout.

Un instant, elle le fixa, comme pour s'assurer qu'il pensait ce qu'il disait. Elle l'avait donc entendu… Puis elle le gratifia d'un sourire si chaleureux qu'il semblait refléter le soleil.

Son Ella ! Il serait heureux de passer le restant de ses jours dans ce halo de bonheur qui irradiait d'elle. Et il était prêt à consacrer le reste de sa vie à la chérir, l'admirer et l'aimer comme elle le méritait.

14.

Des hourras retentirent quand ils dégagèrent enfin de sous la coulée une autre fillette, sale et à bout de forces, mais vivante. Fitz souleva le petit corps agrippé à lui et avisa Ella qui courait vers eux. Elle aussi semblait éreintée.

— Par ici ! Nous avons installé une aire de soins supplémentaire… Et, après, repose-toi un peu. Quand as-tu mangé pour la dernière fois ?

— Et toi ?

Il la suivit tandis qu'elle soulevait la corde qui barrait l'accès à la zone de soins, pour éviter que les proches des victimes, avides de nouvelles, ne s'agglutinent autour d'elles.

Lorsqu'ils entrèrent sous la tente, la fillette avait été amenée par son équipe, et sa mère pleurait de soulagement à son chevet.

Ella se précipita pour l'examiner.

Il y avait environ vingt heures qu'ils avaient sécurisé le site et commencé à trouver des victimes à dégager, réclamant le silence au moindre bruit repéré. Ils découvraient encore des survivants, mais la liste des morts s'allongeait à mesure que les corps étaient retirés du plus profond…

Il savait qu'il aurait dû obliger les volontaires locaux à prendre une pause au bout de trois heures maximum, et en profiter pour les interroger sur ce qu'ils avaient vu. Ses hommes pouvaient travailler plus longtemps à la suite, mais la tâche devenait de plus en plus démoralisante.

Il se passa une main sur le visage.

— Je t'ai demandé si tu t'étais un peu arrêtée, Ella.

Elle releva la tête.

— Je viens de le faire, en fait.

— C'est vrai ? Tu veux dire que quelqu'un t'y a forcée !

Son expression piteuse répondit pour elle.

— Mais toi, tu as besoin de souffler et d'avaler quelque chose.

— Dès que les renforts arriveront. Nous attendons deux sections supplémentaires envoyées par le major Howes et l'escadron du major Richards.

Elle fronça les sourcils.

— Ils devraient déjà être là...

— Tu as raison. J'espère qu'il n'y a pas eu de glissement de terrain de l'autre côté de la vallée. Il faut que j'aille me renseigner.

— Attends une minute, Fitz. J'ai terminé avec cette fillette pour l'instant, je veux vérifier que tes sutures tiennent. Je suis étonnée qu'elles n'aient pas encore craqué.

— Est-ce un ordre médical, major ?

— Oui. Je vais chercher du matériel sous l'autre tente.

Elle sortit en souriant, et il s'assit sur le bord d'un lit, prêt à ôter son pansement.

— Fitz ? C'est toi ?

Il se raidit. La voix de... de Janine ! Comment était-ce possible ?

Il s'attendait à éprouver la culpabilité familière, mais à sa grande surprise il ne ressentit rien de tel. Et, soudain, la vérité lui apparut : quand il avait rencontré cette fille douce, deux ans à peine après l'accident, la solitude lui pesait tant qu'il s'était persuadé qu'elle pourrait le sauver de sa peine. Mais Janine attendait un homme fort pour la soutenir contre son père autoritaire, elle était trop fragile pour l'aider à se reconstruire. Il n'était pas l'homme qu'elle cherchait, et elle n'était pas... Ella.

— Contente de te voir ! dit Janine en reprenant son souffle.

Remarquant sa pâleur et son air angoissé, il oublia aussitôt ses vieux démons.

— Janine ? J'ignorais que ton unité était ici.

— Nous apportions des générateurs à un hôpital en cours de reconstruction quand un éboulement nous a brusquement coupé la route.

— Des blessés ?

— Deux 4×4 ont dévalé le ravin, mais nous avons eu de la chance : nous nous en sommes tirés avec des hématomes et des bosses. Le convoi du génie nous suivait, je pense que personne n'a été touché non plus.

— Les renforts que nous attendions…

Elle hocha la tête.

— Ils sont restés là-bas pour dégager la voie. Ils étaient mieux équipés que nous, et nous devions absolument remettre ces générateurs très vite, parce que le prochain convoi apporte des couveuses et un appareil d'IRM.

Et surtout, se dit-il, parce que l'ancien groupe électrogène trop souvent réparé risquait de tomber en panne à tout moment, privant l'hôpital entier de courant.

Une idée le frappa. Il se figura mentalement le trajet et se leva.

— Si le major Howes est occupé, il faut que je vous accompagne jusqu'au site.

— Inutile, il m'a assuré qu'il nous suivrait de près.

— Ce n'est pas si simple. Il y a un pont à passer. Nous l'avons déjà vérifié, mais avant le séisme. Si jamais il a été affaibli, il risque de s'effondrer sous le poids de vos véhicules lourds.

— Dans ce cas, merci, Fitz.

Le soulagement de Janine était évident.

Au moment où il se dirigeait vers la sortie, la voix d'Ella l'arrêta.

— Et votre bras, colonel ?

Il se retourna : elle était immobile au fond de la tente, des paquets à la main. Elle avait sans doute entendu la plus grande part de la conversation.

Il hésita une seconde.

Il aurait aimé lui expliquer que cette mission comportait

un élément personnel : escorter Janine était peut-être le moyen de se racheter de ses erreurs passées et de soulager sa conscience. De tourner la page définitivement pour que leur avenir ensemble soit plus prometteur. Mais, comme il manquait de temps, il devait tâcher de faire passer le message dans des propos d'ordre pratique.

Il se tourna vers Janine.

— Il faut te faire examiner. Le major Caplin va s'en charger. Pendant ce temps, je rassemble une équipe.

Il devait aussi prier Carl d'envoyer l'une des deux sections pour aider aux sauvetages.

— Pardonnez-moi d'insister, colonel, mais je dois vérifier vos sutures *d'abord*.

Il fit un signe de dénégation. Plus tôt il aurait terminé sa mission, plus vite il pourrait songer à leur avenir.

— Elles tiennent, mon bras va très bien. Je dois partir tout de suite. Examinez le major Billings, je vous prie. Ensuite, remballez vos affaires et rentrez à l'hôpital avec votre équipe. Ne m'attendez pas.

L'expression du visage d'Ella lui noua l'estomac.

Il venait encore de la blesser, et cette fois malgré lui. Pour s'expliquer, il devrait patienter jusqu'à son retour à l'hôpital, où ils auraient enfin une conversation décisive. À moins qu'elle ne soit pas d'accord…

Dans ce cas, il serait forcé de respecter son choix et de la laisser partir.

Ella fixa un long moment la toile épaisse de l'entrée de la tente après la sortie de Fitz.

« Ne m'attendez pas. »

Il avait dû vouloir lui signifier quelque chose, elle en était sûre. Ses paroles contenaient un message.

Puis elle se retourna vers le major Billings avec un sourire professionnel.

Bizarre, cette femme était en train de l'étudier avec

attention. Encore une admiratrice du colonel Fitzwilliam, certainement.

— Pouvez-vous vous asseoir sur le lit, major ?

— Appelez-moi Janine.

Elle eut l'impression de recevoir un coup de poignard en plein cœur.

Tout s'expliquait ! Fitz était encore amoureux de cette femme. Il venait de la choisir, et elle-même passait de nouveau au second plan, comme avec Stevie.

Bien entendu, Fitz ne lui avait rien promis. Dès le début, il l'avait prévenue qu'il ne cherchait pas de relation sérieuse. Elle s'était figuré qu'il avait établi cette règle faute d'avoir trouvé la femme qui l'aiderait à surmonter son traumatisme, et qu'elle était justement cette femme. Quelle idiote… Pendant tout ce temps, il ne pensait qu'à cette Janine.

« Ne m'attendez pas. »

Soit. Même si c'était douloureux, elle allait obéir. Fitz ne voulait pas d'elle, c'était on ne peut plus clair. Elle allait ranger son matériel et passer les derniers jours de sa période de service à Razorwire avant de rentrer à Londres. L'hôpital n'avait plus besoin d'elle, le nouvel escadron et la relève étaient arrivés. Elle n'y retournerait pas tant que Fitz y serait. Ce serait insupportable de travailler à côté de lui.

Janine lui jeta un regard scrutateur.

— Vous savez qui je suis ?

— Pas vraiment.

Les épaules de la jeune femme s'abaissèrent, comme si elle était vaincue.

— C'est clair, il vous aime vraiment…

Malgré elle, Ella émit un petit rire.

— Ça m'étonnerait !

— Comment, vous ne vous en êtes pas aperçue ? Je l'ai senti dès qu'il vous a vue.

Janine parlait d'une voix douce, empreinte de nostalgie.

— J'aurais donné n'importe quoi pour qu'il me regarde

une seule fois comme il vous a regardée. Je vous assure qu'il vous aime.

Ella considéra la jeune femme, déconcertée. Pourquoi celle-ci lui donnait-elle de faux espoirs ? Ce serait encore plus douloureux quand elle aurait la preuve que c'était faux… Et pourtant elle se prenait à la croire.

— Ce n'est pas de l'amour. Du moins, pas de sa part.

Les mots avaient jailli sans qu'elle ait réfléchi.

À sa grande surprise, Janine sourit.

— Vous a-t-il parlé du bébé ?

Comment répondre ?

— Euh… Un peu.

La jeune femme hocha la tête d'un air entendu.

— Ah. Preuve qu'il vous fait confiance. Il n'a jamais raconté cette histoire à personne. D'ailleurs, je pense qu'il n'a jamais parlé de nous.

Ella se sentait gênée à présent, comme si elle se mêlait d'une affaire qui ne la regardait pas.

— Il n'est pas entré dans les détails.

Janine la gratifia d'un autre sourire triste.

— C'est tout à fait son genre. Mais le fait qu'il se soit ouvert à vous devrait vous faire comprendre à quel point il vous estime. Vous a-t-il aussi parlé de sa famille ?

Ella hésita. Elle se sentait déloyale vis-à-vis de Fitz et avait le sentiment qu'elle devrait mettre un terme à cette conversation. Pourtant, une partie d'elle-même ne pouvait se taire. Quand Fitz lui avait assuré qu'elle était la première personne à qui il se confiait, elle s'était sentie spéciale, unique. Mais il avait menti.

— Je… Je sais que sa mère et sa sœur sont mortes dans un accident de voiture.

Janine fronça les sourcils.

— Son père aussi, le pauvre homme. Fitz a dû être anéanti d'avoir perdu toute sa famille en un instant, mais il n'a jamais évoqué ce moment.

Ainsi, Janine ignorait que ce père était un alcoolique qui

maltraitait sa femme, et qu'il conduisait en état d'ivresse le soir du drame ?

— Avec vous, si, pourtant, avança-t-elle prudemment, les yeux baissés pour poursuivre son examen médical.

— Je l'ai un peu forcé. Mon père… Il était colonel, à l'époque. Quand il a su que j'étais enceinte, il m'a parlé de cet accident et m'a conseillé d'oublier Fitz. Selon lui, ce garçon était un détraqué.

« Détraqué ». C'était ainsi que Fitz s'était décrit à plusieurs reprises.

— Et vous, le lui avez-vous dit ?

Janine baissa la tête, visiblement honteuse.

— Je n'aurais pas dû, je sais. Mais je venais de perdre mon bébé. J'étais malheureuse, et blessée qu'il ne semble pas s'en soucier. Bien entendu, c'était compréhensible, il n'y avait que quelques heures qu'il savait que j'étais enceinte. Il n'était sans doute pas encore habitué à l'idée.

— Comment ça, quelques heures ?

— Il ne vous a pas raconté ?

— Il m'a dit que vous étiez enceinte de trois mois et qu'il n'aurait pas dû vous laisser partir avec ce convoi. Qu'il aurait dû prévenir quelqu'un et s'assurer qu'on vous renvoie chez vous. Il se sent responsable de la perte du bébé.

— C'est vrai ? Comment aurait-il pu l'être ? Je lui avais annoncé ma grossesse le matin, juste avant mon départ. Il était choqué, mais il avait immédiatement proposé de m'épouser. Mon convoi devait revenir le soir même, et je repartais le lendemain pour le Royaume-Uni. Je comptais annoncer notre mariage à mes parents.

Ella secoua la tête.

— Il ne m'a pas raconté ça.

Bien qu'encore réticente, elle digérait ces révélations, les comparait au récit de Fitz, et mesurait à quel point il avait pu être bouleversé. Lui qui portait déjà le poids de sa culpabilité et de son sentiment d'impuissance depuis le drame de son adolescence…

Si elle l'aimait, elle trouverait un moyen de lui prouver

qu'elle ne l'abandonnerait jamais. Elle lui accorderait le temps qu'il faudrait pour l'accepter.

— Il est persuadé qu'il a trahi votre confiance, Janine.

Elle-même avait l'impression de trahir celle de Fitz, mais elle ne pouvait s'empêcher d'avoir de la peine pour cette fille, peut-être sûre d'elle en tant que major, mais qui semblait un peu naïve, pas très mûre pour son âge. Si quelqu'un pouvait lui dire la vérité sur Fitz, c'était elle.

— Ah ? vraiment ? C'est moi qui ai voulu me séparer de lui, après… l'accident.

Elle baissa la tête.

— En fait, je me suis un peu servie de lui. Je n'en suis pas fière, mais j'avais vingt-deux ans, et surtout envie d'échapper à mon père. Je trouvais Fitz fort et déterminé, et je pensais que, si je lui donnais un enfant, il réussirait à m'aimer. Je me faisais des illusions : il m'aurait épousée, aurait assumé sa famille, mais il ne m'aurait jamais vraiment aimée.

— Vous êtes tombée enceinte volontairement ?

— Pas du tout ! J'étais sincèrement amoureuse de lui, et je n'ai jamais essayé de le piéger. Ou alors de façon inconsciente, c'est possible. Et je le regrette plus que vous ne pouvez l'imaginer.

— Pourquoi me raconter tout ça à moi ?

Janine haussa les épaules.

— La culpabilité, je suppose. Il y a si longtemps que je la porte seule… J'ai suivi la carrière de Fitz un moment, puis j'ai cessé en me disant que ce n'était pas le meilleur moyen d'aller de l'avant. Et quand je vous ai vue, je ne sais pas… J'ai pensé que je pouvais me confier à vous.

— Quelle ironie, murmura Ella.

— Pourquoi ?

— Je n'en suis pas sûre, mais j'ai le sentiment que, s'il a proposé d'escorter votre convoi, c'est par besoin de se racheter en assurant cette fois votre sécurité. Peut-être veut-il aller de l'avant, lui aussi…

— J'estime qu'il ne me doit rien, mais ce ne serait

pas un mal que nous en finissions. Et vous, qu'allez-vous faire à présent ?

Que répondre ?

Par chance, un jeune caporal entra, hors d'haleine.

— Major Billings, le colonel Fitzwilliam m'envoie vous informer que son véhicule est prêt. Votre convoi va se mettre en route.

— Entendu.

Janine se leva.

— Puis-je partir ?

— Sans problème. Vous semblez indemne.

— Merci. Au revoir, et… bonne chance.

Ella la suivit du regard, le cœur cognant contre ses côtes.

Elle n'avait pas pris Fitz au sérieux quand il lui avait dit qu'il détruisait les autres. Elle le comprenait mieux, désormais. Mais, comme pour sa mère et sa sœur, il exagérait sa culpabilité.

Le moment n'était peut-être pas encore venu de le revoir… Elle n'était pas très sûre d'elle, et ça risquait de mal tourner. Sa seule certitude, c'était qu'elle s'était sentie beaucoup plus jalouse de Janine que des groupies qu'elle avait découvertes dans le lit de Stevie.

Mais était-elle vraiment guérie de son ex-fiancé ? Était-ce prudent de commencer une relation avec Fitz ? Ils avaient tous les deux besoin de découvrir qui ils étaient vraiment. Ils ne pourraient prendre la décision de vivre ensemble que lorsqu'ils se seraient chacun débarrassés de leur encombrant passé.

D'un autre côté, elle redoutait de lui imposer cette attente : si elle ne répondait pas à son désir, il risquait de lui fermer la porte, et il n'y aurait plus de retour en arrière possible…

Elle n'avait aucune idée de ce qu'elle devait faire.

15.

Pour la centième fois, Fitz relut le bout de papier où il avait noté l'adresse d'Ella.

Il n'oublierait jamais le désespoir qui l'avait envahi à son retour, quand il avait constaté qu'elle était partie pour Razorwire avant la fin de sa période de service.

Sans l'en avertir ! Comme s'il ne comptait pas pour elle !

Bien qu'il se soit juré qu'il la suivrait partout et ne la laisserait jamais le quitter, une fois au pied du mur, il avait senti faiblir sa résolution. Il s'était plongé dans le travail autant que possible, mais tout lui rappelait sa présence. À la satisfaction générale, les travaux avançaient vite, et il ne cessait de songer que c'était en grande partie dû à la compétence du caporal Caplin… Ils avaient formé une si bonne équipe ! Comment l'oublier, dans ces conditions ?

Il s'était promis de la retrouver dès son retour au Royaume-Uni, de lui parler, de la convaincre qu'ils devaient se donner une chance d'essayer.

À présent, son avion était sur le point d'atterrir, et il devait trancher. Que lui dirait-il ? Lui demanderait-il de faire l'essai d'une relation avec un type qui ignorait où cela les mènerait et qui risquait de la faire souffrir en dépit de ses bonnes intentions parce qu'il ne savait pas aimer ?

Il ferma les yeux et attendit la descente, plein de doutes et d'espoirs mêlés. Il hésitait toujours quand l'appareil eut touché le sol.

La convaincre de prendre encore des risques avec

lui, c'était peut-être la perdre définitivement, de la faire souffrir davantage…

Absorbé dans ses pensées, il salua ses hommes qui sortaient du hangar pour rejoindre leurs autocars, prit la porte de côté donnant accès au parking des officiers supérieurs… Et n'en crut pas ses yeux.

Ella était là. En civil comme lors de leur première rencontre, appuyée au capot d'une voiture.

Il stoppa net.

— Bonsoir, Ella, dit-il avec un sourire timide.

— Bonsoir, Fitz.

Elle ouvrit la portière côté conducteur, s'installa au volant et boucla sa ceinture, puis elle baissa sa vitre et lui rendit son sourire.

— Tu montes ?

Elle avait l'air calme et détendue, comme si elle savait exactement ce qu'elle faisait. Soudain, il eut plus que jamais envie de croire qu'il était l'homme qu'elle voyait en lui et que tout se passerait bien.

Il s'approcha de la voiture, ouvrit le coffre et y déposa ses bagages.

Quand il s'assit à côté d'Ella, le papier portant son adresse était dans le creux de sa main. Il le lui tendit.

— Eh bien ? lança-t-elle tout de go. Tu avais l'intention de t'en servir ?

— Franchement, je n'en sais rien. J'essayais de me persuader qu'il valait mieux que je te laisse tranquille, mais je suppose que je n'aurais pas pu m'empêcher de te voir durant ces quinze jours.

Elle hocha la tête, parut hésiter…

— D'accord, dit-elle enfin.

Elle fit ronfler le moteur, sortit du parking et s'engagea sur la route.

Pendant le trajet, il regarda par la vitre, se familiarisant de nouveau avec l'environnement londonien, jusqu'à ce qu'elle se gare contre le trottoir d'une petite rue.

Ils étaient devant chez elle !

Un sourire heureux éclairait le visage d'Ella alors qu'elle débouclait sa ceinture, et il éprouva lui aussi une absurde satisfaction.

Toujours sans un mot, il la suivit à l'intérieur, curieux de voir à quoi ressemblait sa maison.

Il ne fut pas surpris : les coloris raffinés, les tons doux des meubles, les couleurs chaudes des tableaux accrochés aux murs, tout lui ressemblait. Chaque photo, chaque bibelot reflétait une facette de sa personnalité, forte et résistante et en même temps spirituelle et dynamique. Bizarrement, bien qu'il ne soit là que depuis quelques minutes, il se sentait déjà plus chez lui que n'importe où auparavant.

— À propos de Janine…

Elle le fit taire d'un geste.

— Je ne veux rien savoir de plus. Du moins, pas tout de suite. Tu n'as pas fini d'y réfléchir, et de mon côté j'ai aussi de quoi faire. Je t'ai déjà dit que tu exagérais ta culpabilité. Crois-moi, je sais que c'est compliqué. Ce que j'aimerais savoir, c'est si tu veux y travailler avec moi, si tu penses que nous avons un avenir ensemble.

— J'ignore comment construire un avenir avec quelqu'un… Toute ma vie d'adulte a été consacrée à ma carrière jusqu'à ce que je te rencontre. Au fait, je n'ai pas encore eu l'occasion de te le dire, mais je t'aime. Ce que je ne sais pas, c'est si je t'aime suffisamment.

Elle s'approcha de lui.

— C'est un bon début, en tout cas.

— Mais est-ce suffisant ?

— Cela dépendra de nous, je suppose. Si nous le voulons vraiment…

Il brûlait de la croire.

— Et si j'échouais ? Si je ne parvenais pas à être l'homme qu'il te faut et que tu mérites ?

— Oublie ton passé, souffla-t-elle en se collant à lui.

— Ella… Et si je te faisais souffrir ?

Elle leva la tête pour plonger les yeux dans les siens, et il sentit ses mamelons durs frotter contre son torse.

— Et si tu ne me faisais pas souffrir ? murmura-t-elle.

Elle lui prit la tête entre les mains, et il sentit l'armure qui enrobait son cœur se fendre tel un glacier.

Ella retint son souffle pour ne pas gâcher ce précieux moment.

Fitz l'avait enfin attirée à lui !

Il la serrait dans ses bras comme si elle était la chose la plus précieuse au monde. Il semblait ne jamais devoir la lâcher, et ce n'était pas pour lui déplaire.

Son modeste logis lui semblait soudain plus vivant qu'elle ne l'avait jamais connu. L'air vibrait, comme si Fitz aimantait l'espace. Ou alors, c'était le courant qui passait entre eux… En principe, elle n'aimait pas tellement recevoir des gens chez elle. Cette maison était son sanctuaire, l'endroit où elle se réfugiait pour vivre sa vraie vie, loin de l'opulence tapageuse de l'appartement de Stevie.

Mais Fitz… C'était curieux, on aurait presque dit qu'il avait toujours vécu ici.

— Je veux tout te promettre, murmura-t-il dans ses cheveux. Tu me fais sentir des trucs dont je n'avais pas conscience, auxquels je n'avais jamais pensé. J'ai l'impression que mes principes n'ont plus d'importance et que, en revanche, ces nouveautés que je découvre deviennent vitales. Il me semble que, tant que je serai avec toi, tout est possible.

— Je… Merci, balbutia-t-elle, bouleversée. Tu te souviens de cette discussion que nous avons eue ? Nous étions d'accord pour dire que les mots ne signifient rien s'ils ne sont pas soutenus par des actes.

— D'accord. Mais est-ce que je peux tout de même te le redire ?

Sa voix grondait contre sa joue, et elle frissonna d'impatience.

— Hum.

— Je ne m'en lasserai jamais. Major Gabriella Caplin, je vous aime.

— Moi aussi, je t'aime…

Elle rejeta la tête en arrière, et son souffle se fit court. Elle n'avait plus envie de parler. Les yeux de Fitz étaient d'un gris sombre presque noir, avides d'elle, mais elle y lisait davantage que du désir : les promesses futures qu'il était encore incapable de formuler et qu'elle n'était pas prête à entendre.

Il pressa les lèvres sur les siennes avec une fougue dont elle espérait qu'elle ne s'éteindrait jamais. Quand il s'écarta enfin d'elle, elle ressentit un étrange manque, comme la première nuit.

— Je t'ai apporté quelque chose, Ella. Attends une minute.

Elle le vit prendre les clés sur la table de l'entrée, se ruer vers la voiture et revenir presque aussitôt.

En voyant le petit écrin recouvert de velours qu'il tenait à la main, elle sentit son cœur battre la chamade. D'excitation, mais aussi d'angoisse.

Ils ne se connaissaient pas assez, elle n'était pas encore prête…

— Quand as-tu trouvé le temps de…

— J'ai déniché cette boîte à Razorwire. Curieux, ce que les gens peuvent envoyer dans des colis !

Il était aussi nerveux qu'elle, visiblement.

— Fitz, c'est…

— Ouvre, Ella, s'il te plaît.

Le cœur lourd et les doigts tremblants, elle obéit.

En voyant ce que contenait l'écrin, elle fut si soulagée et ravie qu'elle en eut le vertige.

— Oh ! une clé ! Tu t'es souvenu !

Fitz sourit largement.

— Oui. Tu peux venir chez moi quand tu veux, inutile d'attendre que je t'invite.

S'était-elle jamais sentie aussi heureuse ?

— Je te remercie, vraiment, balbutia-t-elle d'une voix étranglée. C'est... C'est parfait.

— Comme toi, murmura Fitz en l'attirant dans ses bras. Bon, où en étions-nous ?

Trois ans plus tard...

Lorsque Fitz et elle se détournèrent de l'autel, Ella entendit les cornemuses du régiment de Gurkhas. Dehors, la garde d'honneur était composée de collègues officiers de leurs deux régiments, enchantés de participer à ce grand jour.

— Heureuse ? murmura Fitz alors qu'ils commençaient à redescendre l'allée centrale.

— Plus que ça ! C'est l'apogée des trois merveilleuses années que nous avons vécues ensemble.

— Eh, ça peut encore s'améliorer ! intervint une voix féminine près d'eux.

Ella se retourna pour sourire à Felicity, sa dame d'honneur toute ronde, sur le point d'accoucher.

— Si tu perds les eaux sur la traîne de ma robe, gronda-t-elle sur un ton faussement menaçant, eh bien... Eh bien, peu importe. Je suis tellement contente que tu aies pu rester jusqu'à la fin !

Puis son amie repassa à l'arrière-plan car Fitz lui enlaçait la taille.

Son mari. C'était en même temps si excitant et si normal...

— Allons-y, major Fitzwilliam, dit-il en riant. Ou préférez-vous rester le major Caplin ?

Elle lui donna une petite tape tandis qu'ils sortaient pour passer entre la haie d'honneur.

— Je viens de répondre à cette question, il me semble. Je m'appelle Fitzwilliam. Mais ils ont intérêt à ne pas m'appeler Fitz !

— Ils n'oseraient pas.Tu te rends compte, la jeune

promue lieutenant-colonel de l'hôpital de campagne, et bientôt membre de l'ordre de l'Empire britannique !

Il semblait presque plus fier qu'elle-même de cette promotion et de cet honneur. C'était tout Fitz. En trois ans, il ne lui avait jamais préféré sa carrière. Ils avaient travaillé ensemble, avaient enterré leurs vieux démons, et ils débutaient aujourd'hui un chapitre tout neuf de leur vie commune. Elle était si impatiente !

— Je fais ce que je peux pour rester à ta hauteur, monsieur le sous-chef d'état-major au QG de la région militaire de Telridge. Même si nous avons la plus courte lune de miel de l'histoire, puisque tu prends ton poste demain matin.

— Je me ferai pardonner, promit-il.

Elle plongea son regard dans le sien.

— Assez parlé, soldat, passons aux actes.

Et il obéit, comme toujours : elle sentit sa main glisser sur sa nuque, et il l'attira plus près pour l'embrasser sous l'ovation de l'assistance.

Blanche

Retrouvez en mai 2018, dans votre collection

Blanche

Un pacte à honorer, d'Alison Roberts - N°1366

SÉRIE INTÉGRALE : MÉDECINS EN MISSION

Faisons un pacte. Si nous sommes encore célibataires à trente-cinq ans, marions-nous. Lorsque Luke Anderson, après lui avoir ravi un baiser passionné, lui demande d'honorer sa promesse d'adolescente, Kate est totalement bouleversée. Car si Luke – qu'elle vient à peine de retrouver, lors d'une compétition entre équipes médicales, après des années de silence – lui fait toujours autant d'effet qu'autrefois, comment pourrait-elle oublier qu'il lui a préféré une autre femme pour première épouse ? N'est-elle qu'un lot de consolation pour lui ?

Des jumeaux pour le Dr Martini, d'Alison Roberts

Elle, enceinte ? Georgia peut à peine y croire. Elle qui a fui au plus vite le lit du Dr Matteo Martini juste après leur brûlante étreinte, bien décidée à ne jamais s'engager, attend aujourd'hui non pas un, mais deux enfants. Et, même si elle a toujours désiré donner la vie, il n'a jamais été dans ses plans de s'encombrer d'un père. Surtout si cet homme a un charme italien ravageur et qu'il lui fait déjà beaucoup trop d'effet à son goût…

Retrouvailles dans le Montana, de Dianne Drake - N°1367

Ces yeux perçants, Caleb ne pourrait les oublier pour rien au monde. Leanne Sinclair, la femme dont il était follement épris au lycée, avant qu'elle ne le trahisse de la pire des façons, est sa nouvelle collègue à la clinique de Marrell. Au premier regard de Leanne, une fureur soudaine lui donne envie de tourner les talons. Mais il ne peut se le permettre. S'il a emménagé dans le Montana, c'est pour que Matthew, son fils bien-aimé et jeune prodige du piano, puisse intégrer la prestigieuse école de musique Hans Schilling. Un fils qu'il refuse de décevoir. Pourra-t-il pour autant supporter sa collaboration avec Leanne ?

Au risque de te perdre, d'Emily Forbes

Ce matin, le réveil aux côtés de Joe – son plus proche ami et collègue aux urgences de Sydney – est brutal pour Kitty. Que lui a-t-il pris de céder au désir qu'il lui a toujours inspiré ? Elle a déjà bien assez de problèmes dans sa vie sans prendre le risque de perdre son confident et seul soutien. Car, même si Joe lui plaît depuis des années, elle le sait volage et inconstant. Peut-elle encore faire de cette parenthèse de plaisir une simple – bien que troublante – erreur de parcours ?

HARLEQUIN

Blanche

Coup de foudre pour un séducteur, de Meredith Webber - N°1368

Emma peine à retrouver son calme… Marty Graham lui a effleuré la main, alors qu'ils sont en pleine mission de sauvetage, et la voici sans repère, à la merci de son sourire. Pourtant, elle doit se remobiliser au plus vite et quitter des yeux le séduisant pilote d'hélicoptère qui tourmente son cœur depuis plusieurs mois, si elle veut sauver son patient. D'autant plus que, tout le monde le sait, Marty est un séducteur notoire, aucunement intéressé par les relations stables. Et encore moins par une mère célibataire de jumeaux en bas âge, comme elle…

Son droit au bonheur, de Janice Lynn

Mon premier choix serait d'être votre amant, mais, puisque vous ne le voulez pas, je me contenterai de votre amitié. Ce soir, Stone Parker – son nouveau collègue au Memphis Memorial Hospital – a le mérite d'être franc. Si franc que Carly, troublée, commence à regretter d'avoir accepté son invitation à dîner. Car, à moins de congédier brutalement Stone ou de s'enfuir, comment résister au charme de cette soirée parfaite ? Il le faudra pourtant, car Carly n'a pas de place pour un homme dans sa vie. Pas tant qu'elle devra se dévouer corps et âme à sa mère, gravement malade…

Pour l'amour d'un pédiatre, de Carol Marinelli - N°1369

Si Bridgette finit par céder aux avances de Dominic Mansfield, son si séduisant collègue à l'hôpital, c'est parce que les choses sont claires entre eux : il ne s'agira que d'une aventure. Après quoi, chacun reprendra sa vie. Mais, très vite, Bridgette se sent prise au piège, car elle voit bien que quelque chose de beaucoup plus profond la pousse vers cet homme…

Une troublante révélation, de Joanna Neil

Depuis qu'elle est interne en pédiatrie dans l'un des plus grands hôpitaux de Londres, Lucy a bien du mal à s'organiser et mène une vie épuisante. Heureusement, elle peut compter sur la présence et le soutien de Matt, son ami d'enfance, lui aussi pédiatre dans le même service. Pourtant, depuis quelques mois, elle a l'impression que quelque chose ne va pas. Matt se montre en effet singulièrement froid et distant à son égard, sans même parler de cet étrange trouble qui, de temps en temps, semble s'installer entre eux…

HARLEQUIN

Leur mission : sauver des vies.
Leur destin : trouver l'amour

HARLEQUIN
www.harlequin.fr

Le retour du Dr McGregor, de Joanna Neil - N°1370

Kate ne voulait pas croire la rumeur selon laquelle Ross Mc Gregor était de retour, et pourtant c'est bien vrai : Ross, l'adolescent rebelle dont elle était follement amoureuse, devenu un excellent médecin, est revenu pour postuler à la fonction de chef des urgences à l'hôpital ; poste auquel elle est elle-même candidate ! Qu'à cela ne tienne, la compétition sera féroce, car elle ne compte pas s'avouer battue. Même si elle doit bien reconnaître que le charme irrésistible de Ross, qui la trouble encore plus intensément qu'autrefois, risque bien d'avoir raison d'elle...

Play-boy et médecin, de Susan Carlisle

Le jour où Shelby accueille le Dr Taylor Stiles à la clinique qu'elle dirige, elle comprend immédiatement que leur collaboration, même si elle ne doit durer que six semaines, ne sera pas sans heurts : avec ses airs de play-boy séduisant et sûr de lui, il l'agace prodigieusement. Mais, très vite, Taylor se révèle aussi être un excellent médecin et d'une aide si précieuse que Shelby en vient à redouter son départ prochain. Sa clinique ne s'en remettrait pas... et elle non plus, car elle doit se rendre à l'évidence : elle est tombée amoureuse...

Blanche

HARLEQUIN

Leur mission : sauver des vies.
Leur destin : trouver l'amour

HARLEQUIN
www.harlequin.fr

Composé et édité par HarperCollins France.

Achevé d'imprimer en mars 2018.

CPI
BLACK PRINT

Barcelone

Dépôt légal : avril 2018.

Pour limiter l'empreinte environnementale de ses livres, HarperCollins France s'engage à n'utiliser que du papier fabriqué à partir de bois provenant de forêts gérées durablement et de manière responsable.

Imprimé en Espagne.